新潮文庫

停　止

古着屋総兵衛影始末　第四巻

佐伯泰英著

新潮社版

9127

目次

停《ちょう》止《じ》

古着屋総兵衛影始末　第四巻

序章　刺殺

高く結いあげた鬘《かつら》に紅の隈取《くまど》り、両袖《そで》が大きく羽を広げたような三枡《みます》模様の綿入れ小袖を肩脱ぎにした市川団十郎《いちかわだんじゅうろう》が腰の丸帯に三本の大太刀を差し落として高足駄《たかあしだ》の両足を開き、左手を大太刀の柄《つか》に、右手を虚空《こくう》に刎《は》ねあげて見得《みえ》を切ると、ツケと鳴り物が小気味よく響き、

「あーりゃ、こーりゃ、でっけえ」

と化粧声が舞台から起こった。

荒事《あらごと》の創始者が市村座の満員の見物衆を睨《にら》み回す。

「成田屋!」

やんやの喝采《かっさい》が響き渡った。

ツケがさらに打たれ、鳴り物が高鳴り、大仰な科《しぐさ》とともに花道を踏み砕くよ

うに嵐《あらし》が去っていく。

日輪が没して光が消え、満ちた潮が一気に引くように虚脱が市村座の土間、桟敷《さじき》席を覆《おお》って、騒《ざわ》めきに変わった。

「団十郎さんは上方から帰られて一回りも二回りも大きくなられましたな」

古着問屋大黒屋《だいこくや》の大番頭の笠蔵《かさぞう》が、溜《た》め息《いき》とともに感嘆した。

「ほんに衣装もきらびやかで評判のはずにございます。ともかく成田屋様が舞台に立つと場内がぴーんと引き締まります」

女中のおきぬが笠蔵に応じた。

市川団十郎が京で作らせた舞台衣装が評判になっていた。ところがこの数日、評判の衣装を引っこめて、別の衣装で舞台に立っていたとか。おきぬは新調の衣装を見たいものとこの日を楽しみにしてきたのだ。幸運にも団十郎は新調の衣装で登場し、得意の荒事で存分におきぬを堪能《たんのう》させてくれた。

総兵衛《そうべえ》もまた市川団十郎が招いてくれた舞台を楽しんでいた。

華やいだ元禄《げんろく》時代が一抹の寂しさを残して去ろうとしていた。

元禄十七年（一七〇四）二月十九日、葺屋町《ふきやちょう》にある市村座は今日も大入り満員の盛況だった。

おきぬが用意した酒器を持って総兵衛の杯を満たした。

総兵衛は団十郎の去った花道に視線をやり、ゆっくりと一階桟敷に移した。

（だれぞに見られておる）

団十郎の熱演に熱中しているはずの小屋のなかに総兵衛を気にする者がいた。

本花道に沿って総兵衛の目は桟敷から土間へと移動して、舞台を正面に見る向桟敷に移った。重なり合った見物衆のなかに見知った顔を見た。

（ほう、女武芸者深沢《ふかざわ》美雪《みゆき》が江戸に舞い戻ってきたか）

元禄十五年十月、元赤穂《あこう》藩の国家老大石内蔵助《くらのすけ》一行が討ち入りのために江戸入りしようとした。主《あるじ》浅野内匠頭《たくみのかみ》の敵《かたき》、高家《こうけ》筆頭吉良《きら》上野介《こうずけのすけ》義央《よしなか》を討ち果たすためだ。

義央を実父に持つ山形米沢藩の上杉綱憲《うえすぎつなのり》は、江戸入りを阻止するために川崎宿外れの平間村に大石一行を襲わせた。

だが、そこには大石はおらず、身代わりとなった総兵衛が待ち受けて、刺客たちを迎えた。その刺客の一人が小太刀の名手深沢美雪であったのだ。

総兵衛は、美雪ら刺客の攻撃を一蹴《いっしゅう》すると、

「たとえ六度死に果てても七度生き返りてそなたの命、この深沢美雪が討ち果たす」

と死を覚悟した女剣士を庭先に放りだし、

「その言やよし、修行しなおして参れ」

とその場から放逐していた。

放浪一年半余、元禄から宝永へと時代は大きく変わっていこうとしていた。

美雪は憎しみを胸にふたたび総兵衛の前に剣を構えて立つ気か。

総兵衛の目と深雪の視線が交わった。

美雪の射るようなまなざしが総兵衛の双眸《そうぼう》にぶつかった。

（いつでも参れ）

総兵衛は無言のうちに語りかけ、手にした杯に口をつけた。

そのとき、すでに美雪のことは総兵衛の想念から消えていた。

市村座の座元市村宇左衛門《いちむらうざえもん》が大黒屋を訪れ、団十郎の気持ちを伝えたのは三日前のことだ。許婚《いいなずけ》を亡《な》くした総兵衛を慰めたいというのだ。

「それはありがたきお招き……」

「日頃から富沢町の大黒屋様にはひとかたならず世話になっておりますから
な」

「座元、それだけが理由とも思えませぬな」

分かりましたか、と宇左衛門が苦笑いし、

「団十郎が総兵衛どのに相談ごとがあると申しましてな」

「ほう、古着屋の主にな」

「だれも大黒屋様を一介の商人とは思うておりませぬよ」

宇左衛門は言い、総兵衛が素知らぬ顔で応じたものだ。

「なんぞ成田屋さんの気をわずらわすことが生じましたかな」

「それを申しませぬ」

宇左衛門は固い表情に変えると、

「もはや舞台は二月が最後なぞと分からぬことを申します」

と言った。

(なんぞ成田屋に危難が迫っておるのか)

市村座、中村座と二つの芝居櫓《やぐら》が並ぶ葺屋町と堺町《さかいちょう》を俗に二丁町《にちょうまち》といい、吉原遊廓《ゆうかく》と接していた。

が、吉原は明暦三年（一六五七）の振り袖火事の後、浅草田圃《たんぽ》の新吉原に移って、寂しくなった。

芝居は今も二丁町が中心、江戸の男や女たちを魅了していた。

大黒屋総兵衛が長いこと惣代《そうだい》として束ねをしてきた古着屋町の富沢町は二丁町の東北に近接して芝居町とは縁も深い。

元禄十七年当時、新ものを着る者など、ごくごく限られていた。富沢町には上方から大量の絹もの、木綿ものが入ってきて、それが再生されて江戸の庶民や旗本御家人《ごけにん》の家に買われていくのだ。

一方、歌舞伎《かぶき》の衣装は木綿ものに金や銀の箔《はく》を張りつけたもので、絹ものなど着ることは公《おおやけ》に禁止されていた。だが、時は元禄時代、浮かれ騒いだ時世、千両役者は京下りの華美な衣装に身を包むようになっていた。しかしながら役者すべてが京下りの反物仕立てというわけにはいかない。そこで芝居町に近い富沢ものが利用された。

この富沢ものには、古着の他に季節を外した新ものやら呉服屋が資金繰りに困って売り払った反物が混じって新ものの割合が増えていたのだ。

そこで二丁町では、これらの季節外れの反物やら京下りの古着のなかから芝居に合う衣装をこしらえる知恵が生まれた。だが、芝居は夢を売るのが商売、舞台の上の衣装が富沢ものでは幅も見栄《みえ》も利《き》かない。富沢町からの仕入れは大黒屋を通してひそかにおこなわれ、大黒屋でも芝居向きの布ものはわざわざとっておいた。近ごろでは演目に合わせて、芝居衣装の大半を富沢町に仕入れにきて、仕立てていく関係が生まれた。だから富沢町から二丁町にかけてお針子や仕立て職人が多く住むようになっていた。

座元市村宇左衛門も役者の市川団十郎もそのことを承知していたからこそ、総兵衛を呼んで感謝の気持ちを示したかったのだろう。

「総兵衛様、上方に上られた団十郎様が坂田藤十郎《さかたとうじゅうろう》とお会いになったというのはほんとの話にございましょうか」

おきぬが訊《き》く。

「その話、座元に聞いたことがある。団十郎さんが藤十郎さんの芝居を見物に京にいったそうな。ところが藤十郎さんは病気で舞台に出てはおらぬ。がっかりしておるとな、藤十郎さんから酒《ささ》など一席と招待があったとか。緊張した団十郎さんが東山の名高き料亭の座敷に出向くと、藤十郎さんは来ておらずながながと待たされた。さてどうしたものかと向こう座敷を何気なくみると、障子がするすると開いて、ぞろりとした格好の藤十郎さんが手折《たお》った花を古き壺《つぼ》などに生けて姿を消した。なんという挨拶《あいさつ》のしようか、団十郎さんは席を立とうとしたそうだ。すると、今度はな、威儀を正した藤十郎さんが団十郎さんの前に現われて、所作も見事な挨拶をした。団十郎さんは藤十郎さんの心憎いばかりの登場の仕方、立ち振る舞いの美しさにすっかり惚《ほ》れて、感嘆しきり……名優は名優を知るということであろう。団十郎さんは藤十郎さんが京にいるうちは江戸の役者を上らせませんと約定したとか」

「おもしろいお話ですね」

総兵衛は座元に聞いた話を二人にしたせいで、団十郎が上方に上ったおりに受けた栄光と挫折《ざせつ》を思い出していた。

初代市川団十郎は寛文十三年（一六七三）が延宝元年と変わった年、十四歳で『四天王稚立《してんのうおさなだち》』の坂田金時《さかたのきんとき》役で初舞台を踏んだ。このとき、紅と墨で隈取りをして童子格子《どうじごうし》の衣装で登場して見物をあっといわせた。荒事という新しい芸域を開拓した団十郎は元禄期に入ると、

「この市川と申せしは三千世界にならびなき好色第一のぬれの男にて、御器量ならぶものなし」

という評判をえていた。

この団十郎が京都に上ったのは元禄六年（一六九三）師走《しわす》といわれる。京の村山座《むらやまざ》の正月興行に出るためだ。

初日、村山座の内外に江戸で名高き荒事の創始者を一目見んものと無数の見物人が押し寄せた。すでに小屋には二千人の客が入っていた。だが、木戸口には雲霞《うんか》のように晴れ着の見物衆が押し寄せ、小屋に入れろと木戸番につめ寄った。

座元の村山平右衛門《へいえもん》は、

「これで団十郎を出したら、えらいこっちゃ。今日はやめとこ」

と団十郎を舞台に上げなかった。それが裏目に出て、小屋の内外の客と群衆

がぶつかり合う大騒ぎに発展した。

これには平右衛門も腰を抜かして驚いた。

結局、団十郎自身が家紋、三枡の紋付 裃《かみしも》姿で舞台に平伏、

「江戸市川団十郎、これより皆様にお目見えの上、御礼かたがた口上を以《もっ》て申しのべ候《そうろ》う……」

と挨拶してなんとかおさまった。

それほど京の団十郎への期待は大きかった。事実、正月興行『源氏誉勢力《げんじほまれのせいりき》』で団十郎は朝比奈三郎義秀を演じて大当たりをとった。

京の客は団十郎が創始した荒武者事の門破りを堪能した。

だが、京の団十郎への熱狂も一時《いっとき》のこと、

「切り幕を切って出給《たま》う時、どうやら勿体《もったい》があるやようてなし……」

と勿体、貫禄《かんろく》が団十郎にはないと酷評するようになった。そして荒事を得意とした背景には和事（濡《ぬ》れ事）が不得手、演じられぬ役者という烙印《らくいん》を押した。

江戸では、「……好色第一のぬれの男」と評判の団十郎の芸は京では勿体がないと酷評された。これは京と江戸の気性の違い、文化風土の相違ともいえた。

総兵衛は、団十郎が隈取《くまど》りに大素袍《すおう》、三本の大太刀を腰にぶちこんでの扮装《ふんそう》で、六方《ろっぽう》を踏む姿が好きであった。

団十郎は人間の能力と叡智《えいち》を超えた力を舞台で凝縮してみせてくれる。それは小屋の空気を一気に引っこ抜いてさらっていく圧倒的な力であった。筋立てからすれば意味もない、誇張した演技に江戸の人は超人的なものを感じて喝采《かっさい》を送った。

が、歌舞伎役者にとって和事を演じられない役者という芸所京の烙印は、団十郎の心に重くのしかかっていた。それだけに京から江戸に戻った団十郎は、苦悩していた。

「遅うございますな」

笠蔵が幕間《まくあい》が長いと愚痴をいった。

明六つ（午前六時頃）に幕が上がって、暮れ六つ（午後六時頃）に打ち出しの太鼓が鳴る時代のこと、幕間が少々長いことくらい見物の衆は気にしない。だが、団十郎の目当ての演目『移徙十二段《わたましじゅうにだん》』が近づいて、笠蔵は気にしていたのだ。

「早く幕を開けねえ、酒も飲み飽きたぜ！」

そんな声も飛んだとき、市村座の半纏《はんてん》を粋《いき》に着こなした若衆が土間の仕切りの籬《ませ》板を軽やかに飛んで総兵衛の下にやってきて膝《ひざ》を突き、総兵衛に耳打ちした。

「座元が大黒屋総兵衛様にちょいとお越しをと申しております」

総兵衛は頷《うなず》くと、連れのおきぬと笠蔵に目顔で合図を送り、富沢町で会うことになるかもしれぬと伝えた。

若衆に従う前に向桟敷を見た。

もはや深沢美雪の姿はなかった。

総兵衛は土間から囃方《はやしかた》と大工部屋の間を抜けて、楽屋への幕を潜《くぐ》った。すると中二階に通じる階段に役者や裏方が群がって騒いでいた。

中二階、二階には役者の楽屋が並んでいる。

若衆は、

「ちょいと開けてくんな。座元のお客人だ」

と総兵衛を楽屋へと案内していった。中二階の廊下に座元の市村宇左衛門が顔面蒼白《そうはく》で立っていた。

「どうしなすった」

「大黒屋さん」

宇左衛門の顔が歪《ゆが》んだ。

「団十郎が死んだ」

「なんといいなさった」

さすがの総兵衛も驚愕《きょうがく》した。つい最前、見得《みえ》を切ったうえに六方踏んで荒々しく舞台を去った市川団十郎がこの世の者ではないというのだ。

宇左衛門は楽屋の暖簾《のれん》を跳ねあげて、市川団十郎の楽屋に総兵衛を入れた。

団十郎は舞台衣装のまま、血まみれで倒れていた。隈取りの塗られた顔の表情はうかがえない。が、驚きの様子を残しているようにも総兵衛には見えた。

総兵衛は団十郎のかたわらに膝を突き、まだ温かい血が流れ出る傷口を調べた。

心臓《しんのぞう》を一突き、迷いのない刺し傷だ。

「だれが団十郎さんを……」

「へえっ、役者仲間の生島半六《いくしまはんろく》がいきなり楽屋に押し入ってきて短刀で刺したというので」

「半六はどうしました」

「わけの分からぬことを喚《わめ》きながら逃げたようなんで。今、小屋の者が半六の行方を追っております」

「座元、ぼうっとしなさる時間はないようだ」

宇左衛門が焦点の定まらぬ視線を総兵衛に向けた。

「まずは座元のおまえ様が団十郎急病の口上を述べて、騒ぎが起きないうちに客を小屋の外に出すことだ」

「そう、そうだったねえ」

宇左衛門は総兵衛の一言に落ち着きを取り戻すと、その指示に従う様子を示した。が、ふいに総兵衛の下に近づくと言った。

「大黒屋さん、おまえ様にこの様子を見せたのは、団十郎の危惧《きぐ》と関わりがありそうな気がしたからだ。この挨拶は後日させてもらうよ」

市村宇左衛門は、芝居小屋市村座を率いる座元の顔に戻り、裃袴《はかま》を直すと楽屋を出ていった。

楽屋に総兵衛だけが残された。

(団十郎はなにを相談したかったのか)

永久の謎《なぞ》に包まれてしまったのか。

総兵衛は名優に合掌すると瞑目《めいもく》して頭《こうべ》を垂れた。

第一章　包　囲

一

富沢町の大黒屋では暖簾《のれん》を下ろした後に住み込みの奉公人たちが台所の板の間に箱膳《はこぜん》を並べて夕餉《ゆうげ》を食べる。

この日、大番頭の笠蔵は総兵衛の供で芝居に招かれ、食事は外で摂《と》ることになった。

そこで笠蔵は、一番番頭の信之助《しんのすけ》と台所を仕切るおよねに酒好きな者には酒を、甘いものが好きな奉公人には菓子を出してよいとの許しを与えて出かけたのだ。

手代の駒吉《こまきち》などは、

「酒もさることながら、笠蔵様のどんぐり眼《まなこ》が光ってないだけでも夕餉が美味《おい》しく食べられます」

と大番頭の不在を朝から楽しみにして、憎まれ口を叩《たた》いていた。

それが夕刻前に笠蔵とおきぬが二人だけで戻ってきたのだ。

「あれっ、大番頭様、どうなされました」

駒吉はがっかりした声を上げた。

「駒吉、そうそうあからさまに言うものではない。ちょいと異変が市村座にありましてな、芝居は中止です」

「お芝居が中止とはめずらしゅうございますな」

一番番頭の信之助が帳場から訝《いぶか》しい顔で二人を見た。

「旦那《だんな》様が座元に呼ばれましたんでな。その事情はおっつけ分かるとは思いますがな」

おきぬは主《あるじ》の夕餉を心配して台所に姿を消した。

この日、およねは奉公人の食膳に蜆《しじみ》の味噌汁《みそしる》にふろふき大根、鯖《さば》の煮付けを用意していた。

おきぬはふろふき大根に加え、三葉芹《みつばぜり》の吸い物と貰《もら》い物の甘鯛《あまだい》の味噌糟漬《かすづけ》の焼き物に、白身魚のゆず蒸しを総兵衛と笠蔵のために用意し始めた。

総兵衛が帰宅したのは、笠蔵とおきぬが戻っておよそ一刻《とき》（二時間）後だ。

「お帰りなさいませ」

信之助が言い、沈鬱《ちんうつ》な総兵衛の顔を察した笠蔵が、

「市村座になにかありましたか」

と訊《き》いた。

「一大事じゃ。団十郎さんが刺し殺されなすった」

「なんと……」

一緒に舞台を見物していた笠蔵が眼鏡の下からどんぐり眼を見開いて絶句した。

「六方《ろっぽう》を踏まれて花道を下がられた団十郎さんを見物したばかり。それが刺し殺されるとはまたどうしたことで」

「役者仲間の生島半六に刺されたらしいが、逃げておるので事情は分からぬ」

総兵衛は、店先でそう言い残すと奥に向かった。

富沢町の古着問屋、大黒屋は入堀に面して二十五間（約四五メートル）四方の店を構え、その四周を二階建ての漆喰《しっくい》造りの店と蔵が囲んでいた。さらに主の住まいが庭のほぼ中央に位置して、渡り廊下で店と結ばれていた。

店と住まいの間の庭は樹木と庭石と泉水がみごとな調和を見せていた。が、これは大黒屋の表向きの建物である。

総兵衛の住まいの下には大黒屋総兵衛を頭領とする鳶沢《とびさわ》一族の秘密が隠されていた。

道場をかねた板の間の大広間と武器庫、そして入堀と地下水路で結ばれた船着場などは、鳶沢一族がおよそ百年の歳月と莫大《ばくだい》な費用をかけて建設した地下城ともいうべき要塞《ようさい》であった。

そもそも大黒屋がこの地に店を構えたには神君家康との密約があった。

家康が江戸入りして新たな都を築こうとした慶長期、江戸はただ茫々《ぼうぼう》と広がる葭原《よしはら》であった。都城建設の槌音《つちおと》が響く昼間と異なり、夜になると夜盗無頼の徒が暗躍して、朝には乱暴された女や懐《ふところ》の物を強奪された男の死体が転がっていた。

そこで家康は一計を案じ、夜盗の群れの首領の一人、鳶沢成元《なるもと》に捕縛の手を集中させて摑《つか》まえた。そして理を分けて鳶沢を説き伏せ、仲間たちを彼の手で一掃させた。

毒を以《もっ》て毒を制したわけだ。

その功により、鳶沢成元には城からほど近い富沢町に拝領地を与え、古着商いの権利を許した。そもそも古着商や質商のもとにはそれらの品物とともに情報がついてくる。

家康が古着商の権利を鳶沢成元に与えたには、徳川家が危急存亡に陥ることを未然に防ぐために積極的に情報を収集せよとの狙《ねら》いが隠されていた。

元和《げんな》二年（一六一六）四月、大御所家康は亡《な》くなった。その亡骸《なきがら》は駿府《すんぷ》の久《く》能山《のうざん》に造営された神廟《しんびょう》に埋葬された。そのとき、家康の亡骸の周りを固めたのは鳶沢成元を長《おさ》とする鳶沢一族、家康によって隠れ旗本に任じられた者たちだった。

家康の亡骸が久能山から日光東照宮に移された後も、鳶沢一族は久能山裏手の拝領地鳶沢村に住まいして、代々、江戸の富沢町の大黒屋の〝国許《くにもと》〟として機能してきた。

江戸の富沢町は今や古着商いの中心、古着や新ものの売買を通して財と情報が流れこんできた。それは家康が想像した以上のものであった。

大黒屋に働く中核の者たちは駿府の鳶沢村で生まれ育った一族の者にかぎられた。幼きおりから男子も女子も武芸百般と商いの基礎を習わされた。そして十二、三歳になると江戸の富沢町の大黒屋に修業に出されるのだ。

これが鳶沢一族の影の任務の秘密を支えてきた。

総兵衛は住まいの居間に戻った。

おきぬが姿を見せ、主の外着を普段着に着替えさせると、お茶の支度を整えた。

「おきぬ、なんぞ食べるものはあるか」

「はい、貰いものの甘鯛の味噌糟漬がございました」

総兵衛の問いにおきぬが答え、

「店の衆には酒を出してようございますか」

と念を押した。

「楽しみを途中で奪ったのでは駒吉らに恨みに思われよう。馬鹿《ばか》騒ぎにならぬ程度に出してやれ」

と言った総兵衛は、

「おきぬ、笠蔵、信之助の膳部はこちらに支度してくれ」

と命じた。

おきぬが頷《うなず》いて下がった。

半刻（一時間）後、総兵衛の居間に三つの膳が並び、主従の杯に酒が注がれた。

熱燗《あつかん》を一口啜《すす》った総兵衛が市村座で起こったことを説明し、

「気になるのは市川団十郎がこの私になにを相談しようとしたかじゃ」

と三人の幹部に言った。

「総兵衛様は、半六の犯行がなにか団十郎様の懸《け》念《ねん》と関わりがあると申されますか」

「楽屋雀《すずめ》の話では女を取り合っていただの、半六の子となにか関わりがあるだのと言っておるようじゃ。が、ちと気になる」

総兵衛は、次いで女武芸者深沢美雪を向桟敷《さじき》で目撃したことを告げた。

「あの女剣士と半六の犯行とは関係があるとも思えぬ。じゃがな、とかくこういうことがかさなるのは気になるものよ」

「上杉様に雇われておった女武芸者が戻って参りましたか」

信之助が呻《うめ》き、

「そのような人物が市村座にいたとはまったく存じませんでした」

とおきぬが恥じ入るようにいった。

「さようさよう。なんの不審も抱くことなく芝居を楽しんでおりました」

と笠蔵も赤面した。

「信之助、無駄足かもしれぬが、団十郎さんの死の背景と私に相談しようとしたことを探ってみてはくれぬか」

「かしこまりました」

会食は懸念を残して終わった。

それから四半刻《しはんとき》（三十分）もした刻限、おきぬが下柳原同朋町《しもやなぎわらどうぼうちょう》の十手持《じって》ち、歌舞伎《かぶき》の左近《さこん》親分と市村座の座元市村宇左衛門の来訪を告げた。

市村宇左衛門の来訪は予測されたことだ。左近親分もまた歌舞伎の左近と異名をとるほどに芝居好きの十手持ちである。二丁町と親しい関係にあったとしても不思議はない。

笠蔵が二人の訪問者を総兵衛の居間に通すために店から渡り廊下を案内した。

庭には夜の帳《とばり》が降りて、灯籠《とうろう》の明かりがわずかな光を庭の一角に投げていた。

「大黒屋さんのお庭が素晴らしいと漏れ聞いておりましたが、この暗さではなんとも残念……」

「左近親分、この次は明るいうちに訪ねてくださいな」

左近の挨拶《あいさつ》に大番頭の笠蔵が如才なく応じ、居間の廊下から主に引き継いだ。

総兵衛が二人を迎えた。

「座元、大変だったねえ」

わずかなうちに市村宇左衛門の顔はどす黒く変わって疲労を漂わせていた。

「うちの若い衆に追い詰められた生島半六が、大川端で喉《のど》を突いて死んでいるのが発見されましてな」

江戸歌舞伎は市川団十郎と生島半六と二人の名優を失ったことになる。

おきぬが手早く三人の前にお茶を出して、居間から立ち退《の》いた。

話が再開された。

「半六はなんで団十郎さんを刺したか分かりましたか」

宇左衛門は首を横に振った。

「それがさ、舞台から下がった団十郎はたまたま楽屋に一人しかおらぬ刻限、悲鳴が上がったのでお付きの者が部屋に飛びこむと、半六が短刀を手に呆然《ぼうぜん》と立っているのを見たそうで、心臓《しんのぞう》を刺された団十郎は虫の息……」

総兵衛が見聞したこととあまり変わらぬことを宇左衛門は述べた。

「楽屋の外から漏れてきた話では女を取り合っていたとか」

「役者には女はつきもの、団十郎には思いを寄せ合う女衆《おんなし》が一人や二人ではすみますまい。その一人が半六が惚《ほ》れた吉原の夢里太夫《だゆう》、二人が夢里の袖《そで》を引き合うとおもしろいと思う楽屋雀のいうことです」

「夢里を取り合ったということはないのですか」

「大黒屋さん、団十郎と半六では勝負になりません」

「とすると、半六の子の善次郎《ぜんじろう》のほうかな」

「善次郎が団十郎のお付きをしながら役者修業をしているのはたしかなことです。それに団十郎が稽古《けいこ》に厳しいのも知っております。ですが、半ちくな役者が一人前になるために師匠ならだれもがつける稽古。これを恨みに思って、その親が師匠を刺すなどおよそ考えられないことです」

宇左衛門は疲労困憊《こんぱい》の顔を歪《ゆが》めた。

「座元、二人の名題役者を失った夜に、うちに見えたには理由《わけ》がありますので」

「それです」

と言った宇左衛門は、

「さきほどから団十郎が大黒屋さんに会いたかったという理由が気になりましてな、慌《あわ》ただしい最中に左近親分がこちらに伺うと知って同道してきたのです」

「さっきは分からないと申されましたぞ」

宇左衛門は大きく頷いた。

「私が団十郎に大黒屋さんに引き合わせてほしいと頼まれたのは四日前のことでしてな。理由《わけ》を聞くと、ちょいと困ったことが起こったと申します」

「座元、私は一介の商人、古着屋に千両役者が衣装の注文でもありますまい。金子《きんす》の相談ですかな」

「団十郎が金に困ったという話は聞きません。困ったなら困ったで、まずは市村座座元の私に相談がありましょう」

宇左衛門の言うとおりだ。

左近はただ黙って二人の会話に耳を傾けていた。

「私が推量するに御用の筋ではないかと」

「ちょっと待ってくだされ、座元さん」

総兵衛は言葉を改めた。

「市村座にはここにおられる歌舞伎の親分も親しく出入りなさっておられる様子。それをさておいて古着問屋に御用の筋とはどういうことでございますな」

宇左衛門はなにか言いかけ、黙った。が、思いきったように言いだした。

「大黒屋さん、私も昨日今日の二丁町住まいじゃない。ご近所の町の頭領がだれかぐらい餓鬼のころから知っていますよ」

古着屋は古着買、小道具屋、古鉄屋などと一緒に「八品商売人」といわれ、紛失物詮議《せんぎ》掛り、つまりは盗品取締りの組合を組織させられて町奉行所の管轄《かんかつ》下《か》にあった。売り買いする品と一緒に闇《やみ》の情報がこれらの商人のもとに流れ集まることを幕府は恐れたからだ。

「たしかに惣代《そうだい》を務めさせてもらったこともある。ですが、その惣代制度も昨年の暮れにご公儀は禁じられた。大黒屋はただの古着問屋にございます」

「総兵衛さん」

宇左衛門の語調が変わった。

「近ごろ江戸の町に流れる噂《うわさ》をご存じないようだ」

「どのような噂にございますか」

宇左衛門はちらりと左近を見た。

左近親分は素知らぬ顔で煙管《きせる》に刻みを詰めていた。

「大黒屋総兵衛様は裏の貌《かお》をお持ちとか。城中のどこぞと親密な関わりを保《も》たれ、闇の世界の仕事を引き受けてこられたとか」

「それはまた奇怪な噂が流れましたな。大黒屋、えらい迷惑にございます」

内心の動揺を隠した総兵衛は、顔に笑みを浮かべて答えた。

「団十郎はこの噂を鵜呑《うの》みにしましてな。私になんとしても総兵衛様に会わせてほしいと申したのでございますよ」

「世間の噂は無責任、それを団十郎さんともあろう人が信じるとは困ったことにございます。さりながら、名題の役者に信を寄せられた大黒屋、なんぞできることがありますかな」

「そこです、大黒屋さん。団十郎の顔が曇ってきたのはこの六、七日前からのことにございますよ。それでつらつらと考えますに、七日も前に団十郎は一通の書状を受け取っております。ええ、楽屋から舞台に上がろうとした団十郎のもとに書状が届きました。木戸口で若い衆が町娘から受け取ったものでございます。団十郎は書状の裏を返して、差出人の名がないのに首を捻《ひね》り、封を切りました。するとねえ、手紙の間からぱらりと紫色と思える小裂《こぎれ》が落ちてきましてね、団十郎は不思議そうに取りあげてから、愕然《がくぜん》としたように見えました」

「小裂ですか」

「ええ、それを団十郎は慌てて手紙といっしょに化粧前の小引出しに入れて、楽屋を出ていきました。その場に私は居合わせましたから、その光景はよう覚えております」

宇左衛門はいったん言葉を切った。

「団十郎が半六に刺し殺された騒ぎのなか、私の脳裏にふわっとあの書状のことが浮かんできましてねえ。団十郎に気鬱《きうつ》が生じ、舞台でも生彩を欠くようになったのはあの小裂と手紙のせいではないかと思いつきました」

「そのことをおまえ様にもいっさい言われなかったのですね」

宇左衛門は顔を横に振り、

「その後、なにも。それでさきほど楽屋を捜しましたが、女が届けた手紙も小裂もありませんでした」

と言った。

歌舞伎の左近親分がびっくりした顔で座元の宇左衛門を見た。

「ともあれね、団十郎に困ったことが起こった。そこで裏の貌をもつと噂されている大黒屋さんと会う気になったのですよ。その矢先に半六の事件が起こった……」

宇左衛門は自分の述べたいことを話して一息つき、冷たくなった茶を啜《すす》ると、

「私はこれで失礼します。なにしろ明日からの舞台を考えると頭が痛い」

と言い残して、座敷を立っていった。

居間に歌舞伎の左近親分と総兵衛だけが残された。

「親分も大黒屋について奇怪な噂が流れているということをご存じか」

「はい、承知しております」

「最初に耳にしたのはいつのことにございますな」

「つい最近のことでございます。八、九日も前に石町《こくちょう》の番屋で番太どもがそのような噂に興じておりますので、きつく叱《しか》ったことが最初でした。わっしも総兵衛様のお耳に入れようかと考えましたが、噂話を持ちこむのもなにかと遠慮申しあげたところでしてね」

「そうでしたか。なぜそのような噂が流れだしたか、これはうちで調べましょうか」

左近が黙って頷《うなず》いた。手にしていた煙管のがん首を灰皿にぽーんと叩《たた》いた左近は、

「団十郎の一件ですが、下手人の生島半六が自裁したとなると、わっしら町方はこれ以上の探索もできかねます」

総兵衛は頷いた。

「ですが、総兵衛様、座元の宇左衛門さんも申しておられたが、半六が団十郎を殺した動機が分からねえ。団十郎の楽屋から悲鳴が上がったとき、最初に部屋に飛びこんでいったのは、楽屋が隣の中村梅蔵《うめぞう》でしてね、団十郎は断末魔の痙攣《けいれん》を引き起こし、半六は短刀を左手にだらりと垂らしてうわ言のようになにかを呟《つぶや》いていたそうで……」

「うわ言、ですか」

「梅蔵には、京の恨み、思い知ったかと聞こえたと申します」

「京の恨み、思い知ったか、ですか」

「いえね、はっきりと聞いたわけじゃないが、そんなふうに聞こえたというのです。その直後、凄《すご》い勢いで楽屋を飛びだしていったそうなんです」

「親分は半六の犯行の裏には京に絡んだなにかがあると考えておられる」

へえっ、と一つ頭を下げた左近は、

「まして団十郎が町娘が届けた手紙に怯《おび》えていたとしたら、その辺りになんぞあるとみるのがわっしの推量にございますよ。ですが、総兵衛様……」

といったん言葉を切り、

「大黒屋様がどう関わってこられるか、その辺の見極めをつけないかぎり、動きがつきませんや」

「左近親分もこの総兵衛が二つの貌を持って、江戸の闇に暗躍していると考えておられるか」

「勘違いなされちゃ困る。わっしは芝居の座元さんのように夢を追う商売じゃあございませんでね。わっしが自分の眼で見定めないかぎり、噂なんぞは信じませんよ」

総兵衛が笑い、左近も笑みで応じた。

「ならば、親分さんの考えのままに半六の恨みを調べてくだされ」

にっこり笑った左近が、

「かしこまりました。なんぞ耳寄りな話がありましたら、お邪魔させてもらってようございますか」

「いつなりと大黒屋の木戸は左近親分のお出《い》でをお待ちしております」

煙管を煙草《たばこ》入れに戻した左近が笑みを返して、総兵衛に辞去の挨拶《あいさつ》をした。

四半刻《しはんとき》（三十分）後、総兵衛の住まいの地下城、大広間に鳶沢一族の幹部たちが集められた。

初代の鳶沢総兵衛成元《なるもと》の座像が睨《にら》みを利《き》かす大広間では、総兵衛も六代目鳶沢総兵衛勝頼《かつより》として威儀を正す。そして大番頭笠蔵以下、一番番頭の信之助、総兵衛付きの女中おきぬらも鳶沢一族の序列に従い、総兵衛勝頼の前に座す。

総兵衛は市村座の座元市村宇左衛門と左近親分からもたらされた情報を一座に伝えた。

しばし沈黙が支配した。

「総兵衛様、われらが裏の貌を持つという噂の出所が気にかかります」

笠蔵が口を切った。

影の任務を負う鳶沢一族は、昨年末、一心同体というべき〃影〃を始末していた。なぜならば、〃影〃が家康から与えられた命《めい》を逸脱して、利欲のために城中の権力者と組もうとしたからだ。

総兵衛は〃影〃を始末したとき、自らも百年の役目を終えたと覚悟した。ところが深慮遠謀でなる家康は、このような事態を予測して第二の〃影〃を用意していたのだ。

今、鳶沢一族と新しい〃影〃の任務が始まろうとした折りにこの噂である。

「女武芸者深沢美雪が姿を見せたことといい、だれぞが策動し始めたのかもしれぬ」

鳶沢一族にとって宿敵は、五代将軍綱吉の御側御用人《おそばごようにん》柳沢保明《やなぎさわやすあきら》であった。そして昨年始末した〃影〃が組もうとした相手でもあった。

「道三河岸《どうさんがし》と駒込《こまごめ》道中の動静を探りますか」

信之助が訊《き》いた。

綱吉の寵愛《ちょうあい》を受ける保明の上屋敷は御城近くの道三河岸にあり、綱吉から拝領した土地に構えた別邸六義園《りくぎえん》は駒込にあった。

総兵衛は頷いて、信之助の申し出を許すとともに、

「南町の松前《まつまえい》伊豆守《ずのかみ》様が奉行を辞められたのは大黒屋にとって痛い。存分に注意して動け」

南町奉行松前伊豆守嘉広《よしひろ》は富沢町の惣代を務めてきた大黒屋に好意的な奉行で、これまでもたびたびの危難を救ってくれた。その松前が去り、敵対して惣代の地位を大黒屋から取りあげた北町奉行保田越前守宗易《やすだえちぜんのかみむねやす》が残っていた。

これは大黒屋の表の稼業《かぎょう》にとっても裏の任務にとっても不利なことで、注意を要する問題であった。

「はっ」

笠蔵らがかしこまって受けた。

「それに団十郎と半六の周辺をあたってみよ。書状の差出人が知りたい。ともあれ、家康様から影の任務を課せられたわれらを白昼のもとに引きずりだそうという画策が進行していると思える。一族の者は一人残らず言動に注意して日をすごせ」

総兵衛の重ねての言葉でこの夜の会議は終わった。

二

大黒屋の奉公人のなかで一番の早起きは、大番頭の笠蔵だ。

庭の片隅にある薬草園から採取しておいた薬草の乾燥具合をたしかめたり、乾燥させたものを薬研《やげん》で砕いたりと忙しい。これらの漢方薬は、店の奉公人ばかりか近所の人にまで配られ、

「薬道楽さえなければほんによい御仁じゃが」

と苦い薬を配り歩くことを疎《うと》まれていた。だが、笠蔵は、めげる様子もなく、ますます薬の研究、栽培、調合にと余念がない。

そんな笠蔵も総兵衛には敵《かな》わない。笠蔵が書物や薬草に囲まれて満足の笑みを浮かべているとき、すでに地下の大広間で刃渡り四尺（約一二〇センチ）になんなんとする馬上刀をゆるやかに使いながら汗をしたたらせている。

鳶沢一族に伝わる祖伝夢想流の継承者である六代目総兵衛勝頼は、戦場往来の実戦剣法をさらに工夫して、秘剣落花流水剣を編み出した。

「雌雄を決する対決の動き出しこそ肝心。戦いの機運を悟ることで戦いに生き残り、勝者となる」

の信念が総兵衛にはあった。機を見るのは、

「風もないのに枝から花が落ちる瞬間にも似たり」

というのだ。さらに戦いの最中は、

「水に落ちた花が流れに逆らうことなく身を任せる」

ように剣身一如《いちにょ》に舞い動くことが極意というのだ。

総兵衛はゆるやかにゆるやかに長剣を使う。自然の法に従って動き始め、停滞も遅滞もすることもなく永久《とわ》を感じさせて動きつづける。

どこが端ともつかぬ、

(円環)

にこそ戦いの真実はあると総兵衛は考え、ひたすらに自ら定めた円のなかを無限世界のように動いて倦《う》まない。

そんな朝の鍛練が二刻（四時間）、ときに三刻（六時間）と続くことがある。

この朝、総兵衛は店の奉公人たちが起きだす明六つ（午前六時頃）前に稽古《けいこ》

を止《や》め、水を浴びた。

登城前の大目付本庄伊豆守《ほんじょういずのかみ》の屋敷を訪ねるためだ。

何杯も水を被《かぶ》った体から湯気が立ち始め、乾いた手ぬぐいで五体を拭《ふ》いた総兵衛が湯殿からあがると、おきぬが召しもの一揃《そろ》えを支度していた。

新しい春物の羽織袴《はかま》に身を包んだ総兵衛は、半刻後、四軒町の大目付本庄伊豆守勝寛《かつひろ》の屋敷の門を潜《くぐ》った。前日に訪問の伺いを立てて、約束をとってあった。

式台まで奥方の菊がわざわざ出迎えに出てきた。

それほど大黒屋と本庄家の交わりは深かった。

「奥方様にはご尊顔麗《うるわ》しく、総兵衛、喜ばしゅうございます」

「総兵衛どのもお元気そうでなによりじゃな」

小僧の丹五郎《たんごろう》に担《かつ》がせた京下りの女ものの巾着《きんちゃく》やら紅、櫛《くし》、白粉《おしろい》、簪《かんざし》、化粧用の刷毛《はけ》などを下ろさせて、用人に渡した。

「これはこれは、いつも気をつこうてくれて相すまぬことです」

「なんの些細《ささい》なものばかりにございます。絵津《えつ》姫様にも宇伊《うい》姫様にもお元気にあらせられましょうな」

「おきぬが同道でないと知ったら、二人もがっかりしましょうぞ」

菊が笑った。

おきぬは本庄家の娘たちとも親しい間柄だった。

「菊、大黒屋はそなたらの遊び相手ではないわ」

登城姿の本庄勝寛が玄関先に姿を見せて、総兵衛を御用部屋に上げた。

総兵衛が儀礼で訪問したとは考えていないからだ。

「ひさしぶりじゃな」

対面した勝寛は笑みを浮かべて言った。

「勝寛様、ご壮健のご様子、なによりにございます」

「総兵衛、なんぞそなたを困らせる事態でも生じたか」

「勝寛様は市川団十郎の刺殺事件をご存じですな……」

と前置きして、この数日に起こったことを語った。

「あの日、そなたが刺殺された団十郎に呼ばれていたか。これを奇遇と考えるか、だれぞが策動を始めたと思うべきか」

「それでございます」

「そなたの身辺についてよからぬ噂《うわさ》を流す者も気になるな」

本庄勝寛も総兵衛の隠れた貌《かお》について実態は知らなかった。だが、これまで共同して戦ってきた経緯から、総兵衛が並の商人ではないことを察していた。

「注意して城中に耳目を注ごうか」

勝寛は、すぐに総兵衛の訪問の意図を悟り、答えた。

三千石高の旗本が命じられる大目付の職務は大名、旗本大身の監察である。将軍家との面会の権限も有していた。それだけに城内外の情報を逸早《いちはや》く知る立場にあった。

「ありがたきことに存じます」

総兵衛は、礼を述べ、平伏した。

「総兵衛、ひとつな、そなたの懸念《けねん》が消えるやも知れぬ」

と登城の刻限が迫った勝寛が言いだした。

総兵衛は顔を上げた。

「北町の保田宗易どのが町奉行職を辞される噂が城中で流れておる。となれば、早晩に交替されよう」

大黒屋が世襲のようにしてきた富沢町惣代《そうだい》の地位を取りあげた奉行であった。むろんその背後には老中さえ凌《しの》ぐ御側御用人柳沢保明が控えていた。

「これは大黒屋にとってなによりの話にございます」

二人は顔を見合わせ、笑みを交わした。


看板役者市川団十郎の刺殺事件の余波で市村座の二月芝居は興行中止になった。

二丁町の市村座では絵看板や文字看板を下ろす作業が続いていた。

のどかな日差しの芝居町を通りかかった女に芝居小屋の若い衆から声が飛んだ。

「よう、別嬪《べっぴん》の姉さん、一人で使いかえ」

大黒屋のおきぬだ。

的飾りのかたわらに立った五、六人の下足番やら木戸番たちが作業を中断して、おきぬを見下ろした。

「芝居は中止だ。おれも暇だ。付き合っちゃくれめえか」

おきぬは足を止めて庇《ひさし》の上の若い衆を見上げた。

「木戸番の銀次郎《ぎんじろう》兄さんはおられますか」

おきぬの問いに冷やかしの声を上げた痩《や》せっぽちの兄いが、

「はて、この銀次郎に別嬪の誘いとは、どんな風の吹き回しにござりましょうかなあ、べんべん……」

と口三味線入りの台詞《せりふ》回しで芝居の真似《まね》ごとを演じる。すると仲間の兄いたちが絵看板を金槌《かなづち》で叩いて、ツケの合いの手まで加えた。

「さてさて市村座の東の鼠木戸《ねずみきど》を守る蚊とんぼの銀次郎、亡《な》くなられた市川団十郎ばりに六方《ろっぽう》踏み踏み、庇の上から姉さんの待つ二丁町への通りへと、べんべん、下りていきましょうかえ」

今度は義太夫《ぎだゆう》の声音でがらがら声を絞りあげてはしごを下りてきた。

おきぬは銀次郎たちの心底を感じていた。

荒事《あらごと》を創始した市川団十郎の突然の死に打ちのめされ、笑いで茶化さないかぎり、寂しくてしょうがないのだ。

「銀次郎さんですね、大黒屋のおきぬと申します」

おきぬは丁寧に頭を下げた。

「富沢町の大黒屋さんかえ。男衆には縁があるがさ、姉さんのようなお女中とはとんと縁がねえや」

銀次郎は大黒屋が都合してくれる芝居衣装の反物や古着で市村座の役者たちが調法していることを語り、まぶしそうにおきぬを見た。

「姉さん、なんの用事かえ」

銀次郎はおきぬが大黒屋の人間と知って態度を改めた。

「ちょいとお付き合いくださいな」

おきぬは、荷運び頭の作次郎《さくじろう》に聞いていた信州の酒と田舎田楽が売りものの居酒屋の信濃《しなの》みそに銀次郎を連れていった。信州諏訪《すわ》宿の出の主《あるじ》夫婦が切り盛りする店は、芝居小屋の若い衆や大黒屋の荷運び人足たちも繁《しげ》く出入りしている。

「おっ！」

銀次郎も馴染《なじ》みとみえて、女将《おかみ》に、

と短く声をかけた。

二人は客もまばらな店の小座敷に上がり、おきぬが酒と名物の田舎田楽を注文した。田楽は信州豆腐にさんしょ味噌《みそ》を加えたものだ。

「昼間からよ、姉さんのような別嬪と差し向かいとはきびが悪いぜ」

おきぬに注がれた酒をぐいと飲んだ銀次郎が真顔で言った。

「銀次郎さんは団十郎さんに届けられた書状を受け取られたそうですね」

「姉さん、付け文なら毎日だ。覚えていられるものか」

「亡くなられる七、八日前、美人の町娘から届けられた手紙ですよ」

「ああ、あれかえ。あれなら覚えていらあな」

銀次郎はほっとしたように新たに注がれた酒を飲んだ。

「なにしろよ、姉さんも別嬪だが、年増《としま》の貫禄《かんろく》じゃあ、あのたぼには敵わねえ。体じゅうからなんとも色気が漂ってさ、まともに顔が見られなかったぜ」

「銀次郎さん、よだれ」

香ばしい味噌の香りが二人の周りに漂い、田舎田楽の皿を運んできた女将が銀次郎を冷やかした。

「女将さん、そういうけどよ、ふるいつきたくなるほど、凄《すご》みのある美人だったんだ」

「ご馳走《ちそう》さま」

女将が呆《あき》れ顔で板場に消えた。

「年のころは二十六、七、京訛《なま》りというのかねえ、ねばりつくような甘さだ」

京訛りの町娘ですか、とおきぬは首を捻《ひね》った。

「と思うけどさ。なにしろこっちは箱根の山にも登ったことがねえ。上方《かみがた》の言葉なんぞ大坂か京か区別つくものか」

「書状の宛名《あてな》はどうなっておりましたか」

「団十郎様御許《みもと》だったかねえ。手紙からさ、いい匂《にお》いが漂ってきやがった」

香をたき込めた書状か。

「差出人の名は」

なかったな、と銀次郎は即答した。

「たしかでございますか」

「だれからとも分からずに手紙を受け取るのはいけねえと、座元からきつくいわれているんだ。それでよ、聞き返したのさ、どなた様からで、とね」

「すると」

「分かります、と答えられたものよ」

「ただ、分かりますですか」

「念にはおよばねえ」

「その方は手紙を銀次郎さんに渡された後、どうなされました」

「もちろん小屋に入ったさ」

おきぬは名物の田楽に手を出した。

一口食べると口のなかに信濃の香りが満ちた。

銀次郎は田楽には見向きもせず、手酌で酒を注ぐと口に運びかけ、

「でもな、少しおかしなことがあったのさ」

と言いだした。

「なんですね、おかしなことって」

おきぬは田楽を皿に戻した。

「あの日の七つ（午後四時頃）過ぎに頭の用事で元大工町まで使いに出された

んだ。帰り道だから、七つ半（午後五時頃）になっていたかもしれねえ。魚河《うおが》岸《し》から堀を渡って照降町《てりふりちょう》に差しかかった頃合だ、海産物問屋の敦賀屋《つるがや》の前に駕《か》籠《ご》が止まり、あの女中が店のなかから上臈《じょうろう》さんも顔負けの打ち掛けというのかえ、ぞろりとした召しものを着て、駕籠に乗りこんだじゃねえか。おれは驚いたぜ。町娘が御殿ふうのたぼに結いあげて、武家の奥方のように変わってさ。なによりかによりお目当ての団十郎様の『移徙《わたまし》十二段』も見ないで戻っていくんだからな」

この時代、武家の奥方や屋敷に奉公する奥女中が芝居を密《ひそ》かに見物するのはめずらしくない。宿下がりの三月には、芝居小屋は城下がりの上臈衆でいっぱいになった。

「間違いはありませんね」

「あの顔は間違いっこねえ。美形だが奥向きの格好すると顔に険があらあ」

「するとその方は、町娘に扮《ふん》して団十郎さんに手紙と贈り物を届け、しばらく芝居を見物して、小屋から海産物問屋の敦賀屋さんに寄られて衣装を着替えられて、お屋敷に乗り物で戻られたということになりますか」

「そうなるかねえ」

「供はおられましたか」

「女中が二人に二本差しが二人だ」

「武家の様子はどんなもので」

「一人は無紋の羽織の侍で初老の用人さんだねえ。もう一人は、三十前後かねえ。屋敷者じゃねえ、修羅場を何度も潜《くぐ》ってきた剣客浪人って感じでよ、目が据わっていたぜ」

長年の木戸番銀次郎は一瞬のうちに二人の特徴を見分けていた。

「駕籠は魚河岸のほうに向かっていったね、おれが知っているのはそれだけだ」

と言った銀次郎は、

「あのことと団十郎様の事件と関わりでもあるのかえ」

「いえ、座元さんから聞いた話にうちの主が興味を持ちましてね、それでこうしてお伺いしただけですよ」

おきぬは銀次郎の袖《そで》になにがしかの酒代を放り入れると、

「払いをすませておきます。好きなだけ飲んでいってくださいな」

と小座敷を立った。

十手《じって》持ちの歌舞伎《かぶき》の左近は、霊岸島新堀に面した北新堀町の小体《こてい》な家を訪ねた。

元禄期、勃興《ぼっこう》する歌舞伎の中心的な人物だった千両役者市川団十郎を刺殺した、生島半六の家である。

半六は追いつめられて喉《のど》を刃物で突いて自殺して果てていたが、団十郎を殺したうえでのことである。半六の家は持って行き場のない自責と哀《かな》しみにうち沈んでいた。

「ごめんなさいよ」

格子戸《こうしど》を潜った玄関先で声をかけると、なかから次男の善次郎が顔を見せた。

「親分さん、この度は親父《おやじ》がとんだことをしでかしまして」

善次郎は歌舞伎好きで彫りものまでしたという左近の顔を知っていた。

「おめえも苦しい立場だ、察するぜ」

左近は玄関先に腰を下ろした。

「なにかお調べにございますか」

「いやさ、おめえの親父が自殺して果てたとなると、これ以上の探索もできめえ。だがな、気になるのさ」

「気になるとはなんでございますな」

「おめえの親父が団十郎を殺したわけがわからねえ」

「そこでございますよ」

善次郎も玄関先に座り直した。

「世間じゃあ、団十郎がおまえをいたぶったから親父が逆上したと言う者もいる」

善次郎は苦笑を浮かべた暗い顔を横に振った。

「成田屋の師匠の稽古《けいこ》は、それはそれはきびしゅうございました。ですが、それは私ばかりじゃない。実の倅《せがれ》の九蔵《くぞう》さんにも手きびしいお叱《しか》りでございましたよ」

左近は頷《うなず》いた。

「おまえさんが力不足を嘆いたから、親父が血迷ったというわけでもないか」

そんなことはございません、ときっぱり善次郎は否定した。

「小屋の内外では、親父が団十郎さんと吉原の夢里太夫を張り合ったと言う方もございます。ですが、親分、成田屋さんと親父では月とすっぽんでございます」

「その線もなしか」

と頷いた左近は、

「善次郎、親父が団十郎を刺した直後、京の恨み、思い知ったかとうわ言のように呟《つぶや》いたというのだが、なにか心当たりはないか」

「京の恨み、思い知ったかですか。だいいち、親父は京に上ったこともありませぬ」

左近は団十郎の京上りに半六が同行していて、京で恨みを買うようなことがあったのかと推察していた。が、どうやら見当違いらしい。

善次郎は、何かを思い出そうとするふうに黙りこんだが、すぐに顔を上げて左近を真《ま》っ直《す》ぐに見た。

「ちょいと気になることが……」

と言いだした。

「親父がこんなことをしでかす一月《ひと》も前に一度か二度、贔屓《ひいき》筋に呼ばれたことがございます。私どもが知らぬお客様にございます。それがひょっとしたら京の女かもしれませぬ。二度目に会った直後、居間の長火鉢の前で親父が京の女は情も濃いが気も強い、と呟いたのを聞いたことがございます。私が隣の部屋にいて、衣装の手入れをしているなど、親父はとんと気づいていなかったと思います」

「半六とその女は関わりがあったというのだな」

善次郎は、顔を縦に振り、

「ただあったとしても一度か二度、邪険にされたのではありませんか」

と答えた。

「善次郎、親父がその女と会ったのは料理茶屋かえ」

「いえ、屋根船ではないかと思われます。女と会って戻ってきた夜、川は寒いねと申しましたから……親分さん、私の知ることはこんなものでございます」

善次郎は左近との面会の終わりを告げた。

「助かった」

と礼を述べた左近は、

「半六の位牌《いはい》に線香を上げさせちゃあくれまいか」

と頼んだ。

左近が生島半六の格子戸を出てきたのを大黒屋の信之助が水上の猪牙舟《ちょきぶね》から見ていた。

左近は北新堀町を崩橋《くずればし》のほうに歩いていく。

「番頭さん、どうします」

船頭の晴太《せいた》が船着場に寄せていいかと訊《き》いた。

「いや、店に戻りましょう」

「えっ」

晴太がびっくりした。

「歌舞伎の親分の後に伺って話が聞けるもんじゃない。いずれ必要なことは親分が知らせてこられましょうよ」

そう答えた信之助は小舟に座りなおした。

三

大黒屋総兵衛が思案橋の船宿幾とせを出たのは五つ半（午後九時頃）を大きく回っていた。堀端沿いにゆったりと歩を進めた。

六尺の長身が微醺《びくん》を帯びて、川風が気持ちよい。

大目付本庄伊豆守勝寛の登城を見送った総兵衛は、小僧の丹五郎を店に戻した。

思い立って仙台堀の浄心寺を訪ねて、許婚《いいなずけ》であった千鶴《ちづる》の菩提《ぼだい》を独り弔うためだった。

千鶴は鳶沢一族を敵と狙《ねら》う者たちの手によって惨殺《ざんさつ》された。

一族の者でなければ、頭領の嫁にはなれない。その不文律を破ってまでも嫁にと、笠蔵らが総兵衛には内緒で画策している最中の出来事であった。

千鶴は総兵衛が鳶沢一族の頭領でなければ殺されることはなかった。そのことをときおり思い出しては、総兵衛は気鬱《きうつ》に落ちた。

そんなとき、総兵衛は千鶴の墓前に座る。

「大黒屋様」

振り向くと、和尚《おしょう》の禅丹《ぜんたん》が立っていた。

「抹茶など進ぜたいがお付き合いくださらぬか」

禅丹の誘いに応じて、庭に面した座敷で浮き世のことを忘れた話で時を過ごした。

そのうえ、昼まで馳走《ちそう》になって寺を出たのが昼下がり八つ半（午後三時頃）だった。すると、仙台堀の対岸に女が立っていた。

女武芸者の深沢美雪だ。

総兵衛は朝から監視される目を感じていた。それで小僧を富沢町に戻し、時間をかけて浄心寺へと引きまわした。

（美雪はおれを付けまわしてどこぞで果たし合いをやろうというのか）

それにしても不審な行動であった。

が、それ以上の関心を女剣士に持ったわけではない。

総兵衛は、仙台堀で拾った猪牙舟を思案橋に着けさせ、幾とせにひとり残されたうめを訪ねた。

うめは千鶴の母親だ。

「お邪魔しますよ」

総兵衛は店の奥に声をかけた。老船頭の勝五郎《かつごろう》が船頭たちの控え部屋から出てきて、

「大黒屋の旦那《だんな》、お久しゅうございます」

と腰を折った。

「勝五郎、元気そうだな」

「口だけは達者だが、体は動かねえや」

「うめは元気か」

「女将《おかみ》さんは元太郎《げんたろう》坊ちゃんにつきっきりでさあ」

うめは千鶴が亡《な》くなった後、衝撃から病《やまい》に倒れた。

そこで総兵衛はうめとおきぬと勝五郎の三人をともない、箱根の芦ノ湯《あしのゆ》に湯治に出た。その道中、大磯宿の手前、小淘綾《こゆるぎ》浜の茶店に捨てられていた赤子の元太郎と出会った。

うめは千鶴の生まれ変わりとばかりに、幾とせの跡取りにすると張り切って江戸に連れ戻ったのだ。

奥から元気な赤子の泣き声とうめのうれしそうな声がした。

「腹を空《す》かせたのかえ、元太郎はなんという腹っぺらしだろうね。でもさ、男の子はそれぐらいでなきゃあ。大きくは育たないよ」

「うめ、忙しそうじゃな」

総兵衛が部屋に入って、うめに声をかけた。

「あれっ、総兵衛様、いつ見えられた」

「いつもなにも、うめの気は元太郎にしかないとみえるな」

「総兵衛様、元太郎の相手をしておりますと一日が短くて短くて、てんてこまいですよ」

うめは一人娘の千鶴を亡くした悲しみを元太郎の育児に没頭することで忘れようとしていた。

「おおっ、大きゅうなったな」

元太郎は拾われたときとは体も一回り大きく育ち、顔の色艶《いろつや》もいい。

総兵衛は元太郎の顔をのぞきこんで複雑な気持ちになった。

幾とせから千鶴が消え、元太郎が増えた。

(それだけのことだ)

と総兵衛は自分に言いきかせようとした。

「今日はまたどうされました」

「思い立ってな、浄心寺に墓参りにいってきた。和尚に昼を馳走になって、よもやま話をしているうちにうめの顔が見たくなったのさ」

「そうでしたか。千鶴の墓にもたまには顔を出そうとは思うんですがね、つい元太郎の世話に追われて忘れてしまいます」

「死んだ者より生きておる者の世話が先だ。うめ、それでよい」

総兵衛の言葉にうめの瞼《まぶた》が潤《うる》んだ。

「うめ、すまぬが酒なと馳走してくれぬか」

「はっ、はい」

そこは船宿の女将、元太郎の世話を女中の一人に任すと、酒の支度に走った。

総兵衛もうめも、いまだ千鶴の死を乗り越えられていない。それだけに、互いの心中が手にとるように理解できた。

日本橋川の川面《かわも》が望める二階座敷で、総兵衛は行き交う荷船や屋根船を見ながら、酒を酌《く》み、ほろ酔いにごろりと横になって昼寝をした。

空《うつ》ろな風が胸を吹き抜けていた。千鶴を失った哀《かな》しみだ。

だが、そのことを富沢町で見せるわけにはいかなかった。千鶴を相手に酒を飲み、寝間を一緒にした思案橋でしか見せられない姿だ。

夕暮れ時、総兵衛は目を覚ますと、うめが用意した夕餉《ゆうげ》の席でも酒を飲んだ。

そして、うめから元太郎の成育ぶりなどを聞きながら時を過ごした。


総兵衛は、堀端から新乗物町に曲がろうとして足を止めた。

腰に差した煙草《たばこ》入れから愛用の銀煙管《ぎんぎせる》を出してきざみ煙草を詰め、

(はて火はどうしたものか)

とあたりを見まわした。

二八そばの屋台も堀に船頭の一人もいない。深い闇《やみ》が江戸を包んでいた。

新乗物町の角には富沢町の古着問屋七軒のうち、新しく組合に入った上総屋《かずさや》左古八《さこはち》の店が看板を上げていた。

総兵衛は、見るともなくその表構えを見ていたが、ふいに走りだした。

上総屋を不気味なものが包んでいた。

総兵衛の鼻先で上総屋の大戸が内側から蹴《け》り破られ、顔に鬼面をつけた異形の者たちが姿を見せた。

「何者か」

総兵衛の問いに驚いたふうもない。

「芝居町なら二本ばかり道が違いますよ」

総兵衛の言葉に答えようとはせず、面をつけた男たちは総兵衛を半円に囲んだ。

総兵衛の背は堀だ。

「大黒屋総兵衛やな、死んでもらいます」

なんと頭分は総兵衛の名を知っていた。そしてその言葉には京の訛《なま》りがあった。

一人が腰の長剣をするりと抜いた。残りの男たちも長剣を抜きつらねて、右の肩に大きく立てた。

「大黒屋総兵衛はただの古着問屋の主《あるじ》にございますよ」

紋服羽織袴の総兵衛はあくまで江戸の商人として応対した。

半円が縮まった。

間合いは一間半（約二・七メートル）。さらに鬼面の男たちが輪を縮めた。

総兵衛は、両の足をわずかに開き、両手をだらりと垂らした自然体で立っていた。無防備と見える右手から銀煙管が下がっている。

「おおっ！」

気合いとともに長剣が右の肩から斜めに振りおろされ、それが左の腰前で反転させられると虚空《こくう》に向かって振りあげられた。

六本の長剣に一瞬の遅滞もない。六本の剣がまるで千手観音の手で操られるように同調して八の字を描くように舞う。

総兵衛は動かない。

さらに半円が縮まった。長太刀の切っ先が鋭い刃風を立てて、総兵衛の胸前《むなさき》を十字の光を描きつつ交差した。

一本の刃《やいば》の攻撃さえ避けることは難しい。それを隙間《すきま》なく六本が左右前後に移動しつつ接近してくる。

「地獄に行っておくれやす」

頭領のやわらかに響く言葉が鬼面の奥から死を宣告した。

六本の長剣が揃《そろ》って斜めに斬《き》りおろされた。

総兵衛の体がゆっくりと沈降したのはその瞬間だ。

六尺の長躯《ちょうく》が四尺に縮み、地面近くで沈みゆく六本の切っ先を眼前に見ながら、虚空へと跳ねあがった。

六本の剣が追おうとした。しかし下降を続ける剣は、地面近くまで下りて反転する動きを残していた。

総兵衛は膝《ひざ》の屈伸を利して虚空に身をおくと、鬼面の額に銀煙管を打ちつけた。面が割れて列が乱れ、動きが止まった。

「ぐえっ！」

鬼面を割られた男が横倒しに倒れたとき、総兵衛は半円の外、襲撃者の後方に下り立っていた。

乱れた半円がくるりと振りむいた。

思案橋の方向から明かりを点《とも》した船がやってきた。

「大黒屋、また会いまひょか」

頭分の言葉に、配下の者たちが倒れこんだ仲間の体を引きずり、堀留の方角へと姿を没していった。

総兵衛は刺客たちが遠ざかる因《もと》を作った猪牙舟に視線を送った。そこには女武芸者深沢美雪が屹立《きつりつ》して、総兵衛を見あげていた。

一日に二度も会うことになった。

その姿には孤独と憎悪《ぞうお》があった。

(芝居の扮装《ふんそう》をした刺客たちと女剣士は関わりがあるのか)

どうも判然としなかった。はっきりしているのは、深沢美雪にはいささかの殺気も感じられぬことだ。

猪牙舟は総兵衛の前を通りすぎると堀留のほうにゆっくりと消えていった。

総兵衛はその先で行き止まりになる小舟の女剣客を見送り、鬼面の者たちが現われた上総屋の店のなかに入っていった。

森閑としていた。死の臭《にお》いがゆっくりと鼻孔をついた。

「だれかおられぬか。お店の前を通りかかった大黒屋総兵衛にございます」

総兵衛の叫び声は闇に吸いこまれるように消えた。

店の二階の奉公人部屋で物音がした。だが、下りてくる気配はない。

死の臭いは奥からだ。

「上がらせてもらいますぞ」

総兵衛は死の臭いに引き寄せられるように奥へと通った。

明かりが主の住まいから漏れていた。

古着商いが何百軒と暖簾《のれん》を競う富沢町では、大黒屋総兵衛を中心に元浜町の山崎屋助左衛門《やまざきやすけざえもん》、同じく武蔵屋庄兵衛《むさしやしょうべえ》、橘町《たちばなちょう》の江口屋太郎兵衛《えぐちやたろべえ》、高砂町の秋葉屋半兵衛《あきばやはんべえ》、長谷川町の井筒屋久右衛門《いづつやきゅうえもん》の六人が代々古着問屋組合を形成して、仕入れと卸《おろし》を担当してきた。だが、二年前に井筒屋久右衛門が総兵衛と組合を裏切って、柳沢保明一派の策動にのり、自滅するように死んだ。組合は久右衛門の息子、赤子の貴太郎《たかたろう》が成人するまで、内儀の鈴を女主人として井筒屋を手助けすることにしたが、やはり従来の問屋組合の機能を維持するには無理があった。そこで、七軒目の問屋の株を小売り屋の上総屋が譲り受けて問屋組合に名を連ねることになった。

部屋の明かりが廊下に漏れていた。

「上総屋さん、大黒屋にございますよ」

部屋を覗《のぞ》くと、大きく両眼を見開いた女が寝間着のままに布団《ふとん》の上に腰を抜かしたように座りこんでいた。

「お内儀《かみ》さん」

上総屋の内儀のつねの顔を恐怖が覆《おお》い、かちかちと歯を鳴らしていた。言葉も口をついて出ない。

「お内儀、左古八さんはどこにおられる」

つねが必死に襖《ふすま》が半分開かれた奥の間を指した。

「ごめんなさいよ」

主夫婦の寝間に入ると奥の間の襖を開いた。

驚愕《きょうがく》を顔に張りつかせた上総屋左古八が首筋から血を流してあお向けに倒れていた。

総兵衛は、上総屋のかたわらに膝をつくと体の温《ぬく》もりと傷口を調べた。体はまだ温かく、ただ一太刀、みごとな斬り口で刎《は》ね斬られ、それが致命傷であった。

「だ、旦那《だんな》様！」

廊下に足音が響いて、住み込みの奉公人らしい悲鳴が上がった。

総兵衛が内儀のつねの部屋に戻ると、番頭らしき男が恐怖の目で総兵衛を見た。

番頭の顔には見覚えがあった。

「大黒屋総兵衛です。思案橋からお店の前を通りかかりますと、鬼の面をつけた奇妙な者たちが店から飛びだしてきましたのでな、声をかけに入らせてもらいました。番頭さんの泰造《たいぞう》さんでしたな、出入りの御用聞きの家にだれぞを走らせてくだされ」

「はっ、はい」

泰造は後ろを振りむきかけたが、

「旦那様は……」

と訊《き》いた。

総兵衛は首を横に振った。すると泰造が、

「こ、殺されなすったんで」

と叫び声を上げた。

つねが、わああっと泣きだした。


総兵衛が大黒屋に戻ったとき、九つ（夜十二時頃）を大きく過ぎていた。が、大番頭の笠蔵らが主の帰りを待っていた。そして、そこに懐《なつ》かしい顔が加わり、総兵衛を迎えた。

「おおっ、作次郎、戻ってきたか」

大力の作次郎は大黒屋の荷運び頭であり、鳶沢一族の戦闘中核部隊の頭分でもあった。

大黒屋では古着の商いと同時に新ものの拡大を目指して、新たな仕入れ先を探っていた。そこで大黒屋の持ち船明神丸を上方から九州の博多、長崎、さらに琉球《りゅうきゅう》にまで派遣して、仕入れ先を探ってきたのだ。長として四番番頭の磯松《いそまつ》を、補佐役に手代の清吉《せいきち》らを明神丸で出港させたのは去年の夏のことだ。総兵衛は、運送の担当者作次郎も同乗させ、遠国からの運送の方法の研究を命じた。

その長い旅を終えた作次郎が一人陸路で江戸に帰着してきた。

総兵衛の緊張の顔色を見た大番頭の笠蔵、一番番頭の信之助、おきぬ、そして戻ったばかりの作次郎の四人が総兵衛の居間に顔を揃えた。

「旦那様、詳しい報告は明朝、大番頭様らに申しあげます。今晩は思ったよりも順調に品揃えができましたことだけお伝えしておきます」

「ご苦労だったな」

「明神丸は今ごろ、摂津湊《せっつみなと》に帰着しておりましょう。船倉には長崎更紗《さらさ》、肥後木綿《もめん》、薩摩絣《さつまがすり》、琉球の紅型《びんがた》などめずらしき布が満載されております」

「それは楽しみ」

「また上方にて仕入れました古着は、駿州鳶沢村から呼び寄せました百石船の駿府丸《すんぷまる》にて、江戸に先行させております。私が鳶沢村に立ち寄りました日の前日には、久能山沖を通過したのがたしかめられております。風具合にもよりましょうが、そろそろ江戸に到着してもよいころにございます」

「作次郎、若い番頭、手代を指揮してようしてのけてくれたな」

総兵衛は頭を下げて感謝した。

「だ、旦那様」

作次郎が慌《あわ》てた。

総兵衛の脳裏に三井《みつい》越後屋《えちごや》との新もの取引があった。仕入れと運輸の道筋さえ順調につくのなら、江戸での新ものの卸先には三井越後屋が控えているのだ。

「なんぞ江戸で起こりましたか」

緊張の顔に変えた作次郎が総兵衛を見た。

総兵衛が新乗物町の古着問屋の上総屋の事件を告げようとしたとき、かたわらから、

「それです、作次郎……」

と笠蔵がせき込んだ口調で団十郎の死に始まる新たな危難を告げた。

「なんとまあ」

作次郎が絶句して、驚いた。

「旦那様、話してようございますか」

おきぬが総兵衛の身に起こった異変を察知したように断った。

「私に起こったことは後で話す。おきぬ、そなたから話してくれ、そなたたちの話を聞きながら、頭を整理したいでな」

頷《うなず》いたおきぬが市村座の木戸番銀次郎から聞いた話を報告した。笠蔵が総兵衛の身に起こったことを気にしながらも、

「京訛《なま》りの女ですか」

と新たな登場者に眉《まゆ》をひそめた。

「その女が何者か知れませぬが、海産物問屋の敦賀屋さんで着替えをしたとのこと。ここいらあたりから探索を始めようと思っておりますが、敦賀屋さんに問い合わせるのは今はまだ控えました」

おきぬの報告に、総兵衛が頷いた。

「照降町の敦賀屋さんは先代が上方から江戸に進出してこられた商人にございます」

笠蔵が言った。

「海産物問屋なれば、魚河岸とつながりがあろう。おきぬ、おてつと力を合わせ、敦賀屋に親しい魚問屋をあたってみよ」

鳶沢一族のおてつは、荷担《にかつ》ぎ商いの一人であった。そのうえ、おてつは老練な探索掛りであり、倅《せがれ》の秀三《ひでぞう》と組んでかずかずの手柄を立ててきた。

総兵衛の指示におきぬがかしこまった。

「信之助、半六のほうはどうなったな」

「左近親分さんに先を越されまして、玄関にも入らず戻ってまいりました」

「親分にな」

総兵衛は考えこむように苦笑いした。

「そこで夕刻、私のほうから下柳原同朋町の親分さんを訪ねましてございます」

「うーむ」

「善次郎さんは親父《おやじ》がなんで団十郎を刺すような羽目に陥ったか分からぬと首を捻《ひね》っておるそうでございます。ところが、こちらにも京の女が登場してまいりました」

信之助は左近親分が教えてくれた、半六が団十郎を刺殺におよぶ前に会った京女の話をした。

「京女か」

「左近親分は今、手先たちを使って船宿をあたっているところにございます。親分の家でも船宿がご商売、他の船宿とのつながりも深うございますゆえ、そのうちによい知らせがあろうかと思われます」

歌舞伎《かぶき》の左近は女房に船宿いろはをやらせて、自分はお上の御用に専念していた。そしていろはは幾とせ同様に老舗《しにせ》の船宿、横のつながりは深く、情報の流れはたしかなものがあった。

「親分の調べを待つとするか。それにしても此度《こたび》のこと、すべてに京がからんでくる。なんぞ京都が鍵《かぎ》を握っておる様子じゃな」

総兵衛は上総屋の危難を告げた。

「な、なんと上総屋さんが襲われなすった」

笠蔵が呻《うめ》くように言うと、総兵衛を見返した。

四

「上総屋の出入りの御用聞きは安針町《あんじんちょう》の玉七《たましち》親分でな、今まで調べに付き合ってきた」

総兵衛は、混乱に落ちた上総屋の家族や奉公人たちをなだめながら町方の登場を待った。やってきたのは総兵衛も顔見知りの安針町の玉七と手先たちだった。

玉七はなぜ凶行の場に大黒屋の主《あるじ》がいるのかをいぶかりながらも老練な調べを始めた。

「大黒屋さんが、主の左古八さんの死体の発見者だそうですな」

総兵衛は包み隠さず見聞したことを述べたが、鬼面の集団が大黒屋総兵衛を見知っていた事実と一日に二度も会った深沢美雪の一件は伝えなかった。

「玉七親分、深夜の外出を怪しまれておられるのなら、幾とせに問い合わせてくだされ。女将《おかみ》のうめと、千鶴のことを思い出しているうちに遅くになりました」

「いいえ、大黒屋の旦那を疑っているわけじゃねえ、これも御用聞きの仕事のうちでございましてな」

玉七親分は千鶴の非業《ひごう》の死を知っていた。むろん、総兵衛と千鶴のことも知っていたから、それ以上の調べはなく、

「明日にもお尋ねにあがるかもしれません」

と断って、帰宅することを許したのだ。

「襲った者たちは鬼面をつけていたといわれるのですね」

総兵衛の話が終わると、信之助が念を押した。

「いつどのように侵入してきたか。気がついたときには枕元《まくらもと》にいて、静かにせよと命じたらしい」

上総屋の内儀や奉公人が玉七親分の調べに答えたことだ。

奉公人も内儀も鬼面を見ただけで震えあがり、主人の左古八の身に起こったことなどに気が回らなかったという。

「蔵は破られたか、手文庫の金は盗まれてないか」

安針町の玉七が番頭らに訊いた。

慌てて店の金が調べられたが、金が強奪された様子はなかった。

「奇妙でございますな、金も盗まれず、上総屋さんの命だけを奪った」

笠蔵が頭を捻った。信之助が、

「上総屋様は堅い商いで富沢町の人望を得てこられたお人にございます。問屋組合に入られるときも小売りの皆さんに推挙されて問屋六軒の端に加わられた方、奇妙な集団に命を狙《ねら》われるとも思いませぬが」

そこじゃ、と総兵衛は銀煙管《ぎんぎせる》にきざみを詰めた。

おきぬが煙草盆《たばこぼん》を主の前に置いた。

「最前からつらつらと考えていた。市川団十郎の刺殺といい、今晩の一件といい、大黒屋の間近で起こっておる。われらが、裏の任務を務めてきたとの噂《うわさ》をだれぞが流しておることも考え合わせると、団十郎も上総屋も巻き添えで、真の狙いはわれら鳶沢一族ではないか」

沈黙が座を支配した。

「とすると、事件はこの二件では終わらぬとおっしゃられますか」

わからぬ、と総兵衛は正直に笠蔵の問いに答えた。

「ともあれ、今まで以上にな、神経を尖《とが》らせて日を過ごしていくしかあるまい」

総兵衛は信頼する手下たちに深沢美雪の一件を告げていない自分を不思議に思っていた。なにかがそのことを口にすることを阻《はば》んでいた。

(それがなにか)

総兵衛にも分からない。

「旦那《だんな》様、京女あたりからあぶり出しますか」

「敦賀屋とのつながりも見えておる。海産物問屋の周辺をあたっていけば女も出てこよう」

笠蔵の提案に答える総兵衛の口調は鳶沢一族の頭領のものに変わっていた。

総兵衛は、たしかめた。

「道三殿中《どうさんでんちゅう》にはだれを張りつけたな」

綱吉御側御用人《おそばごようにん》の柳沢保明の上屋敷は道三河岸《がし》にある。綱吉の寵愛《ちょうあい》を鼻にかけた保明のもとには、官位を求め、役職を求めて大名方や高家旗本が日参する。

そこで殿中の御用部屋の前の廊下に模して、道三河岸の柳沢邸を道三殿中と称した。

「風神の又三郎《またさぶろう》と秀三が見張っております」

信之助が答えた。

「駒込道中《こまごめどうちゅう》には、駒吉と助次《すけじ》が張りついております。道三河岸の探りは慎重を要しますが、駒込のほうは駒吉のこと、今晩あたり忍びこむやもしれませぬ」

保明は駒込に広大な土地を拝領し、その敷地に六義園を設計して綱吉をしばしば招いていた。この駒込別邸の主は、保明の愛妾《あいしょう》のお歌《うた》の方《かた》である。

駒込別邸にも江戸の豪商たちが保明との縁を求めて押しかけ、別邸前の道は駒込道中と呼ばれていた。ともあれ、駒込屋敷は公邸ではない。そこで鳶沢一族は駒込別邸に狙いを絞っていた。

「駒吉がなんぞ探りだしてくるとよいがな」

総兵衛の呟《つぶや》きに、笠蔵が、

「あいつ、走りすぎるきらいがございます」

と懸念《けねん》を口にした。

「若いうちは走りすぎるくらいでよい」

「駒吉に甘うございますぞ」

笠蔵が苦情を述べた。総兵衛はにやりと笑った。

笠蔵はつねに駒吉の件では総兵衛に異論を唱えた。

「大番頭さん、おまえ様が駒吉ら若い者の手綱《たづな》を締めてくださるのでな、私は安心しておりますよ」

総兵衛の言葉でその夜の会談は終わりを告げた。

翌日未明、総兵衛は地下の大広間に下りると、いつもの日課に汗を流し始めた。

一刻《とき》半（三時間）余りが過ぎて、総兵衛の無想の脳裏が人の気配を察した。

「おきぬか」

「はい」

「なんぞあったか」

総兵衛は馬上刀を鞘《さや》に納めた。

「又三郎さんと駒吉さんが揃《そろ》って旦那様にお目にかかりたいと申しております」

「よし、上で会う」

総兵衛は神棚や初代鳶沢成元の木像に向かって、

（今日一日の無事を願う）

と汗に濡《ぬ》れた稽古着《けいこぎ》のまま階上に上り、風呂場《ふろば》に直行すると水風呂を浴びた。

着替えはおきぬが用意していた。真新しい褌《ふんどし》に純白の長襦袢《ながじゅばん》を身につけ、ざっくりした小袖《こそで》を着た。

大黒屋総兵衛の普段着だ。

「おはようございます」

三番番頭の又三郎と手代の駒吉が、声を揃えて総兵衛に挨拶《あいさつ》した。

駒吉の顔には疲労が漂っていた。

「駒吉、駒込道中で夜を明かした顔じゃな、ご苦労だった」

総兵衛の労《ねぎら》いに駒吉が頭を軽く下げた。

おきぬが茶を運んできた。

茶碗《ちゃわん》は四つあった。

おきぬが出てゆくと、代わりに笠蔵が姿を見せた。

「お疲れでしたな」

大番頭に頷《うなず》いた又三郎が、

「道三河岸には変わった様子もございません。いつものように官職を求めるご大身の乗り物で門前は混雑しておるばかりにございます。そこで」

と又三郎は言葉を切った。

「そのなかに、寄合席の津村飛驒守《つむらひだのかみ》様のご用人の顔を見つけましたので、お会いしてございます」

旗本三千三百石の津村家は御書院御番頭を先代まで務めてきた家系であった。だが、先代が上様の勘気を被《こうむ》って無役の寄合入りをしていた。

津村家では小者《こもの》たちのお仕着せを古着ですますようになった。用人繁信稲次郎《しげのぶいねじろう》が大黒屋に出入りするようになり、付き合いができた。

昨夕、又三郎は繁信の好物の酒切手と京下りの干菓子《ひがし》を持参して、市谷《いちがや》御門の屋敷を訪ねた。

用人部屋に通された又三郎の差しだす土産をちらりと見た繁信は、

「大黒屋、当家ではひさしくこのようなものを頂戴《ちょうだい》したことがない」

と警戒と喜びとがないまぜになった表情を浮かべた。

「昨日のことにございます。道三河岸近くを通りかかりますと、ご用人様のお姿をお見掛けしました。懐《なつ》かしさにお声をかけようと思いましたが、御用のご様子に遠慮しましてございます。店に戻り、大番頭にそのことを話しますと、ときにはご挨拶に伺うものですと叱《しか》られました。時候のご挨拶、お納めねがいます」

「そうか、ありがたく頂こう」

「昨日は柳沢様のお屋敷訪問にございましたか」

「おお、それよ。何度道三河岸に通ったか、覚えておらぬほどじゃ」

「はかばかしい返事はございませぬか」

ないな、と正直に胸中を吐露した。

「なにしろあまたの大名方やら旗本衆が詰めかけられる。柳沢様はもとより用人どのに会うことすら難しい」

「上様ご信頼厚き御側御用人様にございますからな」

「ところが大黒屋、昨日はな、めずらしく柳沢様にお目にかかることができた」

「それはようございましたな。して、首尾は」

「とは申せ、玄関先で他の家中の家老や用人どのと一緒の面会じゃ。こちらの名を申しあげるのがせいぜいのこと、求職の沙汰《さた》などとうてい……」

繁信稲次郎は深い溜《た》め息《いき》をついた。

「御側御用人様はご壮健でございましょうな」

「柳沢様か、なんやら昔よりもおだやかになられたご様子であったがな」

「ほう、おだやかなご様子にございますか」

「道三河岸に陳情を繰り返すお仲間もそういっておられる。近ごろでは城中からお下がりになると碁などを楽しまれておられるとか」

繁信はなんとも複雑な表情を見せた。

「総兵衛様、道三河岸には緊張は見られませぬ」

又三郎が報告を終えた。

総兵衛は小さく頷いた。

「又三郎、柳沢様は一筋縄ではいかぬお方、そう簡単に尻尾《しっぽ》は見せられますまい」

主《あるじ》に代わって笠蔵が応じた。

「大番頭さんの意見も捨てがたい。又三郎、津村様の用人どのとな、まめに顔を合わせていよ」

「はい」

総兵衛の探索継続の命を又三郎が受けた。

駒吉が言った。

「駒込別邸のお歌の方様も同様に近ごろでは俳人をお呼びになったり、能をご覧になったりして屋敷はのんびりしたものにございます」

「忍びこんだか」

「はい」

笠蔵の問いに、駒吉が胸を張った。

「総兵衛様、屋敷うちのどこにも怪しげな浪人者などは滞在しておりませぬ。なにやら屋敷じゅうが和やかな雰囲気でございます」

柳沢保明の上屋敷と寵愛するお歌の方の別邸がともにのどかという二人の報告に、

「ちと見当が違ったか」

と総兵衛は首を捻《ひね》った。

「見張りは続けますか」

駒吉が主に問うた。

「駒吉、屋敷内への忍び込みは禁ずる。しばらくな、外から交替で見張れ」

それが総兵衛の命であった。

この日、おきぬは日本橋川の魚河岸に佃屋桃右衛門《つくだやとうえもん》を訪ねた。佃屋は日本橋の魚河岸を率いる問屋の一軒で、大黒屋とも古い付き合いだ。

多忙の後の弛緩《しかん》を見せた店先にいた主の桃右衛門がおきぬの顔を見ると、

「富沢町の弁天様がご入来だ。今日はどんな風の吹き回しだ」

と笑った。

昼下がり、魚河岸は忙しさに一段落ついた頃合だった。

桃右衛門は縁台に腰を下ろし、煙草《たばこ》をふかしていた。

「弁天様にしてはちょいと年増《としま》にございます」

「なんのなんの、おきぬさんほどの別嬪《べっぴん》なら、年なんぞに関わりあるものか。おれが二十も若けりゃあ、一苦労してみるのだがな」

と冗談を言った桃右衛門は、白髪交じりの小さな髷《まげ》の額を手でぺんぺんと叩《たた》いた。

「親方はお元気そうにございますね」

「元気だけが取り柄だ。総兵衛様は、千鶴坊を亡《な》くされた哀《かな》しみから立ちなおられたか」

「顔《おもて》にはもはやそのことをお出しになりませぬ」

「そうかえ、これぱっかりは時が薬だ」

と言い、

「なんぞ桃右衛門に用事かえ」

と訊《き》いた。頷くおきぬに桃右衛門が煙管《きせる》のがん首で縁台に座るように差した。

「親方、ちょいと事情がありまして、照降町の海産物問屋の敦賀屋さんのことをお聞きしにまいりました」

敦賀屋と関わりをもつ魚問屋が佃屋であることをおきぬは調べて、桃右衛門に会いにきたのだ。

「取引先のことだ、滅多なことじゃ話せねえが、大黒屋さんとあれば仕方ねえ。なにが知りたいな」

「敦賀屋さんが照降町に店を出されたとき、佃屋さんが保証人筆頭に名を連ねられました。昔からの知り合いにございますか」

「そいつはうちも敦賀屋も先代のころの話だ。親父《おやじ》に聞かなければ詳しいことはわからねえが、もはやあの世に行っちまった。おれの知っているところじゃ、なんでも御膳《ごぜん》奉行島田《しまだ》守政《もりまさ》様に頼まれてなったらしいな」

「では、それ以前はお付き合いがなかったのですね」

「なかったと思うね」

「敦賀屋さんの内情はいかがにございますか」

「商いかえ、かたいねえ。敦賀から干物や昆布を江戸に運ばれて、手堅い商売だ」

「ご家族のなかにお屋敷などに奉公に出ておられる娘ごはいらっしゃいますか」

「敦賀屋は男ばかり四人《よったり》だが、次男が幼いときにはしかで亡くなられて、今は三人だぜ。屋敷に奉公に出そうにも娘はいねえ」

煙管に新たなきざみを入れた桃右衛門が、

「おきぬさん、おめえさんの知りたいことはなんだえ」

と訊いた。

おきぬは桃右衛門がそれまでの話から敦賀屋とは個人的な付き合いがないと察して、腹を決めた。

「今月の十一、二日、市村座に芝居見物に行かれた町娘が敦賀屋さんに立ち寄り、お供を従えた御殿女中に姿を変えて、お屋敷にお戻りなされたそうにございます。その方の身許《みもと》が知りたいのです」

「待ちねえ。十一、二日か」

「はい」

とだけおきぬは答えた。

桃右衛門はしばらく黙っておきぬの顔を見ていたが、

「大黒屋さんのことだ、さぞ子細があってのことだろう」

と呟《つぶや》き、

「なんとかあたってみようか。少し時間をくれめえか」

とおきぬの要件を承諾した。

その日、大黒屋の暖簾《のれん》を下ろそうとした刻限、江戸に戻ったばかりの作次郎が笠蔵を通して総兵衛に面会を求めた。その様子がただごとではないと察した笠蔵は、店の始末を二番番頭の国次《くにじ》に任せて、一番番頭の信之助も主の居間に呼び寄せた。

「どうしたな、作次郎」

作次郎は上野まで行った御用の帰り道、神田川柳原土手の古着町を通り抜けたという。

「そこで、この河内《かわち》木綿が大量に出回っていることを見ましてございます」

作次郎は紙に無造作に包んでいた一反の反物を主の総兵衛らの前に広げた。河内木綿であった。

上方の木綿の産地である河内は撚《よ》り糸が太く、染めも美しいとは言いがたい。木綿でも河内縞《じま》は最下級の評価であった。だが、丈夫なのと安いので、丁稚《でっち》小僧のお仕着せとして需要があった。

作次郎の見せた河内木綿は一反三丈四尺（約一〇メートル）、幅は一尺三寸（約四〇センチ）もので織りも縞柄の仕上がりも悪くない。

「大番頭さん、この柄を見たことがありますか」

作次郎が訊いた。

笠蔵が信之助に見せた。しばらく布触りをたしかめるように手でふれていた信之助が、

「この縞模様は初めて見ます」

と応じた。

「旦那《だんな》様、昨秋、河内の織物問屋さんが潰《つぶ》れたという話を大坂で聞きまして、磯松さんと河内に走り、その問屋さんが持っていた河内木綿と近くの機屋《はたや》が織

り上げた分を合わせて四百反をそっくり買いあげまして、私自身が河内から摂津湊《みなと》に運び、駿府丸に積みこみましてございます」

一座の者たちの背筋に悪寒《おかん》が走った。

「さ、作次郎、そなたは駿府丸の荷が柳原土手に流れたと申されるのか」

笠蔵がせき込んで訊いた。

「柳原土手に流れるようになったのは、ほんの数日前からにございますそうな」

「ま、待ってくだされ。そなたらが河内で買われた他にこの木綿があって、江戸に流れたということは」

「ありませぬ。機屋さんにもこの私が訪れて他にあるのなら買うと申しでましてございます。そのおり、機屋の返答は問屋一軒に卸したものがすべてと言われました」

作次郎の返答はきっぱりしていた。

沈黙が座を覆《おお》った。

駿府丸は船頭の夏《か》吉郎《きちろう》以下、駿州鳶沢村の分家一族の男たち五人が乗りこんでいた。裏切りはありえない。作次郎の推測が当たっていれば、鳶沢一族の五人の生命が危ぶまれた。

「総兵衛様、駿府丸の行方が気掛かり、捜しますか」

笠蔵が主に問うた。

総兵衛は瞑目《めいもく》して沈思していたが、絞りだした。

「笠蔵、海岸線は無限じゃ。駿府丸の行方を追うのは砂浜に一粒の小石を捜すよりも難しかろう。信之助、そなたが頭になって河内木綿を卸した者を探りだせ」

総兵衛らはじわじわと鳶沢一族包囲網が編みあげられつつあるのを感じた。

第二章　危　難

一

古着商いが集う富沢町とは別に、柳原土手では路上に筵《むしろ》などを敷いて品を並べる天道干《てんとうぼ》しがおこなわれていた。それが間口九尺（約二・七メートル）奥行三尺（約九〇センチ）のたたみ床の見世《みせ》と変わるには、延享《えんきょう》年間（一七四四〜四八）の北町奉行能勢《のせ》甚四郎《じんしろう》の認可まで待たねばならない。

信之助に指揮された手代たちが翌日の昼下がり、柳原土手に商いする店々を回って、河内木綿がどれほど売られているかを調べて回った。天道干しでは一反一分二朱の新ものの木綿は売れなかったとみえて、どこもてあましていた。

「大黒屋の番頭さん」

信之助が振りむくと、担《かつ》ぎ商いの六平が立っていた。

「これは六平さん、お元気そうで」

担ぎ商いの六平は信之助の手を引くように柳原土手の賑《にぎ》わいの外に連れだした。

六平は房州《ぼうしゅう》や奥州《おうしゅう》筋の田舎回りの担ぎ商いだが、この柳原土手で総兵衛と知り合いになり、大黒屋に出入りするようになっていた。

「大黒屋さんの手代さんが河内木綿を調べて歩いてなさるんでね、なにかあるんじゃないかと思っていたんですよ」

「河内木綿を柳原土手に売りさばいた者を捜しているんですよ。関わったのが女、というところまで分かったんですがね」

「大黒屋さんと河内木綿がなんぞ関わりがあるんで」

「うちが上方で仕入れた木綿と思えるものですからね」

ほう、と言った六平は草履の先でとんとんと土手を叩《たた》いた。

土手には新しい草の芽がうっすらと萌《も》え始めていた。

「なんかご存じかな」

「柳原土手に流した者は番頭さんの言われるとおりに女ですよ。年の頃は二十二、三かな。名はいづめ、ちょいとねえ、あだっぽい女でしてね」

「柳原土手では知られた女ですか」

「いえいえ、初めての顔でしてね」

そういった六平は、

「三日前の日暮れどき、客の顔さえ見分けがつかなくなった刻限でしたよ。女が小僧の背に五、六本の河内木綿を背負わせてきましてね、あちらこちらと買ってくれねえかと当たってましたよ。でもさ、ここは擦りきれそうな股引《ももひき》や単衣《ひとえ》が何十文で商いされる町だ。一反で一分だ、一分二朱だという新ものをまとめて買い切れる金持ちはいませんや。どこでも河内木綿が高くはないことはわかってても手は出せない。するとさ、仲間の一人が知恵をつけたんでさ。川向こうの久右衛門町の袋物屋、京都屋《みやこや》の主人に相談してね、河内木綿を一括して買い取ってもらいなさい、とね。あとは、京都屋さんからたたみ床やおれのような担ぎ商いが一、二本預かってね、売ることにした。もちろん売れたときには京都屋さんからいくらかの割り前をもらう。それでさ、河内木綿が柳原土手にたくさん流れたってわけさ」

「六平さん、恩にきるよ」

「おれも新ものなら富沢町がよかろうと仲間に言ったんだが、番頭さんの店の品じゃ、富沢町には持っていけねえやね」

信之助は四十本余りの木綿を売りあぐねている柳原土手からいつ富沢町に流れこんでも不思議はないなと思いながら、久右衛門町の京都屋に足を向けた。

京都屋は間口四間ほどの小体《こてい》な店だが、蔵前《くらまえ》あたりに何軒も家作を持ち、帳場はしっかりしていることで知られていた。それだけに河内木綿に手を出したのだろう。

信之助が御籾蔵《おもみぐら》に接した京都屋の前に立ったとき、手代の稲平《いなへい》が信之助を見ていた。

「おまえさんもここへ辿《たど》りついたかい」

信之助が言うと、稲平が、へえ、と頭を軽く下げ、

「ここでお待ちします」

と番頭に探りを譲った。

信之助は江戸柳原御袋物店の暖簾《のれん》を下げた店に入った。

「ごめんくださいな」

袋物屋の扱うものは懐中物、提げ物、手提げ物と三つに大きく分かれた。

京都屋は女ものを専門にしていた。

巾着《きんちゃく》、守り袋、早道と称する小銭入れ、紙入れ、香包《こうづつみ》、袱紗《ふくさ》、煙草《たばこ》入れなどが店先に色目も美しく並べられていた。

「いらっしゃいませ」

顔を上げた番頭がいぶかしそうに信之助の顔を見て、

「もしや富沢町の大黒屋さんの番頭さんでは」

と訊《き》いた。

「はい、番頭の信之助にございます」

「番頭の左吉《さきち》にございます。ひょっとしたら河内木綿の一件で見えられましたかな」

四十年配の左吉は警戒の様子を見せた。

「おっしゃるとおりにございます」

「いやあ、土手見世がちっとは潤《うるお》うことだ、助けてくれ、捌《さば》くのはあちらでするからと川向こうの知り合いに泣きつかれましてね。ところが売れたのはほんの二、三本、えらいものに手を出したと思ってますよ。やはり餅《もち》は餅屋ですね」

左吉は困惑の様子を見せた。

「いくらで何本買いなさった」

信之助はずばりと訊いた。

「知り合いの古着屋に連れてこられた女に馬喰町《ばくろちょう》の旅籠《はたご》いせ屋まで連れていかれましてね、五十本を十二両二分で買うことにしました」

「あの河内木綿なら一反三十匁《もんめ》はします。一本一分は法外な安値です」

銀十五匁が金一分、三十匁は二分にあたる。

「でございましょう。それで手を出したんだが、売り先がいけません。天道干しの商いには一分二朱の木綿を買う客は来ません」

と言った左吉は、

「そうだ、大黒屋さん。元値でいい、おまえ様方が買い取ってはくれますまいか」

と言い出した。

「左吉さん、富沢町に卸すと言われますか」

「はい。一括して買っていただければうちも大助かり、主《あるじ》も承知しましょう」

「左吉さん、私がなぜこちらに伺ったかお分かりですか」

いいえ、と左吉が顔を横に振った。

「なんぞ不都合ですか」

「富沢町に売るなどという考えはなさらぬことだ。お店に町方が入るかもしれませぬよ」

信之助の言葉に左吉の顔がさっと青くなり、強張《こわば》った。

「あれは古ものじゃない」

古着屋は「八品商売人」の一つで町奉行所に管理される。だが、新ものならばだれが商っても悪いということはない。

「うちの品がこちらに流れたようでしてね」

「な、なんと盗品……」

信之助は頷《うなず》いた。

「卸したのはいづめという女だそうですね」

「は、はい」

動揺を隠しきれない左吉は口ごもった。

「上方訛《かみがたなま》りが混じっていましたが、私は江戸生まれとみました」

呉服商いの出は京、大坂、伊勢など上方が主である。そこで、江戸でも上方訛りがわざと使われ、それが呉服商の看板にもなった。

「いづめが持っていたのは五十本だけですか」

「はい」

左吉の知っていることはそんなものだった。

「大黒屋さん、あの木綿、どうしたもので」

「いったん柳原土手から引きあげていただけませぬか。お互い、主があること、私も店に戻って総兵衛と相談し、買い取るかどうか決めてからこちらにまいります」

「承知しました」

信之助は辞去の挨拶《あいさつ》をすると京都屋の店を出た。

京都屋の前には、手代の稲平の他に三番番頭の又三郎、荷運び頭の作次郎が顔を揃《そろ》えていた。

「馬喰町を通って店に戻りましょうか」

と言った信之助は、三人に京都屋で知った情報を告げた。

「番頭さん」

稲平が言った。

「天道干しの商人に利次《としじ》って男がいるんですよ。この男がいづめって女を昨日、富沢町で見かけたそうです」

「なにっ、富沢町で」

「富沢町にも河内木綿が流れてきましょうか」

又三郎がせき込んで訊いた。

わからぬ、と返答した信之助は命じた。

「又三郎、おまえさんは馬喰町のいせ屋さんに立ち寄って、いづめのことを聞きこんできてくだされ。私らは富沢町に戻り、河内木綿が売られ始めたかどうか調べます」

四人は神田川に架かる浅草橋を渡ったところで二手に分かれた。


暮れの六つ半（午後七時頃）過ぎ、大黒屋の店先に作次郎らが上方で買い求めた河内木綿八十五本ほどが積みあげられていた。

信之助らが手分けして富沢町の小売り店を回ると小僧に荷を担がせたいづめが十本、十五本と一反一分二朱で売りさばいていた。そこでそれらを買い戻して大黒屋へ持ち帰ったのだ。

奥座敷に総兵衛以下大番頭の笠蔵、一番番頭の信之助、おきぬが集まった。

だれもが沈鬱《ちんうつ》な顔であった。

「旦那《だんな》様、他の経路で流れた河内木綿ということはございませぬかな」

笠蔵が一縷《いちる》の望みを託したように言った。

渡り廊下に足音がして作次郎が顔を見せ、廊下に座した。その手には一反の河内木綿が握られていた。

「入りなされ」

笠蔵の言葉に作次郎が座敷に入り、

「これを見てください」

と総兵衛の前に紙で包まれた反物を見せた。そこには細字で、

「元禄《げんろく》十六年十月三日、摂州河内にて四百本購入分、江戸富沢町大黒屋」

と四番番頭磯松《いそまつ》の手で書かれてあった。

「ああっ」

笠蔵が悲鳴を漏らした。

「これで駿府丸《すんぷまる》の運命も決まったな」

総兵衛が腹を決めたように吐きだした。

「作次郎、駿府丸の荷はどれほどか」

「新ものは河内木綿の四百反だけにございます。あとは古着の下りものがおよそ五千貫……」

長崎、博多で仕入れた上物は、千石船の明神丸に積みこんだという。

「大番頭さん、鳶沢《とびさわ》村に急使を走らせ駿府丸の一件を知らせて、明神丸にも危

難が降りかかるやも、と警告するのです」

摂津湊《せっつみなと》を出た明神丸は、途中駿州の鳶沢村に立ち寄るのを習わしとしていた。今から走れば間に合うかもしれなかった。

「だれぞ、晴太をここに呼んでくれぬか」

総兵衛が晴太の名を上げた。

鳶沢一族の晴太の足の速さは大黒屋一であった。

おきぬが立ち、笠蔵は主の総兵衛の文机《ふづくえ》を借りて、分家の当主鳶沢次郎兵衛に宛《あ》てた手紙を認《したた》め始めた。

「駿府丸が襲われたとしたら、どこか」

総兵衛の問いに信之助が即答した。

「水夫《かこ》たちの気が緩むのは江戸湾を見たときにございましょう」

「この江戸で襲われたというか」

「相手は当然荷揚げや売り払いを考えての襲撃にございます。となると、越中島沖に錨《いかり》を下ろした直後こそ、船頭の夏吉郎《かきちろう》らが気を抜く一瞬ではありますまいか」

信之助は駿府丸を狙《ねら》った側から考察していた。

駿府丸が上方からの買い入れに参加したのは初めてのことだ。

作次郎は摂津湊に呼び寄せた若い船頭の夏吉郎と入念に打ち合わせた。

駿州の鳶沢村の沖合を通過した駿府丸は、江戸湾越中島沖で錨を下ろすことになっていた。停泊後、ただちに伝馬船で富沢町の大黒屋へ知らせに向かう。そして、大黒屋の荷運び人足らが荷船を揃えて駿府丸に走るという手筈《てはず》であったという。

信之助は、越中島沖に停泊した直後、盗人どもが駿府丸を襲ったと推測した。となれば、四百反の河内木綿や五千貫を越える古着を積みおろした後、駿府丸をどう処分したであろうかと総兵衛は考えを進めた。

「旦那様、越中島の東には海辺新田や葦原《あしはら》が広がっております」

信之助が総兵衛の気持ちを読んだように答えた。

「そうであったな」

おきぬが晴太をともない、廊下に控えた。

「晴太、鳶沢村まで走ってくれ」

総兵衛は信之助との会話を中断して、晴太に命《めい》を授けた。

江戸の富沢町から駿府鳶沢村までおよそ五十余里（二〇〇余キロ）、晴太は箱根越えの難所をものともせず足掛け三日で走り通せた。

「これを次郎兵衛様にな」

笠蔵が書き上げた手紙を晴太に渡すと、

「帳場で路銀を渡します」

と立ちあがった。

「晴太、道中、気をつけてな」

作次郎が手下の晴太に言葉をかけた。総兵衛も、

「明神丸と鳶沢村で行き合うようなら、帰りはそれに乗ってきなされ」

と同乗を許した。

晴太が無言のうちに頭を下げて、頭領の命に服した。

その場に総兵衛、信之助、作次郎、おきぬの四人が残った。

「作次郎、舟を用意してくれぬか」

はっ、作次郎がかしこまった。

「越中島に行かれますか」

「信之助、そなたの勘があたっておるかどうか調べよう。供は駿府丸の水夫《かこ》らの縁者とせよ」

「はっ、ならば私も供を」

信之助が素早く立ちあがった。

総兵衛と信之助の従兄弟《いとこ》が船頭の夏吉郎であった。

五つ（午後八時頃）を大きく回った越中島沖の海は漆黒の闇《やみ》に沈んでいた。

大黒屋の二隻《せき》の猪牙舟《ちょきぶね》は、提灯《ちょうちん》の明かりを点《とも》して萱《かや》と葦の原のなかに埋め立て地がぽつんぽつんと見える岸辺を東へと下っていった。

昼間なら葦原の向こうには深川の町々が広がって見える。が、月もない夜はただ墨を流したような闇だ。

作次郎の漕《こ》ぐ櫓《ろ》の音だけが響く。

乗り手は総兵衛と信之助だ。

もう一艘《そう》の漕ぎ手は作次郎の配下の文五郎《ぶんごろう》で、乗り組んだのは手代の稲平と駒吉だった。

北側におぼろな明かりが見えた。

明暦の大火の後、幕府は材木置き場を一か所に集中することにして永代島に木場を造った。だが、江戸の町の膨張とともに深川の一角に移し、木場町とした。

昨年のことだ。

その明かりがちらちらと望遠できた。

舟はさらに東に下った。

葦原が深くなり、陸地は遠のいた。

茫漠《ぼうばく》とした闇がさらに広く深くなった。

繁《しげ》る萱地の間に海がくさびのように切れこんでいた。

二隻の舟は水路《くさび》の一本一本に入りこみ、駿府丸の捜索を続けた。

それらの水路は深くうねり、魚釣りや密会の屋根船などが入りこむのか、長々と続いていた。それだけに時間もかかった。

遠く江戸の町から九つ（深夜零時頃）の時鐘がかすかに伝わり流れてきた。

吹く風に寒さが加わった。

平井の葦原の最深部に二隻の舟は入りこんでいた。

「総兵衛様」

舳先《へさき》から信之助が声を上げ、提灯の明かりを闇に差しだした。

信之助の提灯の明かりに枯れた葦原が強引になぎ倒されている跡が見えた。

「このあたりはけっこう水深がありますぞ」

竿《さお》を持つ作次郎が言ったとき、枯れ葦の向こうになかば水没した船影が見えた。

二隻の舟の明かりが集中した。

作次郎が強引に葦原に舳先を突っこませ、分け入った。

葦原がふいに開けて、船腹が眼前を覆《おお》った。

帆船が無残にも座礁《ざしょう》した姿だ。

帆柱は切り倒され、破れた帆は船尾から水面になかば垂れ落ちていた。

「駿府丸にございます」

船名幟《のぼり》が水面に浮かんでいるのを見つけた駒吉が叫び、作次郎の舟が舷側《げんそく》にぶつかるように接舷した。

二隻の舟から大黒屋の者たちが飛びつくと、野猿《ましら》のように駿府丸の船上へと上っていった。

「あっ！」

叫びを上げたのは文五郎だ。

伝馬船が積みこまれていたあたりに俯《うつぶ》せの死体が転がっていた。

文五郎が迷いもなく、

「忠次《ちゅうじ》！」

と弟の名を呼んで走り寄った。

文五郎が死体をあお向けにすると、提灯の明かりを信之助が差しだした。

苦悶《くもん》の表情を残した忠次の若い顔が現われた。

（なんと……）

ふたたび鳶沢一族に危機が訪れたのだ。

「他の者を捜せ！」

総兵衛の憤激にまみれた命が駿府丸に響いた。

二

若い船頭の夏吉郎は激しく抵抗したとみえて膾《なます》に斬りきざまれて、櫓下《やぐら》で弥帆《やほ》（補助帆）に包まれるように死んでいた。

手代の駒吉の従兄弟の光太郎《こうたろう》は船倉への階段口に、炊《かし》きを兼ねた万五郎《まんごろう》じいは竈《かまど》前で、十五歳と一番若い精右衛門《せいえもん》は、駿府丸の左舷下の水面に浮かんでいた。

船倉の底に水に濡《ぬ》れた数百貫の古着の包みが残っていた。

死因はどれも刀傷か突傷、鳶沢一族の五人をそれに倍する人数で襲った痕跡《こんせき》があった。

越中島で停泊しようとした駿府丸の不意をついて襲い、平井の葦原の奥まで船を移動させると一気に殺戮《さつりく》に走った、そんな感じだった。

総兵衛らは、鬼哭啾々《きこくしゅうしゅう》とした死の光景をただ眺めながら憤激と無念の思いにさいなまれていた。

長い無言のときが過ぎ、

「総兵衛様」

と信之助が指示を仰いだ。

「亡骸《なきがら》を収容せよ」

総兵衛の淡々とした声は町奉行所に届けを出さぬことを命じていた。

「あとに駿府丸から鳶沢一族、大黒屋のいっさいの関わりを残すな」

「はっ」

信之助の指揮で、五人の仲間の死体が乾いた帆布に包まれ、猪牙舟に運ばれた。さらに船倉に残った古着の荷札がはがされ、船室の書き付け、帆布などに書かれた船名や名など大黒屋と関連のある記録を消し去る作業が夜を徹しておこなわれた。

その間、総兵衛は艫櫓《ともやぐら》に座して銀煙管《ぎんぎせる》で煙草《たばこ》を吸い、黙念と考えに落ちていた。

「終わりましてございます」

櫓下に信之助、作次郎、文五郎、稲平、駒吉らが集まった。

「作次郎、文五郎、船底に穴を開けえ」

そう命じた総兵衛は、煙草入れに銀煙管をしまうと、五人の配下の亡骸を分乗させた猪牙舟に乗り移った。信之助ら三人も続いた。

鈍い音が葦原に響いた。

ぐらりと駿府丸の船体が揺れて、ゆっくりと没していった。

だが、駿府丸は艫櫓など高い部分を残して沈降は止まった。そして右にゆっくりと傾き、動きを止めた。

「総兵衛様、これが精一杯でございます」

作次郎の言葉に総兵衛が頷《うなず》き、水没活動に従事した二人が船に戻ってきた。

「夏吉郎、忠次、光太郎、万五郎、精右衛門、一族のもとに戻ろうぞ」

総兵衛の言葉に舟が動きだした。

夏吉郎ら五人の遺骸《いがい》は大黒屋の敷地の下に広がる地下の大広間に安置された。

その夜、大広間に江戸の鳶沢一族が集まり、戦いに倒れた仲間五人の通夜《つや》と仮葬儀が粛々《しゅくしゅく》とおこなわれた。

鳶沢一族の者にとっては、戦国時代が遠くに去った元禄にあっても、

（戦《いくさ》は常に在《あ》り）

であった。そして、

（戦場に倒れることもまた宿命なり）

の覚悟を幼年期から叩《たた》きこまれていた。

総兵衛以下だれ一人として涙を流す者はいなかった。めらめらとした復讐《ふくしゅう》の念を胸の底に燃やしていた。

夜明け前、笠蔵が手配した回船問屋の船に五つの塩樽《しおだる》が密《ひそ》かに積みこまれ、江戸湾を発《た》った。作次郎と文五郎にともなわれて駿府鳶沢村に五人の戦士が戻る姿だ。

この日の昼下がり、日本橋本船町《ほんふねちょう》の魚問屋佃屋桃右衛門《つくだやとうえもん》がおきぬを訪ねてきた。

それを笠蔵から知らされたおきぬは店先に飛んでくると額に汗を光らせた桃右衛門を、

「お知らせをいただければこちらから出向きましたものを。ささ、お上がりを」

と手をとらんばかりにして奥に連れていった。

遅咲きの梅の香りが馥郁《ふくいく》と庭に漂って、鶯《うぐいす》が時候を告げていた。

「おお、これはみごとな庭ですな、目が洗われます」

白い小さな髷《まげ》を頭にのせた桃右衛門は渡り廊下で足を止め、嘆声を上げた。

六百二十五坪の敷地は旗本の拝領屋敷に比較すれば六百石高の広さで、さほど大身のものではない。だが、店と蔵の漆喰《しっくい》造りが二十五間（約四五メートル）四方を囲み、ロの字の真ん中に本丸のように主《あるじ》総兵衛の住まいが鎮座し、庭石や樹木が巧妙に配されて、美を謳《うた》いあげるとともに侵入者を容易に許さない設計に仕上げてあった。

長い歳月と莫大《ばくだい》な費用を投じて造りあげてきた鳶沢一族の城である。

が、桃右衛門が嘆息したのは城としての機能ではない。江戸の真ん中にあって、桃源郷のような趣を漂わす庭と住まいに対してであった。

「わしらは年がら年中、魚臭い堀端でさ、作法を知らねえ野郎どもと無粋に暮らしていましょ。このようなお庭を見るとなんだか極楽に来たような気分になりますぜ」

「桃右衛門さん、ようこそお出《い》でなされたな」

総兵衛が座敷から長身を見せて、迎えに出た。

「おお、大黒屋さんか、お元気な様子、じじいはほっとしました」

桃右衛門は言外に船宿幾とせの娘、千鶴《ちづる》の死を悼《いた》んでくれた。

佃屋は幾とせとも縁があったから葬儀にも顔を出してくれた。

「その節はお世話に相なりました」

総兵衛は桃右衛門をおきぬから受け取るように座敷に連れていった。その部屋からも凜《りん》とした庭のたたずまいが望めた。

対座した二人におきぬが茶菓を運んできて、二人から離れた場所に控えた。

茶を一口喫した桃右衛門が、

「先日の件を話す前にうちと敦賀屋さんのことがいくぶんはっきりしましたでな、それからお話しいたしましょうか」

と切りだした。

総兵衛もおきぬも黙って頷いた。

「敦賀屋さんが江戸に店を出すにあたってうちが筆頭保証人を務めたのは、御《ご》膳《ぜん》奉行の島田守政様のお声がかりと、先日おきぬさんにうろ覚えの記憶を辿《たど》って言ったのだが、ちと気になったので親父《おやじ》の日誌をひっくり返したのさ。うん、日誌といってもお武家様のお書きになるようなご大層なものじゃねえ。親父がその日の売り上げ台帳の余白にさ、だれと会っただの、なにがあっただの書き留めていただけの覚え書きでね。すると、延宝《えんぽう》六年（一六七八）の正月十三日に御納屋《おなや》に呼ばれている……」

御納屋とは将軍家以下奥向きの魚を調達するところで俗に御肴《おさかな》役所と称した。魚河岸《うおがし》の一角、本材木町《ほんざいもくちょう》にあって、御賄所《おまかないどころ》の下僚七、八人が詰めて、将軍家御台所、大奥御台所、西丸御台所の三つの台所が必要とする魚類を、

「御直買《じきがい》」

と叫んで安い値段で買い上げた。

延宝六年といえば、二十六年前の話だ。

「だがね、御膳奉行ではなくてさ、どうやら御納屋の役人を司《つかさど》る御賄頭の頼み

で上方商人が照降町に店を出すにあたり、保証人になった。この上方の商人というのがどうやら敦賀屋らしい」

「御賄頭でしたか」

「親父はさ、せがれのおれに御膳奉行のじきじきの頼みと見栄《みえ》を張ったらしいな」

御納屋役人を差配するのが持高二百俵、御役料二百俵の御賄頭だ。

「御勝手向きを主役とす」

とあり、御城の台所の入費を司るゆえ、安く仕入れた御賄物を横流しするなど旨《うま》みがある職とされた。

「親父の覚え書きでさ、思い出したことがある。今から十五、六年も前かねえ、御賄頭能勢《のせ》高茂《たかしげ》様が本家の御納戸《おなんど》頭と組んで、御賄物の魚類を大名家の台所に横流しして、二人ともお役御免になったことがあったのをさ。旬《しゅん》の鰹《かつお》であれ、鯛《たい》であれ、御直買の一言で安値で仕入れることができるんだ。そんな魚を大名家の台所に売り渡せば、いくらも懐《ふところ》が潤《うるお》うって算段だ」

桃右衛門は昔の思い出話に浸っていたが、

「おお、これはしたり、関わりのねえ話をくっ喋《ちゃべ》ったね」

と頭を掻《か》いた。

「それでさ、おきぬさんの問い合わせの一件だがね、ちょいと苦労した」

と桃右衛門が笑った。

「いやさ、敦賀屋の番頭の重蔵さんにかまをかけてみたが、さような奥女中様とはお付き合いがございませぬ。なんやら見間違いでございましょうとさ、あっさり一蹴《いっしゅう》されちまった。まあ、そんときはさ、年寄りになって、目が悪くなった、通りがかりの乗り物を間違えちゃったかと笑いでごまかしたんだがね、どうも重蔵さんの目付きが気に入らねえや。どうしたものかと考えているところに敦賀屋の台所の女中がうちの前を通りかかったじゃねえか」

「おかつさん、夕餉《ゆうげ》の魚ならさ、めばるなんぞはどうだえ」

桃右衛門に声をかけられ、江戸で雇われた上総《かずさ》生まれのおかつが足を止めた。

「奉公人のおかずですよ。高くちゃ手が出ねえだよ」

「なあに敦賀屋さんとうちの仲だ、好きな値で持っていきねえ」

「それでいいのかねえ」

おかつの視線はめばるにいっていた。

「ああ、いいさ」

胸を叩いた桃右衛門は、

「何人前だ」

「十二人前だからさ、二つに切り身にして六尾だねえ」

「たまには尾頭付きで精をつけてあげねえ。おい、めばる十二尾の鱗《うろこ》をとって
おかつさんに差しあげろ」

と若い衆に命じた。

磯魚のめばるは春が旬、煮魚にも焼魚にも料理できる。

「そんな金、持たされてねえだよ」

「いくら持ってなさる」

「三百文だ」

おかつが恥ずかしそうにいった。

「別嬪《べっぴん》の頼みだ。十二尾二百五十の大盤振る舞いだ」

鱗を取り始めた若い衆もおかつも法外の安値にびっくり仰天した。

だが、桃右衛門は平然としたものだ。

「渋茶でも飲んでいきねえな」

若い衆に鱗をとるように下拵《したごしら》えまで命じた桃右衛門はさらに声をかけた。

おかつは番頭に渡された夕餉のおかず代から五十文を懐に入れることができると浮き浮きした気分で縁台の端に座った。

「おかつさんよ、この前は驚いたぜ。おまえの店の前にさ、乗り物が止まってさ、いやさ、美しいお女中が乗りこまれたじゃねえか」

「ああ、あれかえ」

桃右衛門が自ら淹《い》れた茶を飲んだおかつは、

「だれにも言っちゃいけねえって口止めされてんですよ」

「そりゃ悪いことを聞いたな、忘れてくんな」

「いや、こげえに親切にしてもらってよ、話さねえのも気が引けらあ。あの方は旗本能勢様のお妾《めかけ》の五百鈴《いおすず》様だ。あの日は、町娘に姿を変えての芝居見物でよ」

「女は芝居と食い物にゃ目がねえからな」

「それそれ」

「能勢様といっちゃ番町の頼寛《よりひろ》様かえ」

「さあてね、屋敷までは知らねえよ」

と首を傾《かし》げたおかつは、

「なんでも殿様は京都の奉行様を務めあげられたとか聞いたがね」

「……総兵衛様、京都町奉行職を務めて江戸に帰着された旗本の能勢様といったら、三千石の能勢式部太夫《しきぶだゆう》様しかいねえ。なんでもねえ、魚河岸じゃあ、能勢様は江戸の町奉行に出世されるという噂《うわさ》が流れてますぜ」

城近くの魚河岸には情報が早く流れる。城中、大名家、旗本大身などの祝儀《しゅうぎ》物《もの》、賄賂《わいろ》とすべて魚河岸で高級魚が整えられるからだ。

「これは耳よりな話」

「役に立ちましたかえ」

と笑った桃右衛門は、

「能勢様の奥方様は能勢様が京に赴任されておられる間に病で亡《な》くなられましてな、なんでも京で寵愛《ちょうあい》していた五百鈴様を江戸まで連れてこられたということだ」

「桃右衛門さん、ご丁寧なお調べで大黒屋、感服いたしました」

「いやさ、年寄りは暇でねえ」

桃右衛門と総兵衛はおきぬの酌で梅の花を見ながら、一刻《とき》余り酒を酌《く》み交わし、手代の駒吉に送られて富沢町からさほど遠くない本船町に戻っていった。

店が終わった後、総兵衛の下に笠蔵、信之助、おきぬが顔を揃《そろ》えた。

総兵衛が桃右衛門からもたらされた話を告げた。

聞き終わった笠蔵が、

「京都町奉行の能勢様のことをすっかり失念しておりました。まさか江戸にお戻りとは気がつきませんでしたな」

以前に大黒屋は京の仕入れ先の丹波屋から取引を断られたことがあった。そのおり、陰で策動したのが能勢式部太夫だった。つまりは柳沢保明につながる人脈の一人である。

「敦賀屋の江戸進出のおりに佃屋に筆頭保証人を頼んだ人物も御賄頭の能勢高茂というではないか。こやつとぐるになった本家は御賄物を大名家の勝手に横流しして不正を働き、御納戸頭を棒に振って無役になったという。もしや能勢式部太夫の先祖がそうなれば、すべて符丁が合わぬか」

総兵衛の推測に信之助が、

「さっそくにも調べます」

と応じた。

「まだ市川団十郎の刺殺などはっきりはせぬことも多い。じゃが少しばかり闇《やみ》夜《よ》の手探りから抜けたかもしれぬな」

と総兵衛が呟《つぶや》くように言い、厳しく語を継いだ。

「信之助、北町の保田奉行の動きも気になる。配下の筆頭与力犬沼勘解由《いぬぬまかげゆ》は、これまで何度もわれら鳶沢一族との戦いに敗北を喫しておる。後ろに控えている保田宗易が奉行を辞《ひ》く前のことでもある。この度は背水の陣で用意しておろう、努々《ゆめゆめ》油断なきよう監視の者に伝えよ」

総兵衛が注意したのは犬沼の直属の部下、遠野《とおの》鉄五郎《てつごろう》、遠野皓之丞《ひろのじょう》、新堂鬼《しんどうき》八郎《はちろう》の三人の同心が総兵衛らの手によって密《ひそ》かに始末された一連の経緯についてだった。

「はっ、かしこまってございます」

「今ひとつ……」

と総兵衛が信之助に言った。

「大目付本庄様の屋敷に伺ってみよ」

その言葉だけで信之助は頷《うなず》いた。

「おきぬ」

総兵衛の声音がようやく柔らかくなった。

「佃屋さんの奉公人の数は何人ほどかな」

「およそ十三、四人かと思いますが、調べますか」

「家族と奉公人の数をおよそでよい、あたってくれ。夏前に揃いの浴衣《ゆかた》地などを贈りたいでな、おきぬ、そなたが手配せよ」

「魚河岸の衆です。浴衣はきっと喜ばれましょうな」

おきぬが笑みを総兵衛に返した。

その日、大黒屋に古着屋江川屋《えがわや》彦左衛門《ひこざえもん》の女房の崇子《たかこ》が一歳半の長男の佐総《すけふさ》を連れて遊びに来た。

「これは崇子様、お久しぶりにございますな」

おきぬは崇子の顔に暗い憂《うれ》いが漂っているのを見落とさなかった。

「佐総様も大きくなられて」

おきぬは総兵衛のもとに崇子と佐総親子を連れていくと、急いで台所に走り、昼の用意をおよねに命じた。

崇子は京の貧乏公卿《くげ》中納言《ちゅうなごん》坊城《ぼうじょう》公積《きんつみ》の次女である。

江川屋四代目の彦左衛門がまだ松太郎《まつたろう》と呼ばれて、京の老舗《しにせ》呉服店じゅらく屋に修業に出ていた時代に知り合い、お腹《なか》に佐総を身籠《みご》もる関係になった。しかし、松太郎は崇子を捨てて単身江戸に戻ってきた。身重の身でありながら、崇子は江戸まで追ってきた情熱家であった。

そんな二人の仲をなんとかまとめたのが総兵衛だった。

「彦左衛門さんは元気であろうな」

江川屋は、北町奉行の強い援助で富沢町惣代《そうだい》の地位を総兵衛から奪い、日の出の勢いの時期があった。だが、人望のない彦左衛門が主《あるじ》の江川屋はすぐに落ち目になって、客も離れ、惣代の地位も町奉行所から取りあげられた。

「はい、そのこともありまして相談に上がりましたんやが」

崇子らしくもなく口ごもった。

「なんぞ気になることでも起こりましたかな」

「近ごろ彦左衛門は店にまともにいはらへんのどす。奉公人のてまえもおますから。なんとかしっかりしてほしいのどすけど」

「それはまたどういうことでございます」

崇子は小さな吐息をついた。

「番頭の佐蔵《すけぞう》はんが申しますには女子《おなご》はんが外におられるとか」

そんな噂が富沢町に流れていた。

総兵衛にもおきぬにもなんとなく予測のついたことだ。

「崇子様、ちと立ち入ったことを尋ねます。近ごろ、商いはどうですかな」

崇子が顔を横に振った。

総兵衛らが耳にする噂も芳《かんば》しいものではなかった。

「おかしいな」

総兵衛が言い、崇子が顔を上げた。

「女はな、金もない男になびかぬものじゃが」

「そんな」

「総兵衛様」

二人が口々に言い、抗議の様子を見せた。

「誤解されるではないぞ。そなたらのような女衆をいっておるのではありません。今の彦左衛門にすり寄るような女のことです」

「その女《かた》を崇子様はご存じなのですか」

おきぬが訊《き》いた。

「佐蔵はんが申されるには、上方から彦左衛門を追ってきた女子らしゅうございます」

「なにっ、上方から来た女ですとな」

総兵衛の目がぎらりと光った。

「名はなんといわれるな」

崇子はまた顔を振って知らないと言った。

「佐蔵はんは知っておられるやもしれませぬが、私はこれ以上のことは」

「崇子様、そなた様は今も彦左衛門を好いておられますか」

総兵衛はずばりと訊いた。

崇子の面長の顔が歪《ゆが》み、美しい瞳《ひとみ》にこんもりと涙が盛り上がった。

「京に戻ろうかとこれまで何十度となく悩みました。ですが、佐総を抱えて、京に戻るふんぎりもつきまへん。いえ、総兵衛様、崇子は自分の一存で江戸に出てきた女子どす。京に戻る場所はおへんのや」

と崇子は答えた。

「京に戻る場所はない……」

なんと哀《かな》しい言葉であろうか。

「この江戸で佐総を生んだ夜から彦左衛門にはなんの期待もしておりまへん。あれは不実なお人どす」

「その気持ちに偽りありませぬな」

総兵衛の語調がいつしか鳶沢一族の頭領のものになっていた。

崇子は顔を上げると、総兵衛をしっかりと正視した。

「彦左衛門のこと、この総兵衛に任されますか」

「私の生きがいはこの佐総一人どす。彦左衛門のこと、総兵衛様にお任せいたします」

総兵衛と崇子が互いの視線を見合い、頷き合った。

「そうと決まれば、崇子様、今日はゆっくりと女同士、世間話などして命の洗濯をしていってくださいませ」

おきぬが言い、崇子がようやく笑みを浮かべた。

「それがよい。私はちと用事があるで、お相手ができませぬ」

総兵衛がおきぬに崇子の相手をせよと目顔で告げた。

三

江川屋の崇子がおきぬを相手に日頃の憂《う》さを晴らすように談笑していた刻限、

一番番頭の信之助は、鳶沢村から出てきてまだ日が浅い手代見習いの豊太郎《とよたろう》に本庄家の女方への手土産を担《かつ》がせて、四軒町の屋敷の門を潜《くぐ》っていた。

この日、城中から七つ（午後四時頃）過ぎに戻ってきた本庄伊豆守勝寛《いずのかみかつひろ》との面談を許された。

「信之助、用件はなにかな」

「殿様、主の総兵衛に北町奉行保田宗易様ご勇退の件をお話しなされましたとか」

勝寛がやはりそのことかという顔で頷いた。

「後任はどなた様にございましょう」

「そなたらの懸念《けねん》は京都町奉行を務め上げた能勢式部太夫どのの動静か」

信之助は首肯《しゅこう》した。

「能勢どのの江戸帰着は突然のことであった」

京都町奉行職は遠国《おんごく》奉行のなかでも重要な役であった。

幕府は朝廷のある京を管轄《かんかつ》するために二系統の役所を置いた。

その一つ、京都所司代は禁裏の守護、公卿《くげ》、門跡《もんぜき》などとの渉外役をこなし、将軍直属の出先機関であった。京では『禁中《きんちゅう》並《ならびに》公家《くげ》諸法度《しょはっと》』に照らした朝廷の監視機関とみられていた。

今一つの京都町奉行所は、京の近隣、山城、近江《おうみ》、丹波諸国の勘定奉行、五畿内の寺社公卿領、諸大名の掌握監督、さらには京の市政、訴訟を司《つかさど》り、老中の支配下にあった。

西国大名への睨《にら》みと巷《ちまた》ではとられていた。

江戸から派遣される所司代は溜《たまり》の間《ま》詰めの大名から任命され、京都町奉行は二、三千石の旗本から選ばれた。

格からいえば所司代が上である。そこで京都町奉行は所司代の管轄下にあった。

この京都町奉行を無事務めあげれば、江戸に戻って大目付、町奉行、御留守居役などに昇進する道が開ける。

「東西二つの京の町奉行のうち、東の小出長門守《こいでながとのかみ》どのが能勢どのよりも先任。江戸に呼び戻されるとしたらこちらが先じゃ。それが急に能勢どのの江戸戻りが決まった」

大目付の本庄勝寛の顔に不審の色が漂った。

「道三河岸《どうさんがし》のお声がかりと考えてようございますか」

「城中では老中土屋《つちや》相模守《さがみのかみ》様のご意思ということになっておるが、間違いなく柳沢様の強い引きによって能勢どのは江戸に戻られたのであろう」

無役の能勢が京都町奉行職に就いたのも道三殿中へ通ったことが評価されてのことだ。

「能勢様が保田様の後任として北町奉行に昇進されるという噂《うわさ》が流れております」

「信之助、相変わらず大黒屋の耳は早いな。能勢どのの江戸帰着も北町奉行への昇進も公《おおやけ》にはなにもまだ発表されておらぬ。わしとて知ったのはつい最近のこと」

「魚河岸《うおがし》で評判にございます。おそらくは能勢家が祝いごとに鯛《たい》などをまとめて注文され、そこいらあたりから出た話にございましょう」

「富沢町といい、魚河岸といい、巷の噂は城中の耳打ちよりも早くてたしかじゃな」

苦笑した勝寛の顔に緊張が掃かれ、

「信之助、能勢式部太夫どのの父、龍右衛門《たつえもん》は、元禄《げんろく》元年頃に御納戸頭を務めておった。それが分家の御賄頭《おまかないがしら》と組んで御肴《おさかな》を知り合いの大名家の勝手に流していたのが発覚して寄合席に落ちた人物じゃ。式部太夫どのは無役の苦しみをよう知っておるゆえに柳沢様に媚《こ》びを売って京都町奉行に就いた男、なかなかの野心家よ」

佃屋桃右衛門のもたらした情報が勝寛の話で裏づけられたことになる。

敦賀屋の江戸進出にあたり、御賄頭の能勢高茂が佃屋の先代に筆頭保証人を頼んだ。その能勢の本家が京都町奉行を務めあげた能勢式部太夫ということになる。

「道三河岸がおぼろに思案しておられるのはたしかなことだが、能勢どのの町奉行就任はまだ判然とはせぬ」

「殿様、能勢様は京で寵愛《ちょうあい》されておられた愛妾《あいしょう》の五百鈴様を江戸にともなってきておられます。どうやらその女が、市川団十郎が刺殺された事件の背後で糸を引いているものと思えます」

「もはやそなたらに尻尾《しっぽ》を摑《つか》まれたか」

勝寛が笑い、厳しい顔に戻した。

「わしの懸念は他にある」

「他にご懸念が」

「北町を辞職される保田どのは、奉行を退任する前に心残りの大掃除をやらねばならぬと城中の詰めの間で漏らされたそうな」

「心残りの大掃除、にございますか」

大掃除とは鳶沢一族との決着を意味しないか、勝寛はそう告げていた。

「それに大黒屋が裏の貌《かお》を持つなどという埒《らち》もない噂を流している元は、呉服橋（北町奉行所）とみられる。信之助、どうやら一騒ぎがありそうじゃ。そのことを総兵衛に知らせてくれ」

「ありがとうございました。お邪魔した甲斐《かい》があったというもの」

信之助は頭を下げた。

「信之助、この次は総兵衛でもなくそなたでもなく、おきぬを屋敷に寄越してくれぬか。娘二人に責められるわ」

勝寛が磊落《らいらく》に笑った。

江川屋の番頭は、当時の番頭儀平が大黒屋から強奪した二千両を持って京に上ったおりにいったん隠居した佐蔵が呼び戻され、そのまま勤めていた。奉公人が次々と辞めていき、隠居した身を引きずりださねばならないほど人材が不足していた。

この夜、佐蔵は五つ（午後八時頃）過ぎに住み込みの手代らに見送られて店の通用口を潜った。崇子と佐総の帰りを待とうかと考えたが、大黒屋からちゃんと送りとどけるからと使いがあったので、帳場を締めた後に店を出た。

鉄砲町の長屋まで佐蔵の足でもほんの一息だ。

（それにしても旦那《だんな》様は……）

彦左衛門が商いをおろそかにするようになったのは、富沢町の惣代《そうだい》職を奉行所の命で剝奪《はくだつ》された前後からだ。京の老舗《しにせ》で修業したにしては万事が派手好みであった。商人には地道な辛抱が肝心のはずだが、彦左衛門にはそれが足りなかった。

大黒屋が代々受け継いできた富沢町惣代の地位を北町奉行所の後ろ盾で得たことで有頂天になりすぎた。その結果、肝心要《かなめ》の商いをおろそかにして奉公人たちには嘗《な》められる、富沢町の仲間にも呆《あき》れられて、信用を失った。

江川屋も四代で終わりか。

このところ売り上げが急速に落ちて、支払いがあちこちに滞っていた。そのことを数日前に珍しく戻ってきた彦左衛門に言うと、

「もうちょいとの辛抱や。金が入るあてがあるんや」

とちゃらちゃらした上方訛《かみがたなま》りで答えたものだ。

あてがあると主《あるじ》は言ったが、売掛金が入ってくるあてなどなかった。

ふたたび姿をくらました彦左衛門から今日の昼過ぎに河内《かわち》木綿の反物二百五十反が送られてきて、

「売り値は任すゆえに佐蔵の思案で売り先を捜せ」

と伝言されていた。

このところ富沢町に新ものの河内木綿が出まわっている噂は佐蔵の耳にも達していた。

手代たちの話では、上物の河内木綿が一分二朱前後で売り出されているという。どうやればそのような値が付けられるのか。長年、布ものの商いを見てきた佐蔵にも理解できなかった。

その矢先に二百五十本もの河内木綿である。

彦左衛門がこれほど大量の木綿を買い取る金の余裕などないことは佐蔵が一番承知していた。

堀留町に差しかかり、堀端から吹き上げる川風に春の本格的な到来を感じたとき、

「佐蔵さん」

と呼ぶ声にぎくりと足を止めた。振り向くと大黒屋の主が堀留の川岸に立っていた。

「総兵衛様」

「店の帰りかな」

はい、と返事した佐蔵は、

「崇子様と坊っちゃんが大黒屋様にお邪魔をしていると思いましたが」

と訝《いぶか》しい声を上げた。

「心配せんでもよい。二人の相手はおきぬがしておるでな」

と言った総兵衛は、

「船を用意してある。ちょいと付き合ってはくれませんか」

佐蔵は堀に浮かぶ屋根船を見た。

船は船宿の幾とせのもので、船頭は顔見知りの勝五郎だった。

「かしこまりました」

総兵衛に導かれるように川岸と船をつなぐ板を渡ると、勝五郎が黙って会釈《えしやく》した。

屋根船のなかには酒と七輪に土鍋《どなべ》が用意されて、味噌《みそ》の香りがうすく漂っていた。

「季節はちょいと外れたかもしれませんが猪肉鍋《ぼたん》でな」

総兵衛が、大ぶりの杯を佐蔵に持たせ、酒を注いだ。

「富沢町惣代にこのようなことをしていただいて恐縮に存じます」

「私はもはや惣代でもなんでもありませんよ」

「いえ」

佐蔵が首を横に振った。

「お上のご意向がどうであれ、富沢町の惣代は今も昔も大黒屋総兵衛様にございます。江川屋はやってはいけないことをやって、かような仕儀にいたりました」

総兵衛は黙って杯を口にあてた。

佐蔵もそれにつられたように酒を飲み、杯を手に問うた。

「総兵衛様、主のことでございますな」

「崇子様から話は聞きました。じゃが、崇子様が知らぬこともありそうでな、かような待ちかたをしたのです」

「ご心配をおかけします」

老番頭は、杯を置くと白髪頭を下げた。

「今宵《こよい》は互いに腹蔵なく話そうと思って船を用意したまで、すぐにも鍋もできましょう」

総兵衛は新たに佐蔵の杯に酒を注いだ。

「彦左衛門さんには上方からきたという女がおるそうですな」

佐蔵が頷《うなず》いた。

「その女なれば一度だけ店近くまで来て、近所の子供に主への文を届けさせて呼びだしたのをちらりと見ましてございます。二月《ふたつき》も前のことでした。二十三、四の年増《としま》で素人《しろうと》とは思えぬほどあだっぽい女でした」

「彦左衛門さんはその女の家に入り浸っておるのであろうか」

「おそらくは」

「家はどこか分かるかな」

いえ、と佐蔵は顔を横に振った。

「ただ一度富岡八幡宮《とみおかはちまんぐう》の狛犬《こまいぬ》がどうのこうのと、妙に詳しく話したことがございます。旦那様はあのあたりに地縁も知り合いもございませぬ。どうやら女の住まいがそのあたりかと思われます」

「佐蔵さん、そのような女は金になびくもの。今の江川屋に彦左衛門さんが遊ぶ金の余裕がありますかな」

「もはやこの三十日《みそか》に払う代金とてあてがございませぬ」

「それを承知で彦左衛門さんは遊び惚《ほう》けておるのか」

佐蔵は悲しげに顔を伏せた。

「崇子様の着物帯から櫛簪《くしかんざし》の類《たぐ》いまで持ちだされて金に替えられた主です。もはや江川屋はお終《しま》いかと」

「そこまで落ちぶれ果ててしまったか」

総兵衛は残った杯の酒を飲んだ。

佐蔵が顔を上げた。

「総兵衛様、今日の昼過ぎ、旦那様から二百五十反の河内木綿が送られてきて、換金せよ、との伝言がございました。このところ富沢町に法外な安値で河内木綿が出まわっていることも知っております。私は恐ろしくてこの木綿には手がつけられませぬ」

「佐蔵さん、江川屋はあんたがおられたで救われるやもしれぬ」

「どういうことでございますか」

その問いには答えず、総兵衛が言いだした。

「その二百五十本の河内木綿、大黒屋が引き取ろう」

「なんと」

佐蔵はしばらく総兵衛の顔を凝視した。

「大黒屋様が買い取っていただく代金で三十日の払いをしてよいのでございますか」

「売掛金を待っておられる商人を泣かすわけにもいくまい」

とだけ総兵衛は答えた。

「この総兵衛、もはや彦左衛門を助ける気はない」

老番頭は悲しげな視線を向けた。が、どこか納得した表情が漂った。

「そなたの手元に送られてきた河内木綿は大黒屋が上方で仕入れたもの」

「なんと申されました」

佐蔵の両眼が見開いて、総兵衛を見た。

「彦左衛門の命《めい》を受けて、売り払えば江川屋に町方が入る話よ」

「総兵衛様、別の仕入れということはございませぬか」

老番頭は必死で訊《き》いた。

「明日にでも二百五十反の木綿を調べてみよ。どこぞに大黒屋が仕入れた札がついていよう」

「総兵衛様、主の彦左衛門は大黒屋様の品を横領したのでございますか」

「彦左衛門がどう関わっているかはまだはっきりせぬ。大黒屋の船が襲われ、荷が消えた。その品を彦左衛門が売り払おうとしているのはたしか」

佐蔵の肩ががっくりと垂れた。

「そればかりではない、佐蔵さん。船頭ら五人が殺されて見つかった」

「なんと恐ろしいことが」

佐蔵の顔は恐怖に歪《ゆが》み、救いを求めるように総兵衛を見た。

「もはや崇子様には戻るべき家も地もない。富沢町がただ一つの生きるよすが」

「旦那様は江川屋彦左衛門を見殺しにして崇子様と佐総様を助けるといわれますのか」

「いかぬか」

佐蔵の両眼が真ん丸に見開かれた。

「その代わりにな、江川屋の暖簾《のれん》と家族、そなたらを救うてやりたい」

「なぜそのようなことをこの佐蔵に話されますな」

「そなたがもう一働きしてくれねば、佐総が五代目の彦左衛門とはなれぬでな」

「おおっ」

佐蔵の口から喜色の声が漏れた。

「わ、私はどうすればよいので」

総兵衛はぐつぐつと煮え始めた猪肉鍋の蓋《ふた》を取り、

「佐蔵さん、そなたとな、そのへんのところをゆっくりと話したいとかような席を設けた。夜は長い。猪肉《ししにく》でもつつきながら、酒を飲みましょうぞ」

屋根船の外からゆったりと漕《こ》がれる櫓《ろ》の音が響いてきた。

総兵衛が富沢町に戻りついたのは深夜の九つ半（午前一時頃）過ぎである。おきぬに迎えられた総兵衛の体から酔いの跡など微塵《みじん》も見られなかった。

普段着に着替えた総兵衛を笠蔵と信之助が待っていた。

「ご苦労に存じます」

笠蔵が主を労《ねぎら》い、信之助が、

「深夜とは思いましたが、本庄の殿様に面談した件で気掛かりがございましてお待ちしておりました」

とそのわけを告げた。

「聞こう。本庄様は能勢式部太夫についてなんぞ申されたか」

「佃屋桃右衛門様が話された御賄頭の本家が能勢家にございます。式部太夫の父親が不正を働き、無役に落ちた人物……」

信之助は能勢家の顛末《てんまつ》を語った。

「流れが見えたか」

「総兵衛様、本庄様のご懸念《けねん》は保田様にございました」

信之助は、本庄勝寛が城中で聞いた話を伝えた。

「ほう、辞任前の心残りの大掃除か」

「われらが影の貌《かお》を持つなどという噂《うわさ》を流したのも北町のよしにございます」

「なるほどな」

「本庄の殿様は言外に、保田様がわれらとの決着をつける気ではないかと臭《にお》わされた」

「私もそう思います」

ずり下がった眼鏡の奥の目玉に緊張を掃いた笠蔵が賛同した。

「今一つ分からぬことがある」

と総兵衛が言いだした。

「北町奉行を辞職する保田宗易と北町就任が噂されておる能勢式部太夫は、手を握っておるのかどうかじゃ」

「新旧の北町奉行が手を組んでわれらに立ち向かうとしたら容易な戦いではありませぬな」

「死にもの狂いの戦いになろう」

これまで大黒屋には南町奉行の松前伊豆守嘉広がついていた。が、その松前も去年辞任して、今は大黒屋に味方する町奉行はいない。

松前の後任である南町奉行は不在のままだ。ついでにいうなら、幕府は中町奉行所を二年前の元禄《げんろく》十五年に発足させていた。

宝永元年のこの時期、江戸の治安と経済を南北と中町の三奉行所が守っていた。当然、南町、中町より先任の奉行は保田越前守宗易だ。権限はまるで違った。新任奉行は先任の意に逆らえない。

「大番頭さん、河内《かわち》木綿二百五十本が江川屋にある。そいつをな、百両で買い取ってきなされ」

総兵衛は話題を転じた。

「へえっ、なんでございますか。うちの品を買い戻すとおっしゃいますので」

「そう言った」

「旦那様、どうしてうちの河内木綿が江川屋さんにあるのでございますか」

おきぬが訊いた。

「どこぞに雲隠れしておる彦左衛門が送りとどけてきて、佐蔵に換金せよと命じたそうな」

「なんと江川屋さんが駿府丸襲撃に関わっておられましたか」

「彦左衛門も見下げ果てた男よ」

「どうしたもので」

信之助が訊いた。

「佐蔵の勘では富岡八幡宮近くに女と住んでおるらしい。明日からあたってくれ」

総兵衛が答え、

「かしこまりました」

信之助が承知した。

四

富岡八幡宮の創建は寛永《かんえい》年間（一六二四～四四）、浅い海を埋め立てて造られたという。時代を経て、宝永元年には社殿前に船着場が設けられてあった。

門前には料理茶屋や遊女をおいた楼まで軒を連ねる賑《にぎ》わいであった。

大黒屋の三番番頭の又三郎を頭分に手代の駒吉と荷担《かつ》ぎ商いのおてつは船着場の石段を上ると、二の鳥居の前に立った。二の鳥居の奥に表門が見える。

「駒吉、そなたは一の鳥居の門前町をあたれ」

又三郎は仲町通りから左手の門前町を指した。

「おてつさんは右手の茶店をあたってくれ」

「番頭さんはどうされますか」

駒吉の問いに、

「富岡八幡宮は広い。境内の茶店などをあたってみよう」

と又三郎が答えた。

「落ち合う先は本社の社殿前だ」

駒吉とおてつが頷《うなず》き、三人は江川屋彦左衛門が上方訛《かみがたなま》りの女と暮らすという家の探索に散った。

おてつは昼前、まだ参詣《さんけい》客の少ない仲町通りを歩いていった。

向こう鉢巻き、腹掛、尻《しり》切り半纏《ばんてん》、三尺帯に草鞋《わらじ》がけのぼて振りが、半台から生きのよい魚の頭を覗《のぞ》かせて威勢よく売り歩く。

「桜鯛《さくらだい》、鰆《さわら》、春鰯《はるいわし》、生きのいい春告げ魚だよ！」

その後をのんびりと蜆《しじみ》売りが、

「亀戸《かめいど》の蜆、業平《なりひら》蜆でございます」

と竹籠《たけかご》に山積みにした蜆をこぼさないようにそっと触れて回る。

茶店の女衆が笊《ざる》を手に蜆売りを呼びとめた。

おてつはそんな触れ売りと女の間に如才なく入りこみ、上方訛りのあだっぽい年増《としま》がこのあたりに住んでいないか訊いた。

「上方訛りの年増だって、この富岡にかったるい訛りが一人で住んでいられるものか」

蜆を買った女中が大あくびの後に吐き捨てた。

「おねえさん、それがさ、古着屋の旦那《だんな》の囲い者さね」

「けっ、古着は富沢町か柳原土手と相場が決まってるよ、お門違いだね」

「蜆売りのおじさんは町内に詳しいだろ。どこぞでそんな女がいるなんて話を聞かないかねえ」

嫌がられようと罵《のの》しられようと根気よく相手に付き合い、これまでも貴重な情報を得てきた。もちろん駿州鳶沢村の生まれ、一族の者であった。

「おめえさん、なんでそんなことを聞きなさるね」

蜆売りが次の女客の枡《ます》に蜆を入れながら訊いた。

「いやさ、古着屋の旦那が上方女にぞっこんでさ、店が左前だ。なんとか旦那を見つけてさ、店に戻ってもらわなきゃあ、今日明日にも潰れかねないってんで、家族にさ、頼みこまれたってわけさ」

「ちえっ、そんな間抜けはどこのだれだえ」

最前の女中が訊いた。

「富沢町の江川屋彦左衛門といわれるんだがね」

「知らないね」

「お手間をとらせてすいませんでしたねえ」

おてつは腰を屈《かが》めて礼を述べると立ちあがった。

又三郎は本宮へ渡る蓬萊《ほうらい》橋を越えた。

富岡八幡宮の境内にはあちこちに疎水《そすい》が流れて、木橋が架かっていた。

美しい円弧を描いて架けられた橋は俗にがたくり橋と呼ばれていた。

又三郎はがたくり橋の前にある茶店に入り、黄八丈を着た女将《おかみ》にいづめと奇妙な名で呼ばれているかもしれない上方訛りの女のことを訊いた。

「番頭さん、どういうわれでその女を捜しているかしらないがさ、八幡様の境内に上方訛りが住んでいれば、すぐに評判が立つよ。まあ、広い境内をいくらひっくり返したからといって、見つかるまいよ」

「ありがとうございました」

又三郎は参道をさらに本宮へと進んだ。

石垣に囲まれた本宮の前には小さな池があって、鯉《こい》や亀に餌《えさ》をやっている年寄りや子供たちがいた。

又三郎は本宮に向かう前にそちらに足を向けた。

駒吉は又三郎らと分かれた後、仲町通りを三丁ばかり西に下った門前町で聞き込みを開始した。

水に恵まれた八幡宮周辺には、参詣客に魚や貝を食べさせ、酒を飲ませる安直な茶屋が連なっていた。

駒吉は茶屋の裏手の路地に入りこんだ。茶屋の裏口では手の空いた料理人たちが煙草《たばこ》を吹かし、茶を飲んだりしていた。

これからが時分時《じぶんどき》だ。てんてこまいの忙しさを迎える前に一服しているのであろう。

「兄さん方、ちょいとお尋ねしたいことがございます」

駒吉の風体をちらりと見た兄貴ぶんが、

「なんだい、手代さんよ」

「へえ、生き別れになった姉が富岡八幡宮のそばに住んでいるらしいと教えてくれた方がございまして、店の合間に聞き歩いているところでございます」

「名はなんといいなさるね」

「いづめと申しまして、年は二十三、四。富沢町の古着屋の旦那のお囲い者になっているという話でございます」

「手かけさんになるくらいだ、別嬪《べっぴん》だねえ」

「久しく会っておりませんが、あだっぽいそうにございます」

「手代さん、他になにか目じるしはないのかえ」

料理人たちは駒吉をなかばからかうように訊《き》いた。

「上方に暮らしていたそうで、訛りがございますそうな」

「富岡あたりで上方訛りじゃ目立つぜ。まあ、おれっちは知らねえな」

店の台所から親方が顔を覗かせて、男たちは慌《あわ》てて駒吉の前から姿を消した。

江川屋の番頭佐蔵が、

(富岡八幡宮あたりではあるまいか)

と推測した根拠は彦左衛門が狛犬《こまいぬ》の話をしたというだけのものだ。

本殿に上る石段の両脇《わき》にその狛犬が鎮座して神域の守護をしていた。彫りがどこの神社仏閣のものとも違うというのでちょいと名が知れた狛犬だった。

又三郎は、足を棒にして境内を聞きまわってふたたび本殿前に戻ってきた。

「番頭さん」

姉様被《かぶ》りの額に汗を光らせたおてつの声がした。

「おてつさんか、なんぞいい聞き込みでもあったかな」

「それがさっぱり手応《てごた》えがなくて困っております。ともかく一度番頭さんのお指図をと戻ったんですがねえ」

おてつは又三郎のほうも空ぶりだなと顔色を見た。

「あとは駒吉さんですねえ」

又三郎とおてつは顔を見合わせた。

駒吉も疲れ切った足を引きずるようにふたたび門前町の賑わいのなかに立っ

ていた。

春うららの日和《ひより》で富岡八幡宮は多くの参拝客を集めていた。

江戸湾に近く、江戸の町から遠い深川富岡町の八幡宮がこれほどの賑わいをみせるのは水運に恵まれていたからだ。八幡宮の社前や裏手の二軒茶屋の船着場に船で乗りこむことのできる足の便と船でお宮参りにいくことに江戸の人々は独特の粋《いき》を感じていた。後年になると遊女たちをおく妓楼《ぎろう》も増えて、吉原や品川とは違った深川風の粋、張りの町として栄えることになる。

駒吉は喧騒《けんそう》に押しだされるように料理茶屋の裏手の路地に戻っていた。

さすがに一服する料理人も女中もいない。

(どうしたものか)

駒吉は路地から空を見上げ、腹の減り具合から八つ半（午後三時頃）は過ぎていようと思った。

(一度番頭さんに会うか)

そう考えた駒吉の鼻先にさきほど喋《しゃべ》った料理人が包丁と砥石《といし》を手に姿を見せた。

「おおっ、さっきの手代さんかえ。姉さんは見つかったかえ」

「いえ、それが……」

「だめか」

若い仲間が水を張った手桶《ておけ》を運んできた。

刃物を研ぐ用意をしながら、兄貴ぶんが言いだした。

「嘘《うそ》かほんとか知らねえぜ。出入りの味噌《みそ》屋《や》の小僧がよ、上方訛りの女が旦那と一緒に住んでるというんだがねえ。上総《かずさ》から出てきたばかりの小僧に上方訛りか山出しか、分かりはしめえ」

「どちらにでございますか」

「おお、そう身を乗りだすねえ。こっちは刃物を持ってるんだ、怪我《けが》するぜ」

駒吉をいなした兄いは、危ないといった刃物の先で八幡宮の西を指し、

「永代寺門前山本町によ、相模屋《さがみや》って米屋が小体《こてい》な家作を何軒か持ってる。その一軒に曰《いわ》くありげな女が男と住み暮らしてるって話だ」

「ありがとうございました」

頭を何度も下げた駒吉は、次の瞬間には韋駄天《いだてん》走りに駆けだしていた。

真言宗永代寺は富岡八幡宮の別当、神宮寺であった。

最初は遍照院と称していたが、承応二年（一六五三）に京都の仁和寺《にんなじ》から大栄山金剛神院永代寺の寺号を与えられ、富岡八幡宮の別当となった。

細流が縦横に走る門前山本町に米屋の相模屋が風流な造りの家作を建てた。富岡八幡宮側《そば》の立地と水運とあいまって、妾《めかけ》を囲うに格好の地として大店《おおだな》の旦那たちに知られているという。

又三郎、駒吉、おてつの三人は、上方訛りの女が男と住み暮らすという家の周りに潜んで二刻《とき》（四時間）余りも見張っていた。

駒吉のもたらした報に又三郎とおてつは欣喜雀躍《きんきじゃくやく》して、永代寺門前でその家を探りあてた。だが、建仁寺垣を巡らした家には若い女中がいるばかりで、主《あるじ》の男女は留守の様子だった。近くであたってみたが、どこも忍び住まいで隣家のことなど気にしていなかった。それでも、二人が住み始めたのが二月《ふたつき》も前らしいことは分かった。

又三郎ら三人は見張りに入った。

五つ（午後八時頃）前、永代寺前の堀に猪牙舟《ちょきぶね》が着いた。

常夜灯の明かりに男女の姿がおぼろに浮かんだ。

（江川屋彦左衛門め、こんなところに隠れ家《が》を……）

又三郎は女の顔に視線を移した。水商売が長いとみえて、あだっぽい。

二人は慣れた様子で猪牙を下りると、留守であった家の格子戸《こうしど》を叩《たた》いて若い女中に戸を開けさせた。

（あたったぞ）

駒吉は胸の内で小躍りした。

そのとき、もう一艘《そう》の猪牙舟が着き、五人の男たちが無言のうちに下りると、彦左衛門らが消えた家に入った。動きに無駄がなく、目配りが鋭かった。凶暴な男たちが修羅場を潜って生きてきたことを示していた。

又三郎のもとに駒吉とおてつが集まった。

「駒吉、お手柄だ」

と誉《ほ》めた又三郎がおてつに、

「このことを旦那様に報告してくだされ」

と命じた。

おてつが富岡八幡宮前から消えた後、又三郎と駒吉は交替で門前そばを啜《すす》りこんだ。朝めしを店で食べて以来の食事だ。喉《のど》に流しこむように啜りこんだ二人は、ふたたび彦左衛門らの隠れ家を見張る仕事に戻った。

総兵衛と信之助の二人が富岡八幡宮別当永代寺の前に姿を見せたのは、九つ（深夜十二時頃）の時鐘が余韻をひいて水面に漂い残る刻限だ。

総兵衛の前に又三郎と駒吉が姿を現わした。

「ご苦労であったな」

鳶沢総兵衛勝頼が二人の配下を労《ねぎら》った。

「二人はいまだ酒など飲んで博奕《ばくち》に打ち興じている様子にございます」

又三郎が応じた。

「人数はどうじゃな」

「江川屋の旦那にいづめなる女、やくざ体《てい》の男が五人でございます」

「女中はどうか」

「通いの女中とみえて江川屋らが戻った後にすぐに家を出ましてございます」

「よし」

信之助が用意してきた刀二振り、手縄などをそれぞれ又三郎と駒吉に渡した。小袖《こそで》をざっくりと着流した総兵衛の腰には、初代総兵衛成元が家康から拝領した三池典太光世《みいけでんたみつよ》があった。平安末期の名鍛冶《かじ》、筑後《ちくご》の住人三池典太が鍛えあげた名剣で、天下五剣の一品であった。茎《なかご》には葵《あおい》の紋が刻まれ、葵典太の別名をもっている。

信之助もまた腰に剣を差し、三段突きの信之助の名にふさわしく手槍《てやり》を持参していた。

「彦と女はおれに任せよ。残りの者たちは駿府丸襲撃に関わった者と分かったならば、一人として逃がすでない。斬《き》り捨てえ」

総兵衛の厳命に、はっ、と三人の部下が応じた。

駒吉が手鉤《てかぎ》のついた縄を庭先から外に伸びた銀杏《いちょう》の枝に引っかけ、するすると縄を伝って上り、建仁寺垣の向こうに消えた。すぐに格子戸が音もなく開けられた。

「又三郎と駒吉は裏口へ回れ」

総兵衛の命に二人が庭の闇《やみ》に消えた。

信之助が手槍を玄関先に立てかけると、小刀の切っ先を戸車に突っこみ、引戸を持ちあげ、そっくり外した。

夜の気配が屋内へと流れこんだ。

「おい、どこぞから透き間風が入ってくる。たしかめてきな」

中年の頭分の声が命じて、廊下に影が現われ、玄関先へと静かにやってきた。

「戸が開いてるぜ。閉め忘れたか」

若い渡世人の視線の先に外の闇が見えた。

上がりかまちに立った小太りの若者の手には長脇差《ながどす》があった。

玄関の左手の闇に潜んでいた信之助がゆらりと男の前に立った。

「なん……」

言いかけたやくざ者の鳩尾《みぞおち》に手槍の柄尻《えじり》が突きこまれ、長脇差に手をやりかけたやくざは玄関先にくたくたと崩れ落ちた。その体をなんなく抱きとめた信之助は庭木の陰に引きずっていく。

銀煙管《ぎんぎせる》を口の端に銜《くわ》えた総兵衛が玄関から廊下へと上がった。

「松之助《まつのすけ》、どうしたえ」

胴間声が訝《いぶか》しげに訊《き》いた。

煙草《たばこ》の香りが廊下から漂ってきた。

明かりが皓々《こうこう》と点《とも》された座敷の障子を開けた総兵衛に視線が集中した。

沈黙が部屋を支配し、すぐに頭分が怒号した。

「てめえは何者じゃい！」

銀煙管を手にした総兵衛の視線がゆっくりと次の間に移った。

長火鉢の前で江川屋彦左衛門と女が酒を飲んでいた。さらに奥の間には派手な布団《ふとん》が敷かれた寝間が見えた。

「だ、大黒屋さん！」

彦左衛門の口から驚愕《きょうがく》の言葉が漏れた。その表情が微妙に崩れて恐怖にまぶされた。

「彦左衛門、佐総が生まれた一年半前の約定を覚えていような」

北町奉行保田越前守宗易の援助をいいことに富沢町の商人仲間を裏切り、京から出てきた崇子をないがしろにしようとした彦左衛門に、総兵衛は、

「彦左衛門、そなたに約定しておこう。この大黒屋を裏切る者、違約する者、けっして総兵衛は見逃しはせぬ。そのこと、肝に銘じておけえ」

と警告していた。

それは富沢町の真の惣代《そうだい》がだれか知らしめる言葉であった。

「ど、どうしてここに……」

「私の問いすら耳に入らぬか」

「江川屋の旦那《だんな》、こやつが大黒屋総兵衛ですかえ」

渡世人の頭分が素早く平静を取り戻すと叫んだ。

「駿府丸を襲ったのはそなたらだけか」

四人のやくざ者がそれぞれ刀の柄《つか》に手をやった。慣れた動作だ。

「駿府丸にはうちの者たちが五人乗り合わせていた」

へえん、と女が言った。

「江川屋の旦那の口車に騙《だま》されて素直に従いはったわ」

「なんと彦左衛門も惨殺《ざんさつ》に一役買ったか」

寝間に又三郎と駒吉が立った。

反物の端を摑《つか》んだ又三郎の手からそれが投げ転がされた。反物は敷居を越えて彦左衛門と女が酒を酌《く》み交わす部屋へ伸びてきた。

河内木綿だ。

「総兵衛様、板の間に三、四十本の河内木綿が積まれてございました」

「彦左衛門、いつから手を汚れた血で染めなすった」

総兵衛の静かな問いに、

「うだうだ抜かすな」

と女が叫び返した。

「おまえさん方、相手はただの商人《あきんど》や。ぐずぐずせんと始末してもらおうか。このときのためになけなしの金払ったんやないか!」

四人は俊敏にも戦いの態勢をとった。

総兵衛らの出現に動揺したふうもない。なにより駿府丸の夏吉郎ら五人を惨殺した残酷さがこの者たちの生き方を示していた。

「女、そなたが柳原土手にうちの河内木綿を売り歩いたか」

「念にはおよびまへん」

「言葉に上方訛《かみがたなま》りが混じるが、江戸者か」

「尻尾《しっぽ》を摑まれちゃ仕方がない。この深川生まれさ」

総兵衛の指摘に女が居直った。

「京で彦左衛門と知り合うたか」

「あいよ。京でたっぷり肌身を合わせた仲さ」

「この大黒屋が許さぬ」

総兵衛が言い放ち、訊いた。

「うちの船が越中島沖に錨《いかり》を下ろすのがよう分かったな」

「大坂でおまえの奉公人が派手に荷を集めているのを知って、江川屋の旦那とつなぎを取り合い、二月前からこの深川で船の到着を待ち受けていたのさ」

永代寺のこの家から越中島はすぐそばだ。

彦左衛門といづめは駿府丸を狙《ねら》って、この地に隠れ家を持ったのか。ともあれ、駿府丸は最初から手ぐすね引いた者たちに待ち受けられていたことになる。

修羅場の経験のない夏吉郎らでは勝負は最初から見えていた。

「江戸というところはおもしろいな。町方の与力同心が殺しを助《す》けてくれやがる」

やくざ者の頭が北町が夏吉郎らの殺戮《さつりく》に加わったと示唆《しさ》すると、ゆっくりと総兵衛の正面に移動した。

長脇差はまだ鞘《さや》のなかだ。

「彦左衛門、犬沼勘解由とまた手を結んだか」

総兵衛がじろりと彦左衛門を睨《にら》んだ。

「そ、そなたさえ潰《つぶ》せば、また富沢町の惣代に返り咲ける」

「馬鹿《ばか》めが、まだそのような夢を追っておるか」

総兵衛が吐き捨てた。

頭分は居合いを得意とするのか、片膝《ひざ》をついて腰を沈めると長脇差を一気に抜きあげ、総兵衛のかたわらをすり抜けた。

渡世人とも思えないほど凄《すご》みのある長脇差の使いぶりだ。

だが、総兵衛は相手の動きを読んでいた。手にしていた銀煙管が、
発止！

とばかりに頭分の額に投げられた。狙い違《たが》わず、がん首が眉間《みけん》にめりこみ、

骨が折れる不気味な音が響いた。頭分は前のめりに倒れこんだ。

無言のうちに仲間たちが突っこんできた。

総兵衛のかたわらから手槍の穂先が突きだされて、一人の腹部を刺し貫いた。

「ぐえっ！」

又三郎と駒吉が残った二人に襲いかかった。

総兵衛は戦いに見向きもせず、次の間に進んだ。

「そ、総兵衛、おまえはんはいったい何者なんや」

「富沢町で商いをしながら、いまだに気がつかぬか」

いづめが長火鉢の引き出しから匕首《あいくち》を取り出すと、

「くそったれが！」

と本性を剝《む》き出しにした凶悪な顔つきで総兵衛に突きかかってきた。

総兵衛は手首を無造作に摑むと匕首をもぎ取った。

「畜生！」

武者ぶりついてくる女の髷《まげ》を摑んだ総兵衛は、

「彦左衛門との道行じゃ、地獄詣《もう》でを一緒にせえ」

と言い放ち、匕首で心臓《しんのぞう》を刺し貫いた。

総兵衛の匕首を持つ手に女の断末魔の痙攣《けいれん》が伝わってきた。

「許してくだされ、総兵衛様」

彦左衛門が後退《あとずさ》りして寝間に逃げようとした。

「一度は助けた。二度目は見逃すわけにはいかぬ」

総兵衛が血に濡《ぬ》れた匕首を提げて彦左衛門に近づくと、

「崇子と佐総のこと心配するでない。この大黒屋総兵衛が身の立つようにしてやるでな」

「ひえっ！」

彦左衛門の背中に襖《ふすま》が当たった。

総兵衛の匕首が一突きされた。

「駒吉、この家にだれが掃除に現われるか、見張っておれ」

総兵衛の命令に駒吉が大きく頷《うなず》いた。

翌朝、荒川が大川へと名を変える橋場町の中洲《なかす》に一艘《そう》の猪牙舟《ちょきぶね》が流れついているのを漁師が見つけた。

漁師は舟を近づけ、胴ノ間を覗《のぞ》きこんだ。

男と女が首筋と胸を突いて倒れていた。心中である。

「た、大変だ！」

漁師は橋場町の番所に舟の舳先《へさき》を向けた。

第三章　報　復

一

　富沢町で四代目江川屋彦左衛門の密葬が内々に催されたが、どこでどう聞きつけたか大勢の掛け取りが店に押しかけ、すぐにも支払いをせよと迫った。すると、大黒屋の大番頭の笠蔵を従えた佐蔵が奥から店先に現われて、

「遅くなりまして申しわけございません」

　と言いながら請求に応じた。

　大黒屋が江川屋の後ろ盾に、の報が富沢町一帯に広がり、騒ぎはすぐに鎮《しず》まった。

この夕暮れ、江戸湾に大黒屋の持ち船明神丸が荷を満載して戻ってきた。

総兵衛は、船宿幾とせの老船頭勝五郎の猪牙舟《ちょきぶね》で明神丸に出向いた。

「旦那様《だんなさま》」

仕入れの地を九州一円から琉球《りゅうきゅう》へと拡大する大役をはたした四番番頭の磯松、手代の清吉らがいちだんと逞《たくま》しくなった顔で総兵衛を迎えた。

「ご苦労でしたな、磯松、清吉」

総兵衛は他の乗り組みの者たちにも丁重な労《ねぎら》いの言葉をかけた。

「鳶沢村《とびさわむら》にて駿府丸《すんぷまる》の危難を聞きましてございます」

「うーむ」

とだけ総兵衛は答えた。

出迎えた一行のなかに駿府丸危難の報を告げに走った晴太の顔も混じっていた。

磯松が、

「船室にて報告したきことがございます」

と総兵衛に言った。

主従は櫓《やぐら》下の船室に入った。

「豆州下田湊《しもだみなと》にて作次郎さんが明神丸を訪ねてこられました」

駿府丸の船頭夏吉郎ら五人の亡骸《なきがら》に付き添って鳶沢村に向かった作次郎らと出会ったという。

「ならば夏吉郎らの死は存じておるな」

「はい、われら一同、明神丸より五人の御霊《みたま》に報復を誓うてございます」

「手先の一部は斬《き》り捨てた。じゃがな、磯松、主《おも》だった者どもは生き残っておる。いずれそなたらの力を借りねばならん」

かしこまってございます、と頷《うなず》いた磯松が、

「京で仕入れた話にございます」

と前置きした。

「京とな」

「はい、京都町奉行を能勢《のせ》式部《しきぶ》太夫《だゆう》様が辞任のおりには京屋敷を持つ西国の大名方の用人や商人たちが集って過分な餞別《せんべつ》をなさったそうでございます。京雀《すずめ》の間では能勢様、京で一稼ぎ、江戸で昇進の運動費どころか、一身代を作ら

れたとの評判だったそうにございます」

「能勢がな、ありそうなことじゃな」

磯松は下田湊で作次郎から話を聞いて、総兵衛にすぐにも報告をと考えてきたことだ。

「能勢には京女がついておったな」

「はい、それにございます。こちらではなんと名乗っているか知りませぬが、能勢様は京に赴任中、島原の遊女吹雪太夫《ふぶきだゆう》がいたく気に入られてしばしば通われたそうでございます。それに目をつけた京の商人らが身請けし、能勢様に贈ったのでございます。吹雪は島原では公卿《くげ》の娘ということを売り物にしていたそうにございますが、朝廷に勤めていた女官の一人、なんぞ不興を買って御所より放逐された女とか。親からもらった名は五百鈴というそうにございます」

京の公卿の貧乏《すかんぴん》は有名で、女官が遊女に身を落とす話はめずらしくない。

「朝廷の女官と遊女を合わせて知っておるか。長いこと無役で冷や飯しか食ったことのない能勢式部太夫は千年の都、京女の五百鈴の手練手管に骨抜きにされたようじゃな。よう聞きこんできてくれた」

総兵衛は磯松を改めて労った。

「荷揚げは明朝からじゃ、駿府丸の例もある。今宵《こよい》一晩、油断するでないぞ」

「はい」

総兵衛が櫓下の船室を出ると、三番番頭の又三郎らを頭分とした鳶沢一族の者たちが武器と一緒にすでに明神丸に乗りこんでいた。

「明神丸の江戸帰着の祝いは荷揚げの後、大黒屋の蔵に荷が収まった明晩じゃ」

「はっ」

とかしこまる声を聞いた総兵衛は、明神丸から勝五郎の待つ猪牙舟に乗り移った。

「どこへ参《めえ》りますか」

勝五郎が訊《き》いた。

「富沢町に戻ろうか」

総兵衛が命じ、馴染《なじ》みの老船頭が、

「江川屋の旦那が心中をしでかされたそうですな」

と言いだしたのは江戸湾から大川に入ったあたりだった。

「昨日の夜明けらしい。今朝のうちに密葬をすませたところよ」

「江川屋はどうなるんで」

「番頭の佐蔵らが彦左衛門の借財の全額を調べておる。なんとか立ちゆけるならば、佐総を五代目に就けたいものと考えているところだ」

「旦那、昨日の夕暮れ前のことだ。おれがさ、寺島村まで日本橋の茶道具屋の旦那を送っていったと考えてくんな。旦那の別邸がさ、法泉寺のそばにあるのさ」

総兵衛は銀煙管《ぎんぎせる》を手に、どこか得意げな勝五郎に視線を回した。

「橋場の渡しあたりで西の岸辺へ横切ったのはさ、空舟で帰《けえ》るのももったいねえとみみっちい考えをおこしたからだ」

「なんぞ雑魚《ざこ》が引っかかったか」

「雑魚かねえ、北町の見習同心の二人の旦那方が引っかかりやがった。渡しはもうとっぷり暮れてよ、こっちは頬被《ほおかぶ》りしていたから、在のじじい船頭と思ったんだろうよ。どうやら江川屋さんの後始末に行った連中らしい」

「勝五郎、おもしろいのを乗っけたな」

若い見習同心は任務を終えた後、酒を飲んだらしく声がうわずっていた。

勝五郎は竿《さお》を船着場に差すと、流れに乗せた。渡しはすでに終わっていた。

川船番所の明かりがにじんでいるのを見ながら櫓《ろ》に変えた。

「新伍《しんご》、なんでおれたちが心中した古着屋の聞き込みをして回らなければならんのだ」

二人とも二十前後か、見習同心の一人が愚痴を言った。

「冶八郎《やはちろう》、何度同じことを繰り返す。筆頭与力犬沼《いぬぬま》勘解由《かげゆ》様じきじきのお指図だ。仕方あるまい」

「銭に詰まった古着屋が女と心中した、それだけのこと」

冶八郎と呼ばれた見習同心が吐き捨てた。

藤村《ふじむら》冶八郎と神崎《かんざき》新伍の父親はそれぞれ下馬廻同心と臨時廻同心を務めていたが、倅《せがれ》たちが跡を継ぐために二年前から見習いとして出仕していた。

「いや、冶八郎、あれはちとおかしい」

「なにがおかしい」

「心中をする男女はまずためらい傷があるものだそうだ。父上がおっしゃったことがある。だがな、あいつらにはない」

臨時廻同心は殺しの現場に立ち合うこともある。

「そりゃ腹の据わった心中者だっているさ」

「男が女の心臓《しんのぞう》をまず突いた。傷は上から下に突き刺した格好だ。髷《まげ》も乱れている。まるで髷を片手で握って突き下げたって按配《あんばい》だ。惚《ほ》れ合った男女が刺すにしてはおかしなかたちだぜ」

「女が死ぬのを嫌がったからさ」

「冶八郎は無理心中というのか」

「新伍、人間が死のうというときは狂っているものなんだ。普段のように辻褄《つじつま》が合わせられるものか。江川屋彦左衛門はお奉行の後押しで富沢町の惣代《そうだい》にまで昇りつめながら、一年もしないうちにその座を追われているような、情けない男だぜ」

「そこだ。江川屋は北町と深い関わりがあった」

「だが、すぐに辞《ひ》かされた。そんな半端者《はんぱもの》が喉《のど》をためらいもなく一突きして絶命した。おかしいと思わないか」

「それはたしかだ」

「江川屋は新伍の言うようにさ、惣代の地位を追われ、商いも左前、女を囲う金も詰まっての心中だ。覚悟の前だよ」

「女をどこで囲っていたんだ、冶八郎」

「そんなこと知るものか」

「犬沼様がおれたち見習同心を呼んで、じきじきに調べてこいと申された。江川屋と北町は関わりが深いんだ。なんで老練な先輩方が出張《でば》らない」

「だからさ、犬沼様はおれたちに経験を積ませようとなさったのさ」

「そうかなあ。金に困ったとはいえ、商家の主《あるじ》が女と心中しようというのに猪牙舟というのもおかしい」

「屋根船を雇う金もなかった。実際、懐《ふところ》に財布もなかったぜ」

「あの猪牙舟はどこのものなんだ」

二人の見習同心は足を棒にして橋場町を聞き込みに回ったが、古びた猪牙をなくした船頭も船宿も見つからなかった。

「冶八郎、おれはな、江川屋は殺されたんじゃないかと思う」

新伍は声を潜めたが、風下に立つ勝五郎には筒抜けに聞こえた。

「なんだと！」

「だいいち犬沼様がおれたちに指図されたときの怒りようは尋常じゃなかったぜ。なんぞ思いあたる節がありそうな感じじゃないか」

冶八郎が口を閉ざして考えこんだ。

「新伍、こいつはおまえの言うようにやばい話かもしれない」

「急になんだ、冶八郎」

「親父《おやじ》は知ってのとおり、下馬廻りのうだつのあがらない同心だ。その親父がな、いつだったか、ふと漏らした言葉を思い出した」

若い見習同心二人が船の上で顔を見合わせた。

「親父は犬沼様が富沢筋と諍《いさか》いを起こしてなさる。危ないことにならなきゃいいがってね」

「富沢筋とは古着町のことか」

「新伍、遠野《とおの》鉄五郎《てつごろう》、遠野皓之丞《ひろのじょう》、新堂鬼八郎《しんどうきはちろう》様が相次いで帰らぬ人となり、姿を消したときの犬沼様の憤激ぶりを思い出してくれ」

「冶八郎、こんどの一件と遠野様親子、新堂様の件が関わりあるというのか」

新伍の反問に冶八郎が首肯《しゅこう》した。

「おれは能天気にもおまえの話を聞き流していたが、言われてみればばちとやばい」

大川の風が急に変わって船が揺れた。

勝五郎は櫓の漕《こ》ぎ方を変えて船腹の細い猪牙舟を安定させた。

風が勝五郎の艫《とも》から舳先《へさき》へと回りこみ、話し声が小さくなった。

「江川屋の一件を知られた犬沼様がなんぞ策動なさっておられるという話だぜ、新伍」

「策動とはなんだ」

「だからさ、お役所の任務とは別のことであろうよ。今晩にもなにかあるらしい」

「おぬしのところと一緒で臨時廻りに汲々《きゅうきゅう》としておられる父上だが、犬沼様の行動を苦々しく思うておられる」

「犬沼様に目をかけられれば金には不自由はせんからな」

「それも保田様がお奉行にあってのことだ」

「犬沼様は保田奉行と一心同体と日頃から広言しておられるぞ」

「危ない危ない。お奉行は次々とお代わりになる。われら同心はお目見え以下、出世も昇進もなく八丁堀で大過なく務めるしかないのだ」

「くそっ！」

と若い同心が叫んだ声を勝五郎は聞いた。

また風向きが変わったのだ。

「冶八郎。犬沼様になんと復命する」

「おれたちの評価が下がったとしても、江川屋は殺されたなどと進言して騒ぎに巻きこまれるのだけはごめんだ。おれの家はおまえの家と違って妹も弟もいる。三十俵二人扶持《ぶち》でも大事なんだ」

「おれの家も貧乏同心に変わりない。犬沼様には江川屋彦左衛門は金に困っての無理心中にございますとでもしておこうか」

若い同心見習は頷《うなず》きあい、ふと船頭のことを思い出したか、

「これ、船頭、なんぞ耳に入ったとしても口外してはならぬ。もし噂《うわさ》を撒《ま》き散らすようなれば、ただでは捨ておかぬぞ」

藤村治八郎が勝五郎を脅した。

「はっ、はい。なにかいわれましたかな、それとも空耳。近ごろは耳が遠くてよう聞こえませぬ」

「なんじゃ、遠耳か」

藤村治八郎が言い、酔いが覚めたか、体をぶるっと震わせた。

「総兵衛様、そんな話を耳にしただけのことでさ」

「見習同心に胸のうちを見透かされるようでは北町の筆頭与力どのも立場がないな」

総兵衛が声もなく笑った。

「勝五郎、行き先を変えた」

「総兵衛の旦那《だんな》、吉原にでも乗りこみますかえ」

「千鶴がおまえの枕元《まくらもと》に立つようになっても知らぬぞ」

「それは困った」

「ならば神田川に入れてくれ」

「へいよ」

勝五郎は櫓を漕ぐ手に力を加えた。


半刻《とき》（一時間）後、勝五郎の漕ぐ猪牙舟は神田川にある太田姫稲荷《いなり》の祠《ほこら》近くにもやわれた。

その対岸は昌平坂、その向こうには学問所、聖堂の甍《いらか》が見えた。

土手から淡路坂に上った総兵衛は旗本屋敷が建ち並ぶ通りに歩を進めた。

おぼろ月が屋敷町を照らし、総兵衛の長身を照らしだした。

「昔男の名を留《と》めて、花たちばなの、匂《にお》ひうつる、菖蒲《あやめ》の鬘《かずら》の」

総兵衛の口から思わず能の「杜若《かきつばた》」が流れでた。

「色は何《いず》れ、似たりや似たり、杜若花菖蒲梢《こずえ》に鳴くはぁ……」

行く手の闇《やみ》から一つの影が浮かび、辻《つじ》に立った。

辻を越えて通りをまっすぐに進めば、駿河台《するがだい》の富士見坂にぶつかる。

「総兵衛様」

影は手代の駒吉だった。

「春のおぼろ月に誘われてな、能勢式部太夫の屋敷を見てみる気になった」

綾縄《あやなわ》小僧と鳶沢一族で異名をとる駒吉がぼやいた。

「退屈で退屈で」

「変わったことはないか」

「お長屋から上方訛《かみがたなま》りやら西国訛りがさきほどまでざわざわと聞こえてきておりましたが、今は寝静まった模様にございます」

「旗本屋敷から西国訛りとはおかしなことよ」

「不逞《ふてい》の浪人者どもが十余人ほど住んでますよ」

主従二人は左手に折れた。

前方の屋敷から樫《かし》の大木の枝が通りのなかほどまで伸びていた。

角を曲がると能勢式部太夫屋敷の表門が見えた。

「この近くでは樫屋敷と呼ばれております」

門番所のついた長屋門の拝領屋敷は四十余間四方、千六、七百坪はありそうだ。

長屋門も、曰《いわ》く窓《まど》の嵌《は》まった海鼠《なまこ》壁も手入れされたばかりの跡を見せていた。

能勢式部太夫の父親は分家の御賄頭《おまかないがしら》と組んで、河岸《かし》で安く買い上げられる御肴《おさかな》を大名家の勝手掛りに横流ししたことが発覚し、御納戸頭から無役に降格された。

式部太夫は無役のつらさを重々承知していたゆえに柳沢保明に必死に嘆願して、京都町奉行職を得、家名を立てなおした。

江戸に戻った式部太夫は、京都町奉行の在職中に蓄財した金で屋敷の手入れをしたと見える。

駒吉は江川屋彦左衛門といづめが住み暮らしてきた家の天井裏に粘って、犬沼勘解由自らが手下の小者らをともない、深川永代寺門前に駆けつけてきたのをたしかめた。

犬沼は五人のやくざ者の死体を密《ひそ》かに江戸湾に沈めて始末する手筈《てはず》を整えた後、ようやく北町奉行所に戻った。

駒吉から犬沼勘解由が深川永代寺の現場に姿を見せたとの報《しら》せを受けた後、駒吉を能勢屋敷の監視に移させていた。今ひとつ、能勢式部太夫と北町奉行の保田越前守宗易の関係が定かでなかったからだ。

「能勢の様子はどうか」

「能勢は昼間より外出、一刻半（三時間）ほど前に戻ってきました」

町奉行への任官の最後の詰めに動いているのであろうか。

「駒吉、生島半六をたぶらかして団十郎を刺殺させた京の女狐《めぎつね》はおるか」

「今晩あたり潜りこんでたしかめようと考えておるところにございます」

「駒吉、おれがそなたの助《す》け役を買って出ようか」

「総兵衛様が」

この主従、大番頭の笠蔵が心配するほど気が合う。

にっこりと笑った駒吉が袷《あわせ》の裾《すそ》を帯にたくしあげた。

忍びの支度を終えた二人は、樫の木の下に戻った。あたりを見回した駒吉が懐から手鉤《てかぎ》付きの縄を出して無造作に空中に放り上げた。手鉤は樫の枝にからんだ。縄の端を引っ張ってたしかめた駒吉が音もなく上っていった。

縄の揺れが止まり、総兵衛の長身も縄に手をかけた。

二人が忍びこんだのは用心棒の剣客らが住む長屋から遠い米蔵の裏手だった。台所から長局《ながつぼね》を回って枝折《しお》り戸を開くと、内庭に入りこんだ。主や家族たちが住まいする一角である。長屋に十余人もの浪人者を住まわせていることで安心したか、奥には警戒の気配がない。

「総兵衛様、ここいらでお待ちを」

「駒吉、今宵《こよい》は様子窺《うかが》い、無理するでない」

それでも総兵衛は若い手代に釘《くぎ》を刺した。

「はっ」

駒吉の体が闇に溶けた。

(あやつ、だんだんと一人前になりおる)

小僧時代から手元においてその成長を見てきた総兵衛は、鳶沢一族の戦士として立派に成長した駒吉の消えた方角を見ながら、満足の笑みを漏らした。

総兵衛は、庭石に腰を下ろすと塑像《そぞう》のように動かなくなった。

二

大黒屋では奉公人のための長屋を富沢町にほど近い高砂町に持っていた。

表通りの海老床《えびどこ》と八百籠《やおかご》の間にある木戸を入ると、東西に三棟の長屋がある。東側の一棟は夫婦二人だけの俗にいう九尺二間《くしゃくにけん》の長屋で、残りの二棟が子供連れでも住めるように五坪と広い。長屋と長屋の間にはお決まりの下水《どぶ》が通り、長屋の周辺にはせまいながらも畑があり、柿《かき》や梅などの木が植えられていた。井戸と厠《かわや》は北側の小さな広場にあって、そのかたわらにはお稲荷様の祠があった。そしてそこには天水桶《おけ》に水が張られて火事に備えていた。

淡く照らす月が雲に隠れた。

土煙りを上げて江戸の町に風が吹き荒れていた。

草木も眠る丑《うし》の刻《こく》(午前二時頃)、東側の長屋の垣根が揺れて、二つ三つと影が入りこみ、梅の木の下に集まった。

風に枝が鳴って三人の気配を消した。

この数日、刃物研ぎなどを口実に長屋の様子を調べていた三人の男たちは、濃い棒縞《ぼうじま》の着物の裾をからげて帯に挟み、股引《ももひき》に革足袋を履いて、黒手ぬぐいで頬被《ほおかぶ》りをしている。手にはそれぞれ竹筒や藁束《わらたば》や火縄を持っていた。

三人は無言のうちに動いた。

一人が天水桶のたがを持参の刃物で切り壊すと水を抜いた。残りの二人はごみ溜《ため》に運びこんできた藁束を積むと、竹筒に入れてきた種油をまんべんなく振りかけた。無言のうちに三人は頷き合い、火縄で火をつけた。

ぼうっ、と藁束が燃え上がった。

風が舞うように長屋に吹きこんできて、立てかけてあった張り板に火が燃え移った。

三人はそれをたしかめると侵入してきた垣根の破れに潜りこんだ。

三棟の長屋の真ん中に大黒屋の荷運び人足の甚吉《じんきち》が家族といっしょに住んでいた。

甚吉は大黒屋の長屋に住む数少ない鳶沢一族の者だ。

夜中、小便に行きたくて目が覚めた。隣では女房のさだが寝息をたてて、四つの娘のなつを抱くように寝ていた。

風がばたばたと長屋を吹き抜けて、寒々とした物音を立てた。

その音を聞いた甚吉は、

（がまんしよう）

と強引に眠りの世界に戻った。が、下腹が張ってなかなか寝つけなかった。

それでも浅い眠りに落ちた。眠りのなかで風音が響いて通りすぎていく。

妙な胸騒ぎに、甚吉の半睡半醒《はんすいはんせい》の神経が冴《さ》えわたった。

（どうしたのだろうか）

明神丸が江戸に戻ってきて、甚吉らは大忙しの荷揚げ作業に没頭してきた。

体はくたくたに疲れ切っているはずなのに何度も目が覚める。

厠に行くか。

ようやく決心した甚吉は布団《ふとん》から這《は》いずり出て、三和土《たたき》に下りた。心張棒を外すと障子戸を引き開けた。

風が顔を打ち、甚吉の寝ぼけ眼《まなこ》を覚ました。

風音にちろちろと火が燃えるような気配を感じた。

甚吉は戸口から路地に飛びだすとあたりを見た。赤い炎が東側の長屋付近で上がっていた。どぶ板を鳴らして走った甚吉はごみ溜が燃え上がり、長屋の板壁と板屋根に燃え移ろうとしているのを見た。

「火事だ、火事だぞ！」

甚吉は叫びながら、防水桶に走った。

防水桶のたがが切られて桶が破壊され、水は一滴も残ってない。

「起きろ、火事だぞ！」

甚吉の叫び声に、茂松《しげまつ》が飛びだしてきた。担《かつ》ぎ商いの茂松は一族の者ではない。

「茂松、長屋じゅうを叩《たた》きおこせ！」

「合点だ！」

甚吉はお稲荷様の祠の後ろに走った。そこにも天水桶に雨水が貯《た》められ、木桶が積まれていた。

甚吉は木桶を摑《つか》むと天水桶の雨水に突っこみ、掬《すく》いとると板屋根に燃え上がった火の下にかけ戻った。

「火事だ、年寄り子供は避難しろ！」

「男どもは火を消せ！」

大黒屋の十六軒の長屋から眠りこんでいた住人が飛びだして、防火に、避難に動きだした。

「お店《たな》と鳶壱《とびいち》の頭《かしら》のところにだれかを走らせろ！」

甚吉の命に女たちのうち何人かが走りだした。

半刻後、東側の長屋を半焼して火は収まった。

火が長屋じゅうに燃え広がる前に甚吉が気がついたことと、富沢町一帯の火消しを受け持つ鳶壱の若い衆の出動が早く、手際《てぎわ》よく消火作業をしてくれたおかげだった。

大黒屋の一番番頭の信之助らが駆けつけたときにはすでに鎮火しようとしていた。

信之助は長屋の住人の安否をたしかめた。

担ぎ商いの常三郎《つねさぶろう》のおっ母さんが逃げだすときに倒れて左足首の骨を折ったのと、火元に近い荷運び人足の伊三《いぞう》じいが煙をすって気分がおかしくなった二件だけと分かった。死者が出なかったことは不幸中の幸いであった。

遅れて駆けつけた大番頭の笠蔵とおきぬらが長屋の木戸口に陣取って火事見舞いの人に応対し、大黒屋の台所を預かるおよねらが酒と握りめしを運んできてくれたころには騒ぎは鎮《しず》まった。

「番頭さん、あれほど強い風が吹いていたんだ。大事にならなくてよかったねえ」

安針町の玉七親分が子分を連れて、長屋に顔を見せた。

「ご苦労さまに存じます」

「火元はなんだねえ」

「どうも火付けのように存じます」

甚吉から報告を受けた笠蔵が玉七親分に言い、燃え方がはげしい火元に連れていった。

甚吉が鳶壱の頭の壱太《いちた》郎《ろう》らと立っていた。

「火付けかえ」

玉七が壱太郎に訊《き》いた。

「親分。見てくんな、種油を振り撒《ま》いた藁束に火を点《つ》けたんだ」

「近ごろ、火付けがないんで安心していたんだがな」

「それにさ、玉七親分、防火桶を壊してさ、水を捨てる小細工までしてやがる」

「なんだと」

壱太郎が防火桶の切られたたがを見せた。

「こりゃ、質《たち》が悪いぜ」

大黒屋の人間たちは鳶の頭と御用聞きの会話には入らず、黙って聞いていた。

「いやさ、この長屋じゃもう一か所水を貯めていたそうで、それが役にたったね。それに長屋の人がうちに駆けつけてさ、知らせてくれたんで逸早《いちはや》く出動できたってわけだ」

「鳶壱の頭、おまえさん方の働きがなければえらいことになっていましたよ。このとおりにございます」

木戸口から火元にやってきた笠蔵が白髪頭を下げた。

「大番頭さん、火付けとなればいろいろと調べにゃならねえ。覚えはないかえ」

「玉七親分、なにしろ奉公人の長屋、覚えといわれましても皆目……」

笠蔵が鹿爪《しかつめ》らしい顔で困惑の表情を浮かべた。

玉七が、

「類似の火付けがあるかどうか調べてみるか」

と応じて、騒ぎは探索に移った。


高砂町の長屋の火事の後始末を終えた笠蔵らが富沢町に戻ったのは昼前のことだ。

奥の座敷には火事騒ぎのおりに不在であった総兵衛が皆の帰りを待っていた。

「留守をしてすまなかったな」

総兵衛が詫《わ》びた。

「大事にならずにほっとしました」

笠蔵の心からの安堵《あんど》の言葉に、信之助、おきぬらが頷《うなず》いた。

「失火か」

総兵衛は気がかりなことを訊いた。

「いえ、火付けにございます」

大番頭の言葉に総兵衛の双眸《そうぼう》に強い光が宿った。

笠蔵が火事の経緯を説明すると、

「甚吉を待たせてございます」

と待機させていた甚吉を主《あるじ》の前に呼び寄せた。

「甚吉、ようしてのけてくれた。総兵衛、このとおり、礼を申すぞ」

旦那《だんな》様、と慌《あわ》てた甚吉が、

「今少し気づくのが早ければ、このような騒ぎを起こさずにすみました。恐れ多いことにございます」

高砂町の長屋の住人のほとんどは一族の者ではない。

甚吉は気配りが足りなかったと詫びた。

「なんぞ話があるそうですな」

笠蔵がかたわらから声をかけた。

「はい」

とかしこまった甚吉が、

「この数日、長屋に見知らぬぼて振りやら刃物研ぎが入りこんでいたそうで、うっかり見逃しておりました」

「下見にまで来て火付けをしていったか」

となれば、相手はおおよそ見当もつく。だが、それをたしかめる術《すべ》がない。

甚吉の話は終わっていなかった。

「火事騒ぎが付け火と分かった後、女たちがそういえば、近ごろ見知らぬ男たちが長屋に入りこんでいたと言いだしましてね、茂松の女房の竹《たけ》が刃物研ぎの男の面《つら》に見覚えがあるそうです」

「そのようなことが……」

笠蔵が思わず漏らした。

「竹には玉七親分の調べにもそのことを話しちゃならないと口止めしておきました」

「ようやった。で、竹が見覚えあるという刃物研ぎはどこのだれだえ」

「浅草寺《せんそうじ》で砥石《といし》を並べて鋏《はさみ》なんぞを研いでいる男に似ているそうで。出ているのは昼過ぎといっております」

「浅草か」

「竹の姉さんが浅草寺の裏手に住んでいるんですよ。で、ときおり、境内で仕事をしているのを見かけたそうにございます」

「甚吉、竹をつれて浅草にいっちゃあくれまいか」

「はい、総兵衛様」

甚吉が俄然《がぜん》張り切った。

「晴太もな、連れていけ」

総兵衛は同じ荷運び人足の晴太の同行を命じた。

甚吉が消え、笠蔵ら幹部だけが総兵衛の前に残った。

「幾とせの船頭勝五郎がな、北町の筆頭与力、犬沼勘解由から命じられ、江川屋彦左衛門の心中事件の調べに出された見習同心二人を橋場の渡しから偶然にも船に乗せたそうな……」

と総兵衛は勝五郎の話を笠蔵に告げた。

「江川屋を心中仕立てにしたときから、北町がなんぞ画策してくるのは分かっておった。われらも気配りが足りなかった」

「まったく迂闊《うかつ》でした。今晩からお長屋にも不寝番を立てます」

と笠蔵が応じた。

「長屋の火事はきっかけをみて、北町が乗り出してくる手筈《てはず》であったのでしょうな。ともかく火付けの証拠を鳶壱の頭と玉七親分に見せられたのはよかった」

信之助がほっとした表情で言った。

「駒吉を能勢式部太夫の屋敷に忍びこませた」

笠蔵が眼鏡の奥の目玉をくりくりと動かした。

「なんぞ分かりましたか」

「それが能勢式部太夫は五百鈴とか申す女狐《めぎつね》と一緒にのうのうと同衾《どうきん》しておったそうな。駒吉め、寝ておる二人のそばまで近づいて、これをもってきおった」

総兵衛は男の立ち雛《びな》を見せた。立ち雛は隈取《くまど》りもあざやかな荒事《あらごと》の創始者の勇み姿だが、奇怪にも心臓《しんのぞう》に大釘《くぎ》が打ちつけられていた。

「なんと」

総兵衛が背を返した。すると背に、

「市川団十郎呪殺《じゅさつ》」

の文字が書かれてあった。

「今ひとつ……」

総兵衛は鬼面を懐《ふところ》からひとつ取り出した。

重苦しい沈黙が座に漂った。

それは能勢屋敷に住む浪人どもが上総屋左古八を襲ったことを示していた。

「女狐めが悪賢きことをしおる。なんぞいわれがあろうが、そのうちに尻尾《しっぽ》を摑んで白日のもとに引きだしてくれるわ」

総兵衛の怒りの声が宣告した。

「むかし、武蔵国豊嶋《むさしのくにとしま》郡宮戸川は、漁者《すなどりもの》のあつまるところ、今の浅草川なり……」

名所記は浅草の始まりを説く。浅草川とは大川、隅田川の別名である。

大黒屋の長屋に住む茂松の女房の竹は、亭主の同僚の甚吉と晴太の二人を雷門の右手にある高札の後ろに連れていった。

「うちの姉さんはこの先の大川のほとりに住んでいるのさ」

甚吉は高札の後ろに干された、染め上がった切地《きれじ》をちらりと眺めて訊いた。

「研ぎ屋はどこに出ているんだえ」

すると、竹が行く手の格子塀《こうしべい》あたりを指して、

「あら、いないねえ。私が見かけたときはいつもあのあたりで仕事をしてたんだけど……」

と不安そうな声を上げた。

「竹さん、長屋に面を出したという研ぎ屋と浅草の研ぎ屋はよ、同じ人物だろうな。勘違いってことはないよな」

若い晴太が竹にたしかめた。

「いやだよ、晴太さん、私を疑うのかえ」

「そんなんじゃねえけどよ」

竹は甚吉らを格子塀の前に連れていき、

「いつもはここに店を張っているんだって」

と言い張った。

甚吉はあたりを見まわしていたが、染め物屋の職人が切地の乾き具合を見に出てきたのに目をとめ、腰を屈めた。

「ちょいと尋ねたいことがございます。いつもここで出ている研ぎ屋さんを捜しているんですよ」

「ああ、玉《たま》さんかえ。そういえば、ここんとこ姿が見えないな。なんぞ、用かえ」

「いえ、うちの旦那が一度研ぎに出したら、仕上がりがいいってんで、また刃物の研ぎを頼みたいと言いますものでね、浅草までのしてきたんでさ」

「おまえの親方が、驚いたねえ」

染め屋の職人が紺に染まった手で首の後ろをぽんぽんと叩《たた》いた。

「気まぐれの玉吉といって、気が入った仕事をしたためしがない男だぜ。このあたりの店で野郎に頼む人間はいないよ」

「そうですかえ。なんでまた気まぐれなんでしょうかねえ」

「飲む打つ買うで、かかあに逃げられたって話だが、ほんとのとこは知らねえな」

「どこに住んでいるのか、知っちゃあいませんかえ」

「なんでも山谷堀《さんや》の向こうのさ、新町の裏長屋と聞いたがねえ。もっともたしかな話じゃねえぜ」

「どなたか玉吉さんと親しい方はおりませんかえ」

「あいつと親しい野郎がいるかって、尻《けつ》のけばまで抜かれるぜ」

玉吉の評判は最悪だ。となれば、竹の観察もまんざらではない。

甚吉と晴太は手分けして玉吉のことをあたった。が、染め屋の職人が話した以上のことは調べられなかった。そこで三人は染め屋の職人の言葉を頼りに山谷堀を渡ることにした。

浅草新町は寺に囲まれるように南北に長く広がった町だ。

「甚吉さん、まだ捜す気かえ」

竹がこぼした。

「帰りはな、今戸橋から船に乗せてやらあ」

甚吉と晴太は研ぎ師の玉吉を捜しつづけた。そして、通りがかりの青物屋から今戸田圃《たんぼ》に接した裏長屋に玉吉という研ぎ屋が住んでいるという話を聞きだした。

浅草寺の時鐘が暮れ六つ(午後六時頃)を打ってだいぶ過ぎた刻限、その長屋の木戸口に三人は立った。

「竹さん、いいかえ、おれが玉吉を呼びだす。よおく面《つら》をたしかめるんだぜ」

甚吉はふてくされた竹に言いきかすと、長屋のどぶ板を踏んだ。

女が一人、井戸端から青菜を入れた笊《ざる》を手に歩いてきた。

「姉さん、研ぎ屋の玉吉さんの長屋はどちらだえ」

「玉さんかえ、一番奥の左手だよ」

「いますかえ」

「さっき悪仲間がどぶ板踏み鳴らして入っていったからさ、いるだろうよ」

女は小声で言うと首を竦《すく》め、自分の長屋に姿を消した。

「晴太、裏に回りな」

甚吉は小声で命じた。

「竹さんはおれの背中にへばりついているんだ」

甚吉は障子に研ぎ屋玉吉と書かれた障子を叩くと声をかけた。

「玉吉さんのおたくでございますか」

応答がない。人の気配もなかった。

「玉吉さん、開けますぜ」

甚吉が障子を引くと血の臭《にお》いが鼻孔をついた。

（くそっ、先回りされたか）

甚吉は鳶沢一族の者である、事態をすぐに嗅《か》ぎ分けた。

「竹さん、気をしっかりもってたしかめてもらうぜ」

甚吉は竹の手をとると狭い三和土《たたき》に入った。

四畳半一間の上がりかまちに男が倒れていた。胸と腹部を刺されて血がまだ流れていた。その向こうには万年床が敷きのべられていた。

「ふえっ！」

と腰を抜かしかける竹の頰べたを、甚吉は叩いた。

「しっかりとたしかめてくんな、この男が長屋に現われた研ぎ屋かどうかよ」

「甚吉兄き、なにかあったかえ」

庭の障子が開いて晴太が顔を出した。一目で事情を見た晴太は、草履を脱ぐと懐に入れ、部屋に上がってきた。

「行灯《あんどん》の明かりを近づけてくれ」

甚吉は晴太に命じて、黒い煙を上げてゆらぎ点《とも》る行灯を顔に持ってこさせた。

「竹さん、長屋の付け火のことを考えてよおく見てくんな。大黒屋のためになることだ」

甚吉に励まされて竹が玉吉の苦悶《くもん》の面を眺め、がくがくと顔を縦に振った。

ありがとうよ、と甚吉が竹に礼を言った。

「仲間に口を封じられた」

「なんでだえ」

「おれたちが浅草あたりを聞きまわったからさ。晴太、竹さんを連れて富沢町に先に戻れ。人に見られるんじゃねえぞ」

「兄いはどうするのだえ」

「部屋を少しばかりあたっていく、さあ行け」

晴太が真っ青な顔で震える竹をともない、長屋から消えた。

甚吉は狭い部屋を見まわすと、まず万年床の下に手を入れた。

三

甚吉が浅草今戸田圃に接した研ぎ屋の玉吉の裏長屋から富沢町に戻ってきたのは九つ（深夜零時頃）を過ぎていた。

晴太の報《しら》せを聞いた総兵衛らは甚吉の帰りを待っていた。

まだ春だというのに顔じゅうに汗をかいた甚吉が総兵衛のもとに連れてこられた。おきぬが、心得たように熱い湯に浸した手ぬぐいを固く絞って甚吉に渡した。

甚吉は顔を拭《ぬぐ》うと息を鎮《しず》めた。

「甚吉、ご苦労だった」

笑みを浮かべた総兵衛が労《ねぎら》った。

「ぐずる竹をようなだめて、捜しあてたそうだな」

甚吉も主《あるじ》の笑顔に誘われるように硬い表情を和らげた。

「旦那《だんな》様」

甚吉は手ぬぐいをおきぬに返すと、懐から灰塗《まみ》れの紙包みを出した。

「かまどの火床の下にうずめてありました。玉吉がいつも銭にぴいぴいしていたことは浅草あたりじゃ有名な話にございます」

笠蔵が受け取り、包みを開くと三両の小判が出てきた。

「うちの長屋の火付け代ですかな」

笠蔵が総兵衛の顔を見た。

総兵衛は甚吉に報告を続けさせた。

「玉吉が殺されたのは、私らが訪ねていく直前のことにございます。玉吉の体は温こうございましたし、血も止まっちゃいませんでした」

「昼間、浅草近辺に玉吉の住まいを聞きまわったとき、玉吉が浅草寺中の東陵寺で開かれる賭場《とば》に出入りしていると聞きました。そこで今戸田圃からの帰りに寄ってまいりました」

寺は浅草田町の浅草寺領に一寺だけ異彩を放って建っていた。

その昔、東陵寺の住職は破戒が本山に知られて追放されたとか。跡を継ぐ者もなく荒れ果てたままに放置されてあった。

甚吉は破れた塀を乗り越え、明かりが漏れる本堂を避けて庫裏《くり》の床に入りこんだ。そして、一刻《とき》半（三時間）ほど本堂から博奕《ばくち》の雰囲気がかすかに伝わってくる床下で頑張った。

「はげ鉄《てつ》、たしかに玉吉は始末したんだろうな」

ふいに胴間声が聞こえてきた。

「親分、二度三度と刺し通したんだ。おれっちの手に伝わってきた手応《てごた》えはたしかなものだ。間違いっこありませんって」

ぬめっとした声が答えた。

「今度、北町奉行になられる駿河台《するがだい》の殿様がわざわざおれっちに出向かれて、指図された仕事だぜ。これからは大手振って賭場が開帳できるんだ。へまだけはしていめえな」

「それはねえって。けどよ、賭場の借金がかさんだ玉吉を引きこんだのは、まずかったかねえ」

「まさか長屋の女が野郎の顔を見知っていたなんて考えもしなかった。ともかくこいつだけは駿河台の殿様の耳に入れちゃならねえ。分かったな」

庫裏からの声は消えて、親分は賭場に戻った様子だった。

それを見極めた甚吉は、蜘蛛《くも》の巣の張った床を這《は》いずりだして、はげ鉄とよばれた殺し屋だけが残った庫裏に忍んでいった。

「……総兵衛様、東陵寺であの近くの者を集めて賭場を張っているのは、下谷山伏町に香具師《やし》の看板を上げてる百鬼《ひゃっき》の縞三《しまぞう》でございますよ」

甚吉は、庫裏で独り何事か考えながら酒を飲んでいるはげ鉄に接近した。後方から忍び寄った甚吉は太い腕をはげ鉄の首に巻いて一気に締め落とし、破れ寺《でら》の墓場に連れこんで意識を取り戻させた。

「玉吉を刺殺したほどの男、度胸が据わっているかと思いましたら、意外と肝の細い男でございましてねえ。ちっとばかり脅すとべらべら喋《しゃべ》りやがったんで」

「駿河台の殿様がだれか話したか」

「能勢式部太夫は父親が無役に落ちた頃、百鬼の縞三の賭場に出入りして博奕に狂っていたそうなんで。二人は古くからの知り合いなんですよ。能勢が昨日百鬼一家を訪ねてきて、『この度、北町奉行に昇ることが決まった。町奉行就任のあかつきには目をかけてやるから、一つ仕事をしろ』とうちの長屋の火付けを縞三に頼んでいったそうなんで。そこで縞三は、はげ鉄に命じ、はげ鉄は玉吉に手伝いをさせたってわけでございますよ。ところが、わっしらが研ぎ屋の玉吉を捜し歩いているのを百鬼の縞三の子分が気がつきやがった」

「素人《しろうと》女を連れての聞き込みだ、もれたのも仕方あるまい」

総兵衛は、長屋火付けは江川屋彦左衛門といづめの心中事件の報復に北町奉行所の筆頭与力犬沼勘解由が企てたものかと睨《にら》んでいた。それが、能勢式部太夫の線であった。

(それにしても、現奉行と後任奉行を噂《うわさ》される二人の関係が判然とせぬ)

おきぬが酒の用意をして運んできた。

「甚吉、ちと遅いが、寝酒を付き合ってはくれぬか」

主の誘いに一働きしてきた甚吉がうれしそうな笑顔を返した。

翌朝、北町奉行所の諸問屋組合掛与力久本峯一郎《ひさもとぶいちろう》の名で大黒屋総兵衛呼び出しの差し紙がきた。

総兵衛は大番頭の笠蔵を同道して呉服橋の北町奉行所の門を潜《くぐ》った。二刻（四時間）余りも公事人溜《くじにんだ》まりで待たされた末に、八つ半（午後三時頃）の刻限にようやく詮議所《せんぎしょ》の久本峯一郎の前に通された。

総兵衛も笠蔵も八人を数えた諸問屋組合掛与力のうち、久本峯一郎とはあまり付き合いがなかった。

「久本様、大黒屋総兵衛、差し紙に応じまして今朝方より公事人溜まりに控えておりました。ようやくお目通りを許されましたゆえに、大番頭笠蔵ともどもかようにまかりこしましてございます」

久本は総兵衛の挨拶《あいさつ》を無視するように書き付けに目を落としつづけていた。

年の頃は三十一、二か。

江戸の物品流通を取り締まる与力としてはまだ若い。

しばらく無言が続いた。

部屋の片隅の小机の前には配下の同心が帳簿を広げて待機していた。

笠蔵が小さな咳払《せきばら》いをして、

「失礼申しました」

と小声でだれにともなく謝った。

久本が顔を上げてじろりと笠蔵を射竦《いすく》め、

「詮議所である。静かにいたせ」

「申しわけございません。年をとると痰《たん》の切れが悪うなりまして」

「無礼者が、むさいことを言いだしおって」

「ご無礼を」

笠蔵が這いつくばった。

「そのほうが大黒屋総兵衛だな」

「はい、大黒屋にございます」

総兵衛と久本は初めて視線を正面から合わせた。

「代々富沢町の惣代《そうだい》を務めてきたそうじゃな」

「それも先年お奉行所のお指図にて江川屋様に引き継がれまして、ただ今では惣代制度そのものが廃止されましてございます」

「不満の口ぶりに聞こえるが」

「お尋ねゆえお答えしたまでにございます」

「わしが尋ねたは廃止された惣代制度にもかかわらず、その方がいまだ富沢町を仕切っていることについてじゃ」

「お言葉ではありますが、大黒屋は富沢町の問屋でも古手の一人、古着商の方々とは長いお付き合いにございます。惣代制度があろうとなかろうと、これまでどおりの商いを続けているだけにございます」

「奉行所が決めた惣代制度など、そのほうらにはなんの意味もないと申すか」

「いえ、そういうわけではございません」

「江川屋の借財を大黒屋が肩代わりしたそうじゃな」

「寡婦《やもめ》となりました崇子《たかこ》様とは昵懇《じっこん》の間柄、江川屋の苦衷を見るにみかねまして、お援助《たすけ》したまでにございます」

「さすがに影の惣代よのう」

久本が意味もなく笑った。

「そのほうの後継であった江川屋の心中をどう考えておる」

「どうと申されましても」

「答えられぬか」

久本峯一郎は細い目を見開いて総兵衛を睨んだ。

「惣代を追われた江川屋は商いが左前になって、金に困っていたというではないか」

「そんな噂も聞きましてございます」

「女房がそのほうのところに金を借りに行ったのではないか」

「崇子様は間違ってもうちに無心にこられるような方ではありませぬ」

「京の貧乏公卿《くげ》の次女、銭のないことには慣れておるか」

「あの日は、彦左衛門さんに女がおられると相談にこられたまで」

総兵衛は、さきほどから久本峯一郎の真の狙《ねら》いを思いあぐねていた。

もし江川屋彦左衛門の心中事件に疑義があるのなら、定廻《じょうまわり》同心を指揮する吟味方与力が出るはずだ。それが諸問屋組合掛が延々と江川屋の話などを持ちだしている。

「女房は外に妾《めかけ》がおることを知っていたか」

久本峯一郎は、繰っていた帳簿を小机から取り、膝《ひざ》に載せた。

「江川屋の心中、殺しの偽装という見方も出てきたそうな」

ほお、とだけ総兵衛は答えた。

「関心がないか。ならば大黒屋、そのほうに関わりのあることを問いただす」

総兵衛も笠蔵も姿勢を正した。

「そのほうら、古着屋は奉行所の監督下にある。大黒屋、このこと存じておろうな」

「古着のなかにはしばしば盗品、紛失物が混じって流通することがございますれば、お奉行所じきじきの支配下にあると心得ます。また元禄《げんろく》十四年にわれら古着商の鑑札制を設けられたのもそのようなお考えのうえかとお察しいたします」

うーむ、と久本峯一郎は首肯した。

「そのほうの申すとおり、元禄十四年にお上が古着屋鑑札制をとったには、古着の商いに盗品が頻繁に混じるようになったためじゃ。と同時に、古着屋は古着屋、他の商いとは違うことをそのほうらに認識させる意味合いもあった。さて……」

久本はようやく膝の帳簿を開いた。

「大黒屋、そのほうのところでは古着問屋の鑑札で新ものを扱っておるそうじゃな。近ごろ、相次いで訴えがあった」

総兵衛も笠蔵も諸問屋組合掛与力の狙いがここにあるのかと緊張した。

「はい、おおせのとおり、幕府《おかみ》の政治《まつりごと》よろしきをえまして、江戸の町衆の暮らしも日ごと豊かになってございます。家康様が江戸に幕府を定められました百年前とは異なり、上方からの下りものの古手にも江戸近郊で買い取られる地古着にも新ものが混じる傾向がございます。今や古着と申しても呉服店、太物屋が季節を外した新ものを卸されるようになりまして、その境が判然とし難くなってございます」

「黙れ、大黒屋。そのほうはここをどこと心得る！　北町奉行所の詮議所である」

「はっ」

総兵衛と笠蔵は平伏した。

「お上が古着商に鑑札を与えて監督してきたは、古着を扱う一事に因《よ》ってである。それを勝手に解釈しおって、新もの商いにまで手を出すとは不届き至極、お上の温情をないがしろにするにもはなはだしい」

「恐れながら申しあげます」

総兵衛は、顔を板の間につけたまま反論した。

「上方、江戸ともに今や新ものと古着の区別をしての商いは難しゅうございます。もはや、古着の売り上げの二割から三割ほどが新ものにございます」

「黙れ、黙れ！　厚顔にも諸問屋組合掛与力に説教をする気か」

「いえ、申しあげます。古着商が新ものを扱うなと申されますならば、富沢町も柳原土手も明日からの商いは停まります。そうなれば更衣《ころもがえ》は大いに混乱いたしましょう」

「大黒屋、そのようなことはそのほうが心配することではないわ。わしが申しきかせようとしたは大黒屋の商いのことじゃ」

「大黒屋にございますか」

「そのほうらは昨夏、賑々《にぎにぎ》しくも荷船を連ねて密《ひそ》かに買い置きの新もの無数を三井越後屋に売り渡したな。お上を恐れぬ所行、これに極まれりと奉行所内部でも非難の声が上がっておる。そのほうら、大黒屋と三井越後屋が手を結ぶことによって、巨額な利益を独占せんとするか」

「久本様」

総兵衛は、顔を上げて与力を正視した。

「いえ、大黒屋と三井越後屋が提携しましたは一に時代の流れにございます。もはや江戸の衣類の流通は新もの、古手と区分しての商いは、無理にございます。二に新ものと古手が手を握ることによって仕入れと卸《おろし》が容易になり、品数も量も増え、問屋から小売り、小売りからお客様と渡る歩合も少なくなりましてございます。その結果、三井越後様の店先で売られる反物も値が下がっておるのは事実、また新ものの卸の利をこれまでの古着商いに還元いたしますれば、こちらの値も下がっております。久本様、お調べのほどお願いいたします」

「黙れ、総兵衛！」

久本は大喝した。

「三井越後屋に大黒屋が卸した一件については、お上でも温情をもって詮議にかけられず、そのほうらに忠告するだけにとどめた」

「お待ちくだされ。大黒屋の大番頭のこの私、お上からさような忠告を受けた覚えがございませぬ」

「北町奉行所の記録にはちゃんとそのほうらに伝えたとある」

「三井越後様にもでございますか」

「おお、言うまでもなきこと」

「ならば笠蔵、この足にて三井越後様にそのようなご注意が届いていたかどうかたしかめまする」

にたり、と久本峯一郎が笑った。

「さようなことは無用にいたせ」

笠蔵がさらに反論しかけて黙った。

「北町からの忠告にもかかわらず、大黒屋ではこの度、九州一円から琉球にまで船を出して各地の名産の反物、太物を買い集め、江戸にてふたたび売り払わんと考えているとか、相違ないか」

「ございませぬ」

総兵衛が明言した。

もはや久本峯一郎が言いがかりをつけて、なにがなんでも大黒屋を罪に落そうと企てているのははっきりしていた。

総兵衛は相手の意図が大黒屋にあるのなら、三井越後屋だけは巻きこむまいと腹を固めた。

「大胆不敵な答えよのう」

「久本様、大黒屋はこれまで古着であれ、新もの衣類であれ、一文でも安くお客様にお渡ししようと頑張ってまいりました。西国に船を仕立てたのは、その考えからにございます。ご禁制の品や密輸品に手を出したわけではありませぬ」

「わしがこれほど言いきかせても商いを変える気はないと申すのだな」

総兵衛は黙って頭を下げた。

「お上にたて突くとは、よい度胸じゃな」

久本が憎々しげに言った。

「古着問屋大黒屋総兵衛、古着問屋の鑑札でありながら領分を越えて新ものの買い付けと卸を重ねて企てた行為、幕府の定法に逆らうものである。よって大黒屋の商停止《あきないちょうじ》、および主《あるじ》総兵衛と大番頭笠蔵の仮牢《かりろう》入りを申しつける」

「なんと無体なことを申されますな……」

笠蔵が思わぬ命に抗弁しようとした。

「大番頭さん、無駄じゃ」

と総兵衛が止めた。

「これはすでにお呼び出しのときから決まっていた沙汰《さた》。どう申し開きしたところで翻《ひるがえ》ることはあるまい」

総兵衛はそう笠蔵に言いきかす体で久本峯一郎に言った。

「久本様、むろんこの命は諸問屋組合掛与力久本峯一郎様ご一人《いちにん》の判断にございましょうな。いずれ正式なお白洲《しらす》が開かれると考えてようございますな」

「大黒屋、公《おおやけ》の沙汰が仮の沙汰より軽くなるなど考えるなよ」

久本峯一郎が言い渡すと立ちあがった。

詮議所の戸が開くと、同心、小者が入ってきて、総兵衛と笠蔵を仮牢に引き立てていった。

大黒屋の帳場に座った信之助は、北町奉行所諸問屋組合掛与力の呼び出しに不安を感じていた。奉行所からの差し紙がこれまでも来たことはある。だが、その折りの呼び出しの理由はそれとなく見当がついた。

今回ばかりは信之助もはっきりと摑《つか》めなかった。

「遅うございますな」

二番番頭の国次が信之助に言いだしたのは、昼過ぎのことだ。

「だれぞに様子を見に行かせますか」

「いや」

と首を横に振った信之助は、

「国次どん、私もね、気になっておった。念のためです」

信之助は国次に指揮させて、明神丸が西国から運んできた反物などのうち、高価な物、南蛮物などを地下の大広間に早急に移し変えるように命じた。

「一族の者のうち、手すきの者を集めてすぐに作業にかかってくだされ」

「はっ」

国次が帳場から立っていった。

「又三郎、帳場を代わってくだされ」

三番番頭に帳場を譲った信之助は奥へと向かった。

「おきぬさん」

総兵衛付きの女中のおきぬは、主の夏の小袖《こそで》を縫っていた。

「総兵衛様の北町お呼び出しが気になります。念のために地下に下りる戸口のからくり錠などをしっかりとたしかめておいてくれませぬか」

おきぬは黙って頷《うなず》くと立ちあがった。

信之助はおきぬが開閉した地下への隠し階段に身を入れて、外側から閉じさせた。

内部からも二重に閂《かんぬき》を下ろす。さらに階段を使って信之助は鳶沢一族の地下城へ下りた。板の間には入らず、船着場へと向かった。

国次を頭とした一族の者たち十数人が蔵から板の間へと仕入れたばかりの呉服や反物を運びおろし始めた。

信之助に国次から明神丸が運んできた荷の三分の一ほどを板の間に移し終えたと報告があったのは、七つ（午後四時頃）過ぎだった。

「空《あ》いた棚には上方からの古手を入れてございます」

「ようやってくれました」

「旦那様はまだお戻りありませぬか」

信之助が首を横に振って、

「蔵から地下の船着場に下りる戸口などしっかりと閉じられたでしょうな」

と念を押した。

「はい。からくり錠をかけた後、戸口には古着を山と積んでございます」

国次の返答にも信之助は不安が増した。

四

その不安が的中したのは暮れ六つ（午後六時頃）前だった。

北町奉行所諸問屋組合掛与力久本峯一郎が商停止の差し紙を懐《ふところ》に大黒屋の表

に立つと、ゆっくり店に入ってきた。その後方には大勢の捕方がものものしい格好で待機していた。

「北町奉行所奉行保田越前守宗易《やすだえちぜんのかみむねやす》様の沙汰により、大黒屋に商停止を申し渡す。即刻、戸口を下ろせ！」

捕方たちががらがらと店の大戸を閉め始めた。

その夜、番頭と主だった手代とおきぬが総兵衛の居間に集まった。

久本峯一郎の申し渡しによれば、大黒屋の商停止は後日、白洲の上での裁きが開かれるまで仮の沙汰という。

「これは明らかに大黒屋への言いがかりです。久本様の背後には筆頭与力の犬沼勘解由と保田奉行が控えておられるのは明白なこと、迂闊《うかつ》な動きはできませぬ」

「信之助様、総兵衛様と笠蔵様はいまだ呉服橋におられましょうか」

おきぬが北町奉行所にいるかどうかと訊《き》いた。

「奉行所には仮牢しかございません。もし正式な裁きを保田奉行が考えているとすると伝馬町《てんまちょう》の牢屋敷に移されたと考えられます」

「たしかめとうございますな」

国次が言いだし、語を継いだ。

「奉行所にしても牢屋敷にしても忍びこむのは難しい。それに敵は手ぐすねひいて待っておりましょうな」

「一番番頭さん」

手代の稲平が言いだした。

「伝馬町の下男《しもおとこ》に知り合いがございます。明日にも金を摑ませて調べます」

「よし、それは稲平に任せる」

信之助は、

「万が一に備え、われらも人質を取る」

と宣言し、

「保田奉行でようございますか」

と又三郎が聞き返した。

「北町はわれらの行動を読んでいよう。能勢式部太夫に長屋火付けの責めを負ってもらおうか」

高ぶった声が厳命した。総兵衛を人質に取られた一件に、信之助はいつもの平静を欠いていた。

「はっ」

又三郎らが応じて、鳶沢《とびさわ》一族が行動を起こした。

四半刻《しはんとき》（三十分）後、漆黒の闇《やみ》に紛れて猪牙舟《ちょきぶね》が栄橋下から入堀に姿を見せた。その猪牙は艫《とも》の櫓《ろ》の他に左右の船縁《ふなべり》に小さな補助櫓を備えて、三丁の櫓が水をかくと飛ぶように闇夜を疾走した。

猪牙舟に乗船しているのは三段突きの信之助、小太刀の名手の国次、神出鬼没の風神の又三郎、そして、鳶沢一族の女たちの頭分ともいえるおきぬの四人だけであった。

二羽の鳶が飛び違う一族の紋が入った海老茶《えびちゃ》の戦装束《いくさ》に身を包んだ一団の男たちが黙したままに櫓を漕《こ》ぎ、舳先《へさき》に座したおきぬが闇に目をこらして、短い言葉で方向を告げた。

大川から神田川に漕ぎあがった猪牙舟は淡路坂下の土手に舫《もや》われ、四人は春の息吹《いぶき》を漂わす土手を音もなく登ると屋敷町に滑りこんだ。

風神の又三郎が片手の指を曲げて口に咥《くわ》え、夜空に鳶の鳴き声を発した。すると、樫《かし》の大木上の闇から葉音を立てることもなく一つの影が現われた。

駒吉だ。

「駒吉、変わりはあるか」

一番番頭の声に駒吉が、

「番頭さん、静かすぎる。静かすぎるのが気にいらない」

と答えた。

「能勢式部太夫は在宅であろうな」

その日、能勢式部太夫と五百鈴《いおすず》の二人は乗り物で外出していた。

「夕暮れに乗り物が二丁戻ってまいりましたのをこの木の上からたしかめました。夕餉《ゆうげ》の後には物音一つしなくなりました」

信之助は、塀越しに屋敷を窺《うかが》った。

十三夜の月は厚い雲の向こうに隠れ、森閑とした屋敷全体に闇が覆《おお》って緊迫の雰囲気が漂っていた。

(だれぞが待ち受けている)

そんな予感を信之助は持ったが、

（なにがなんでも人質をとる）

とその夜の信之助は強引だった。

「番頭さん、お店でなんぞ起こりましたか」

「駒吉、北町に呼ばれた総兵衛様と大番頭様が仮牢に入れられ、大黒屋は商《あきない》停止《ちょうじ》の命が下った」

「なんと……」

「われらがここに集《つど》ったは能勢式部太夫の身柄を拉致《らち》するため」

「総兵衛様も首を捻《ひね》っておいででしたが、北町と能勢様の関係が今ひとつ定かではありませぬ」

駒吉の言葉に、

「やつらも用心しておるのであろうよ」

と信之助はその言葉を意に介さなかった。

頷いた駒吉は、袷《あわせ》の裾《すそ》をからげると忍び支度に変身した。

「昨晩、総兵衛様とはこの樫の木伝いに忍び入りました。樫の幹前には綱を垂らしておきます。今ひとつ、非常門の潜《くぐ》りをただ今、開けます。まさかのときはこの二箇所のどちらかを逃げ口にしてくだされ」

広大な敷地を誇る大名屋敷や旗本屋敷には表門の他にお長屋の端あたりに非常門が備えられていた。

駒吉は見張りの合間に侵入と退避の逃げ口を定めていた。

「承知した」

信之助が答えると、駒吉は垂らした綱をするすると上っていった。綾縄《あやなわ》小僧ならではの身軽さだ。

四人は塀の向こうの駒吉の動きを察しながら塀伝いに走った。すると行く手で音もなく非常門の木戸が開いた。

「能勢様の寝所まで案内いたします」

駒吉の導きで、四人は非常門の木戸を潜った。

小者たちが住み暮らす長屋は眠りに就いていた。

駒吉はたしかな足取りで台所の一角に四人を案内すると、床下へ空気を通す格子戸《こうしど》に手をかけた。格子戸は簡単に外れた。

駒吉の体がするりと床下に消えた。

台所から屋敷に勤める老女以下、女たちが住み暮らす長局《ながつぼね》の闇を伝って五人は右に左に移動した。

駒吉は動きを停止した。しばらくあたりの様子を窺っていたが、ふたたび前進を始めた。その動きは緩やかになっていた。

能勢式部太夫の寝所に近いのであろう。

研ぎ澄まされた五人の神経がぴりぴりと警戒の音をたてる。

待ち伏せる者たちの殺気を察知してのことだ。

だが、信之助一行に怯《ひる》む気配はなかった。

ふたたび駒吉の動きが止まった。

信之助ら四人が駒吉を囲むように待機した。

駒吉は懐から小刀を抜くと根太《ねだ》を四本ばかり外した。前夜、忍び入ったときに釘《くぎ》を外して、ふたたび差しこんでおいたものだ。

闇のなかで駒吉の体が立ちあがり、寝所控え部屋の畳をふわりと持ちあげた。

澱《よど》んだ床の空気が部屋の冷気と交わり、流れを生んだ。

殺気が膨らんだ。

だが、だれも姿を見せる様子はない。

駒吉は畳をずらし侵入口を作った。さらに屈伸すると駒吉の姿が控え部屋に飛びあがり、片膝《ひざ》をついて敵方の強襲に備えた。

信之助らが次々に床から飛びでてきて、戦闘態勢を敷いた。

駒吉が畳を滑るように進んで襖《ふすま》の前に膝をついて控えた。

信之助は立ちあがると長押《なげし》にかかった槍《やり》を外して手にした。

鳶沢一族の槍の名手、三段突きの信之助には心強い武器であった。

又三郎らは腰の剣の鯉口《こいぐち》を切って、そのときに備えた。

信之助が槍の柄を振って穂先の鞘《さや》を払い落とし、駒吉が阿吽《あうん》の呼吸で能勢式部太夫が眠る寝所の襖を引きあけた。

有明行灯の明かりに白の絹布団《ぶとん》が浮かんだ。

寝息が止まった。

「待っておった」

布団の人物が静かな声を上げた。

「能勢式部の声ではありませぬ」

駒吉がすかさず言った。

信之助の穂先が布団の上に伸びて威嚇《いかく》した。

「ちと腹にすえかねておる。能勢式部太夫の居所を教えていただこうか」

「ふふっ」

と含み笑いの声がして、寝所の左右の襖が開いた。

長屋にいるはずの剣客浪人が剣をそろえて待機していた。

一瞬、信之助の注意がそちらにいった。

そのとき、ふわりと白絹の掛布団が虚空《こくう》に舞いあがった。そしてごろりと能勢式部太夫の布団に寝ていた一統の頭領とおぼしき人物が転がりでると叫んだ。

「生かして帰すな」

鬼面が信之助を睨《にら》んだ。

「そなたか、古着問屋の上総屋左古八様を暗殺したのは」

「大黒屋総兵衛をちと驚かしたくてな」

「許せぬ」

「信之助様、ここは退《ひ》きどき」

信之助の怒りと、おきぬの諫《いさ》める声が交錯した。

「いや、こやつらを見逃しては上総屋どのにすまぬ」

「えいっ！」

剣を地擦りにかまえた小太りの剣客が信之助の横合いから槍の柄の内側に攻め入ろうとした。

信之助のかいこまれた槍が後方に引かれた瞬間にはふたたび突きだされた。

その穂先が光になって小太りの剣客の腹部を田楽刺しに貫いた。

「げえっ！」

「死に急ぐ者は前に出よ」

槍の穂先が引かれると、剣客の体が白い布団の上に転がり落ちて痙攣《けいれん》した。

白絹が血に染まった。

鬼面の頭領が抜き打ちに信之助が持つ槍の千段巻きを叩《たた》き切った。

信之助は迷いなく槍を捨てると肩口で頭領の胸部にぶつかっていった。そのとき、相手の剣先は畳に下りていた。頭領が後退《あとずさ》りしながら剣を反転させた。

だが、憤激に染まった信之助の抜き打ちの一閃《いっせん》が頭領の脇腹《わきばら》から胸部を深々となぎ斬《き》っていた。

屋内での乱戦になった。

駒吉は争いが始まったとき、身をふわりと浮かせてふたたび床下へと躍らせていた。

戦いは十数人対五人の多勢に無勢だ。

本来ならば戦いの場に残るべきであろう。だが、信之助に率いられた鳶沢一族の豪の者たちが引けをとるとも思えない。ならば別行動をと即断したのだ。

(能勢式部太夫め、屋敷内のどこに隠れ潜んだか)

屋敷を見張ってきた駒吉は、虚仮《こけ》にされたようで怒りが渦巻いていた。

戦いの気配を遠く感じながら床下を這《は》い、祝いの間の畳を上げるとふたたび部屋に上がった。

主《あるじ》の住まいする部屋から部屋をたしかめ歩いたが、どこにもその姿はなかった。

離れに走った。が、ここにもない。

(畜生！)

夕暮れに戻ってきた乗り物は能勢式部太夫と五百鈴の別人の偽装であったか。そう気がついた駒吉は、退却のときかと思案した。

信之助らも襲撃者たちの輪を斬り開いて庭に飛びだしたらしく、刀槍《とうそう》の音はあちこちいくつかに散っていた。

(よし)

駒吉はふたたび床下に潜りこみ、長局に向かった。

淡路坂下の神田川土手に舫《もや》われた猪牙舟に最初に戻ってきたのはおきぬだ。

信之助らが斬り開いた逃げ口に走ると、雨戸を蹴《け》り破って庭に飛びおり、

「待て！」

と追ってくる男たちを泉水や庭木伝いに引きずりまわした。

敏捷《びんしょう》身軽となれば、駿州鳶沢村で修行してきたおきぬに敵《かな》うわけもない。

樫の大木まで辿《たど》りつくと駒吉が用意してくれた縄を使って一気に塀上に上り、屋敷の外へと逃れたのだ。

おきぬがいつでも漕ぎだせる用意を終えたとき、土手に人の気配がして国次が姿を見せた。

「おきぬさん、怪我《けが》はないな」

「はい、私は皆さんの足手まといにならぬようにさっさと退《ひ》きましたゆえにかすり傷ひとつございません」

神田川の水が騒《ざわ》ついて、風神の又三郎が水中から顔を出し、

「それは重畳《ちょうじょう》……」

と言いながら舟に這いあがってきた。川上にいったん逃げ、追っ手を屋敷から遠く引きまわした又三郎だった。

「あとは一番番頭さんに駒吉か」

又三郎が心配したとき、雲間を割って月が顔を覗《のぞ》かせた。

その月明かりのもと、信之助が抜き身を下げて土手を下りてきた。

信之助は駒吉の姿がないことを認めた。

「駒吉がまだか」

「見てまいります」

これまで駒吉と組んで働く機会が多かった又三郎が舟を下りようとした。

「まあ、待ちなされ」

信之助は猪牙舟の中央に座ると、土手を見あげた。

能勢式部太夫が京から連れてきた剣客らの主だった者は、信之助、国次、又三郎の三人が始末していた。生き残ったのは雑魚《ざこ》ばかり、駒吉が後れをとるとも思えなかった。

一つの影が立ち現われたのは、又三郎がやはり戻るべきかと決断したちょうどそのときだった。

「あれ、駒吉さんが」

駒吉は肩に大きな荷を担《かつ》いでいた。

「まさか能勢式部太夫を駒吉ひとりが」

「いえ、女でございますよ、番頭さん」

おきぬの目はたしかだった。

背丈が五尺七寸（約一七三センチ）に達しようという駒吉が軽々と担いできたのは老女だった。

「能勢の代わりに老女どのひとりか」

又三郎があきれたように猪牙舟に乗りこんできた駒吉に言った。

艫《とも》にいた国次が竿《さお》を差すと舟を出した。

駒吉は肩から気を失わせた老女を丁重に下ろした。

「番頭さん、この老女の千登世《ちとせ》様は、能勢式部太夫の亡《な》くなられた奥方の乳母様ですよ。能勢家のことは米櫃《こめびつ》のなかから式部太夫が京から連れてきた女のことまですべてご存じだ」

「駒吉、すると式部太夫の行方を知っているというのか」

さて、と駒吉は首を傾《かし》げ、言い放った。

「女は屋敷内の動静に妙に詳しいものにございますよ」

信之助が破顔すると、

「よう考えたな、駒吉」

と若い手代の機転を褒めた。

笠蔵は両手で耳を塞《ふさ》いだ。だが、肉を打つ鈍い音は容赦なく笠蔵の耳に届いて聞こえた。

（総兵衛様……）

耳から離した両の手を合掌して、神仏に、初代鳶沢総兵衛成元の御霊《みたま》に祈った。

北町奉行所には仮牢《かりろう》しかない。表門の左手、牢屋同心詰所の隣だ。

未決の罪人は町奉行支配下、伝馬町の牢屋敷に収監《しゅうかん》され、裁きのたびに牢屋同心が連れてくる。

牢問いも伝馬町の詮議所《せんぎしょ》で御目付支配下の御小人目付《おこびと》、御徒目付《おかち》、町方吟味与力らが立ち合いのうえ、牢屋同心の打役と数役が一組でおこなうのが決まりだ。

諸問屋組合掛与力久本峯一郎は、大黒屋総兵衛と笠蔵を経済事犯で奉行所に収容し、大黒屋を商《あきないちょうじ》停止とすると宣告した。が、二人は伝馬町の牢屋敷には移されなかった。連れこまれたのは奉行所白洲《しらす》の奥にある土蔵のなかだ。

「久本様、われらが罪を犯したとするならば、かようなところに押しこめられる法はない。伝馬町の牢屋敷に連れていかれよ」

総兵衛が抗議した。

「大黒屋、おまえの調べは特別じゃ。奉行所じきじきにおこなう」

「特別とは都合のよい言葉でございますな」

土蔵にはなんと浪人者、やくざ者が待ち受けていて二人を囲んだ。どの面《つら》も凶悪そのもの、血に飢えた連中だった。

無頼の者たちが奉行所にいること自体、総兵衛らの拘禁が不正であることを示していた。

笠蔵の首筋に匕首《あいくち》が突きつけられ、総兵衛が抵抗できないようにしておいて、総兵衛の羽織や小袖がはぎ取られた。上半身を裸にされた総兵衛は両手首を竹棒に縛られ、蔵の梁《はり》に吊《つる》された。つま先立ちでようやく蔵の床に着く高さにだ。

蔵の隅にまるで獣でも入れるような鉄格子付きの檻《おり》があったが、笠蔵はそこに放りこまれた。

「さあ、存分に痛めつけえ！」

久本峯一郎の命に男たちが青竹を構え、総兵衛の鍛えられた背に一撃目を放った。

総兵衛は歯を食いしばり息を止め、筋肉を緊張させて打撃を受けた。

激痛が全身を駆け抜けたが、無言のままに耐えた。

「手緩《てぬる》い。こやつはしたたかな男よ。手加減するでない」

久本峯一郎の檄《げき》に、さらに打撃に強さが増した。

最初の一刻《とき》（二時間）余り、総兵衛は連続して襲う痛みに耐え、堪《こら》えた。が、背の皮膚は破れ、肉は裂け、血が流れ、痛みの上に痛みが走って、意識が薄れていく。

食いしばった歯の間から叩かれるたびに小さな呻《うめ》きが洩《も》れるようになった。

一刻半（三時間）余り、責めに責められて意識を失った。

すると、水が全身にぶちかけられ、蘇生《そせい》させられると新手の打役に代わった。

「大黒屋総兵衛、どこまで耐えられるか、おまえとの根比べじゃ」

「久本峯一郎、そなたの狙《ねら》いはなにか」

総兵衛の口から血と一緒に吐きだされた。

「もはや音《ね》を上げたか。見掛けによらず弱《やわ》よのう」

「ふふふふっ」

総兵衛が笑みを洩らして、

「久本、まだ青臭いな」

と言った。

「責めよ、責めて責めまくれ。こやつが助けてくれと哀願するまで打ちのめせ」

ふたたび乱打の嵐《あらし》が総兵衛の体じゅうに襲いかかり、痛みが脳天を突き抜けるように走っていった。

「千登世様、ご無礼の段、申しわけございません」

意識を回復させた老女の千登世はきょろきょろとあたりを見た。

どこやら奥座敷の一室だ。

若い手代ふうの男が頭を下げて、

「痛みはしませんか」

と拳《こぶし》を打ちこんだ鳩尾《みぞおち》の痛みを心配げに訊《き》いた。千登世はそれには答えず、

「そなたらは何者か」

と問い返した。

女が手代ふうの男に代わって言った。

「千登世様には非礼のかずかず申しわけなく思います。私どもはゆえあって能勢式部太夫様と敵対する者にございます。千登世様に危害を加える気は毛頭ございません」

「式部太夫どのと敵対する者……」

「はい、京から式部太夫様が連れてこられた五百鈴なる遊女上がりの女と式部太夫様の行方を知りたくて、かような真似《まね》をいたしました」

「ここはどこかな」

「日本橋富沢町の大黒屋と申す古着問屋の座敷にございます」

布団《ふとん》の上に身を起こした千登世は、おきぬから温《ぬる》めの茶をもらい、ゆっくりと喫した。

女から今度は番頭ふうの男に代わった。

「千登世様は亡くなられた奥方様のお付きで能勢様の屋敷に入られたとか」

老女が優雅に頷《うなず》き、言いだした。

「まさか結佳《ゆか》様がこの千登世より先にお亡くなりになろうとは思いもしません

でした」

見知らぬ男女に囲まれても悠然としたものだ。

「そなたらが五百鈴に敵対するいわれはなにか」

「あの女、先頃、二丁町の市村座に芝居見物に出かけましたな」

千登世が頷いた。

「が、芝居見物は見せかけ。役者の生島半六を体で籠絡《ろうらく》して唆《そそのか》し、市川団十郎を刺殺させるためにございました」

なんと……と絶句した千登世は真偽を自らの胸の内に問うように考えた。そして、

「得体の知れぬ女よのう」

と嘆息した。さらに沈考の後、

「千登世とそなたら、ここは力を合わせるときかもしれませぬな」

と言いだしたものだ。

第四章　拷《ごう》　問《もん》

一

富沢町の古着商を長年にわたり統率してきた大黒屋の商《あきない》停止《ちょうじ》と、総兵衛笠蔵主従の拘禁は富沢町一帯に衝撃を与えた。

出入りの商人や問屋組合の仲間たちが栄橋の大黒屋に走ったが、店の大戸は閉じられ、六尺棒を持った同心と小者たちが厳《いか》めしく近寄る者を追い払っていた。

信之助ら住み込みの奉公人は、二十五間（約四五メートル）四方の敷地に押しこめられて過ごすことになった。

だが、敷地は鳶沢《とびさわ》一族が百年の歳月と莫大《ばくだい》な費用をかけて造りあげた〝城〟である。

北町奉行所の役人たちが大黒屋の敷地で調べたのはごく一部であった。

入堀に架かる栄橋下を利用した地下水路の他に、裏手の空地に接した古着小売りの小店わた屋、入堀の対岸にある小間物屋のいとやと大黒屋の息がかかった店があって、奉公人は鳶沢一族の者であった。わた屋とは地下通路で繋《つな》がり、まさかのときの出入り口として利用できるようになっていた。

信之助はこれらの秘密の出入り口を使って、一族の者たちを動かすことにした。

能勢式部太夫《のせしきぶだゆう》の屋敷から老女の千登世を連れだしてきた翌早朝、風神の又三郎、駒吉、おきぬの三人が地下の船着場から入堀に猪牙舟《ちょきぶね》で漕《こ》ぎでて、いずこかに姿を消した。

消えた三人の補充には大黒屋の長屋から甚吉ら三人の一族の者たちが店に入って、数を合わせた。

朝五つ（午前八時頃）、閉じられていた表の潜《くぐ》り戸が開けられ、店先で住み込みの奉公人の人数がたしかめられた。点呼は暮れ六つ（午後六時頃）にも繰り返される。

朝の点呼の後、信之助は地下通路を使い、わた屋に姿を見せた。店で荷担《にかつ》ぎ商いの格好に変装した信之助は、四軒町に大目付本庄伊豆守《いずのかみ》勝寛を訪ねた。

門番から見知らぬ荷担ぎ商人が名指しで訪ねてきたと知らされたとき、用人川崎孫兵衛は勝寛からの、

「大黒屋の者がつなぎをつけてくるやもしれぬ、見逃すな」

との忠告を思い出して玄関先に走った。

内玄関下に面体を変えた信之助が腰を屈《かが》めて待っていた。

「門番、この者はわしが呼んだものである」

孫兵衛はわざと大声で告げると、信之助を屋敷に上げた。

城中への出仕を延ばして待っていた勝寛はすぐに面会を許した。

「信之助、城中にて大黒屋の商停止を知らされた」

さすがに大目付、情報が早かった。

「保田越前守宗易様が公言なされた大掃除にございましょうな」

「おそらくな」

「ご同輩の町奉行には知らされたのでございましょうか」

「大黒屋を仮牢に入れた後、中と南の二奉行には知らされたであろう」

勝寛は推測を語った。

「信之助、そなたも承知のように二年前の元禄《げんろく》十五年から中町奉行が増えて丹羽遠江守《とおとうみのかみ》どのが初代に就かれ、三奉行制度をとるようになった。また大黒屋と親しかった松前伊豆守どのが昨年十一月に南町奉行を辞職なされて、後任には林土佐守忠和どのが任官されたばかりじゃ。新任されたばかりの中町も南町も保田どのの決め事に文句がつけられぬ」

江戸の幕政ではどの部署も複数制として互いを監視させたが、任官の年度によって権限が大きく左右された。先任の決定に後任が異を唱えることはまずなかった。

「総兵衛の仮牢入りと商停止は、保田様の背後におられる柳沢保明様のご意思とみてようございますか」

勝寛は小さく頷《うなず》いた。

「保田どのは近ごろ留守居役への転任が噂《うわさ》されておる」

留守居役は奥年寄ともいい、大奥の取り締まりなどが主たる任務、政治《まつりごと》の中枢《ちゅうすう》からはほど遠い閑職であった。野心家である保田が留守居役就任に甘んじるわけもない。

「なんとしてもここで一働きして、改めて柳沢様のお目に留まりたい。それには懸案の大黒屋潰《つぶ》しを手土産に柳沢様の推挙を受けて、城中の要職に戻りたいはず」

勝寛が信之助を見た。

「城中において画策してみるが時間がかかろう。ここは総兵衛と笠蔵に頑張ってもらうしかない」

「はい」

と受けた信之助は、

「総兵衛と笠蔵の身柄は保田様の目の届く呉服橋に未《ま》だあるものと推測されます。本庄様、二人の身柄を殿様のお力で牢《ろう》屋敷に移していただくことはできませぬか」

信之助は保田越前守宗易も昇進を賭《か》けて、危ない橋を渡っているとみた。ならば一存で拘禁した総兵衛らの身柄を手元においておくと判断した。

沈思した後、勝寛はきっぱり言い切った。

「やってみよう。じゃが、信之助、ここで無理は禁物、道三河岸《どうさんがし》の思う壺《つぼ》にはまらぬようにせよ」

勝寛は、総兵衛らの強引な奪還など考えるなと釘《くぎ》を刺した。

「はい、心得ております」

「火急の場合、どう互いに連絡を取り合うな」

「大黒屋の真裏にわた屋なる古着屋がございます。主《あるじ》の米助《よねすけ》につなぎをお付けくだされば、私どもに連絡が入る仕組みにございます」

勝寛は小さく頷くと城中へ出仕していった。

信之助が担ぎ商いの格好で大黒屋裏手のわた屋に戻ると、駿府《すんぷ》丸《まる》の船頭夏吉《かきち》郎《ろう》ら五人の遺体に付き添って鳶沢村に戻っていた荷運び頭の作次郎と文五郎が待っていた。

「ご苦労でした」

古着が山と積まれた小部屋で三人は対面した。

「驚きました」

作次郎が応じた。

「戻ってみると、大黒屋は商停止の上に総兵衛様と笠蔵様が奉行所に引っ張られたと聞かされました」

頷いた信之助は本庄様に相談にいってきたところだ、と経緯《いきさつ》とこれまでの手配りを説明した。

「作次郎、そなたらが戻ってきてくれたのはなんとも頼もしい。勇気百倍です」

「一番番頭さん、わしらはどうしたもので」

「そなたらが江戸を不在にしていたのは好都合、入堀向こうのいとやをねぐらに自在に働いてもらいましょう」

商停止の大黒屋では朝夕二度の点呼があり、不意打ちの立ち入りも考えられる。

「わっしらは員数外というわけですね。番頭さん、まずなにをいたしますんで」

「そなたら二人は呉服橋にぴたりと張りついて、総兵衛様と笠蔵様がどこにおられるか、あらゆる手立てを講じて探ってくだされ」

「一番番頭さん、わっしにちょいとした知り合いがありましてね」

「任せる」

信之助は財布を出すと切餅《きりもち》（二十五両）一つを軍資金にと作次郎に渡した。

御目付支配下の小人目付は、御目見え以下の者を監察糾弾する役目を負い、町奉行所、牢屋敷廻り、勘定所、養生所などに立ち入ることができた。およそ百人ほどの小人目付は、十五俵一人扶持《ぶち》、黒絽《くろろ》の袷《あわせ》羽織を着ていたことと旗本仲間を見まわる役職から〝黒羽織〟と蔑《さげす》まれた。

小人目付の杉野《すぎの》武三《たけぞう》は年中口内炎に悩まされていた。酒好きな上に胃弱ときている。そのせいで口の周りが赤く爛《ただ》れたり、腫《は》れあがったりを繰り返していた。

この日、呉服橋の北町奉行所を覗《のぞ》いたが、いつも以上の冷たい視線に晒《さら》された。

町方の与力同心を監視して、組頭を通じて御目付に北町の定廻《じょうまわり》同心某には不届きありなどと進言するのが職務だ。それゆえ奉行所で歓迎されようはずはなく、門番さえまともな挨拶《あいさつ》を返してくれなかった。

杉野武三はそんな扱いには慣れていた。詰所で伝馬町の牢屋敷から罪人を護送してきた牢屋同心と話しこんだ。

牢屋同心は牢奉行石出帯刀《いしでたてわき》の支配下、町奉行所の者たちから一段も二段も下に蔑まれていた。奉行所で歓迎されざる者同士、牢屋同心と小人目付とは話が合った。

杉野は見知った顔の牢屋同心と半刻《とき》（一時間）余りも話しこみ、奉行所の表門が閉まった後、通用口から堀端に出た。

夕暮れも間近だ。

どこぞでただ酒を飲ませてくれるところはないかと思案したが頭に浮かばない。

呉服橋を渡り、町家《まちや》に入ったところで、

「杉野様」

と呼びかけられた。

振りむくと男が立っていた。男とは芝居町の飲み屋で席を同じくして飲んだことがあった。

「そなたは」

「作次郎にございますよ」

「うーむ、作次郎と申したか」

「お役所のお帰りでございますか」

「おれが役所勤めと知っておるか」

「いつぞやそのように申されました」

「おれが喋《しゃべ》ったと」

警戒の色を見せた杉野武三は、

「おれはおまえの仕事など知らぬが」

「お酔いになっていたかもしれませんが申しあげました。富沢町の大黒屋の奉公人でございます」

「なにっ、大黒屋」

杉野は、さらに警戒を強めた。

「杉野の旦那《だんな》、ちょいと酒をお付き合いいただけませぬか。けっして損はさせません」

杉野は酒の匂《にお》いを嗅《か》ぎつけた。

大黒屋は富沢町の惣代《そうだい》を長いこと務めてきた古着問屋、年間の扱いが何万両とも噂《うわさ》されている。

「御用の筋なら付き合いはできぬ」

杉野は、呉服橋の向こうを遠望した。北町奉行所が御城を背景に陰って見えた。

「なあに、旦那と酒を飲みたくなっただけです」

作次郎は呉服町の通りから日本橋川へ曲がった。

迷った風情《ふぜい》を一瞬見せた杉野は酒の誘惑に負けて従ってきた。

川風を受けて日本橋まで歩いた作次郎は船着場に下りると、

「どうぞ」

と一艘《そう》の屋根船に誘った。

船宿幾とせ、と障子に書かれた文字が杉野を安心させた。

船頭は老人と若い衆の二人だ。

作次郎は慣れた様子で船に入った。

杉野もあたりに視線をやった後、続いて入った。

閉め切られた船には膳《ぜん》が二つ、火鉢には炭がいけられて、居心地のよい温《ぬく》もりと酒の豊潤な匂いが漂っていた。

「まずはお一つ」

大ぶりの猪口《ちょこ》を杉野に持たせた作次郎は、なみなみと灘《なだ》からの下り酒と思える名酒を注いだ。

「馳走《ちそう》になってよいのか」

「杉野の旦那と二人、差し向かいだ。なんの遠慮がいるものですか」

作次郎が目の高さに猪口を上げて口をつけると、杉野がたまらず喉《のど》を鳴らして飲み干した。

「さすがに杉野の旦那だ。豪快な飲みっぷりですな」

作次郎は新たに酒を注いだ。

膳部には葱《ねぎ》と白身魚の酢の物、猪《いのしし》の肉と牛蒡《ごぼう》の煮もの、竹の子の木の芽和え、鯛《たい》の刺身と杉野が日頃口にしたこともない料理が並んでいた。

「酒はいくらでもあります」

二杯目を飲み干した杉野は陶然とした顔付きになっていた。

「大黒屋の主は呉服橋に引っ張られておるそうじゃな」

杉野から言いだした。

「昨日、お呼び出しのうえにいきなり主と大番頭が仮牢入りを命じられ、商《あきない》停止《ちょうじ》の沙汰《さた》にございます。なにがなにやら」

「覚えがないというか」

「杉野様、古着に新ものが混じるのはもう元禄以前からの話、そんなことで引っ張られたんじゃ江戸の古着屋は商いできません」

「商停止の理由にしてはなんともおかしな話よ」

「で、ございましょう」

作次郎は杉野の空の杯を満たした。

今度は半分ほど啜《すす》った杉野が、

「呉服橋でな、妙なことが起こっておる」

「ほう、なんでございますな」

「牢同心の詰め所で耳にした話じゃが、奉行所で牢問いがおこなわれている様子じゃ」

「なんと牢問いが……」

牢問い、拷問《ごうもん》である。

「作次郎、本来、牢問いは伝馬町の牢屋敷でわれら御小人《おこびと》目付、御徒《おかち》目付、吟味与力がより集《つど》って立ち合い、おこなわれるのが決まりじゃ。それを奉行所の蔵でおこなうなどもってのほか」

「牢問いされておるのはうちの主にございますか」

「ほかにだれが考えられるな」

と問い返した杉野は、

「それも責め役は役人でない、やくざと浪人者じゃそうな。このような無体は聞いたこともない」

作次郎は、着物の袖《そで》に用意した十両入りの紙包みを杉野の膳の前に置いた。

「杉野様のお仕事は奉行所の不行き届きを監察することと聞いております」

「それがし、明日にも組頭に申しあげて御目付に報告してもらう所存」

杉野は黙って紙包みに視線を落とし、

「そなた、大黒屋の奉公人と申したな」

と改めて念を押した。

「ならば買ってほしい話がなくもない」

「ほお、どんな話で」

「切餅一つ」

話も聞かずに二十五両を出せと杉野は言っていた。

作次郎はしばし考えたすえに紙包みの上に十五両を足した。

「奉行保田越前どのは外に女を囲っておられる」

(旗本大身に妾《めかけ》がいるのは当たり前)

作次郎は、ちと高かったなと思ったが面《おもて》には見せなかった。

「女はな、若い同心の女房じゃ」

「なんと言われましたな」

「佐々木《ささき》克乗《かつのり》と申す若い御帳掛《おちょうがかり》同心が評定所に提出する調べ帳を勘違いをいたしたまま記してしまった。それも老中出座のおりのことじゃ、保田は評定所より戻って厳しく佐々木を叱責《しっせき》、役宅で謹慎しておれと帰したと思え。その夜な、佐々木の女房沙代《さよ》が密《ひそ》かに保田を訪ねて嘆願したそうな、その夜、なにがあったかは知らぬ。だがな、一月後、湯島三組町の霊雲寺裏手の小体《こてい》な家に沙代が囲われた」

「同心はどうしておりますな」

「佐々木か、当座はしょんぼりしておったが、役所にはなんとか勤めておるわ」

と答えた杉野は、

「保田様は細身の沙代にえらくご執心でな。熱心に通っておられたが、近ごろはそんな気持ちの余裕もあるまい」

「よい話です。杉野様、酒だけは十分に用意してございます」

杉野の手が二十五両に伸びて懐《ふところ》に消えた。

「最近では保田どのに代わって、夫の佐々木克乗が密かに湯島三組町の女房のもとに通っているそうな」

「なんと……」

作次郎はさすがに絶句した。


信之助はふたたび店を抜けた。下柳原同朋町《しもやなぎわらどうぼうちょう》の船宿いろはに歌舞伎《かぶき》の左近親分を訪ねるためだ。その夕暮れ、左近親分が富沢町を訪ねてきて、大黒屋のことを案じていたとわた屋の米助から聞かされたからだ。

左近は女房に船宿をやらせ、自分は南町の定廻《じょうまわり》同心笹間《ささま》佑介《ゆうすけ》から鑑札をもらって捕物に専念していた。

格子戸《こうしど》を開けると、玄関先で左近と手先の一人が立ち話をしていた。

「信之助さんといわれたな、上がりねえ」

親分は挨拶抜きに言った。

「親分さんが富沢町を訪ねてこられて、私どもに会いたがっておられると聞いたものですから」

「さすがに大黒屋さんだ。以心伝心、みごとなものだぜ」

信之助は神棚のある居間に上げられた。

子分に茶の支度をさせると下がらせた。

「大黒屋さんは大変なことになんなすったねえ」

「北町奉行所の商停止の沙汰は古着問屋が新ものを扱ったかどによるもの。そのうえ、主《あるじ》と大番頭の勾留《こうりゅう》にございます」

「ちょいと乱暴な話と南町では噂されている」

信之助は頷《うなず》いた。

「信之助さん、南の十手《じって》持ちじゃあ、北町の調べに嘴《くちばし》を突っこむこともできねえ。すまないが今晩は別口だ」

と左近は断った。

「いやさ、市川団十郎を生島半六が刺殺した一件だ。遅くなったがな、団十郎にくっついて上方に一緒に上っていた役者の中村七之助《なかむらしちのすけ》がどさ回りから江戸に戻ってきてね、十一年前の上方行きの話が聞けたのさ。まあ、昔の話でうろ覚え、はっきりした話じゃねえが、北町とどうからんでいるかもしれねえと富沢町をふらついてみた」

「ありがとうございます」

「七之助は京に上ったとき、十七だ。団十郎とは身分違い、夜のお呼ばれも同行したわけじゃない。つまりはじかに見聞きした話ではない。このへんは差し引いて聞いてくれ」

　左近が念を押した。

「江戸で荒事《あらごと》を創始した団十郎の舞台を今か今かと京じゅうが迎えたそうな。文字どおり上つ方から下々までだ。初日の舞台が終わったあとも団十郎人気で京は沸き返った。そんな最中、団十郎はある贔屓《ひいき》筋に呼ばれた。次の日、七之助に団十郎が興奮して洩《も》らしたところによると、どうやら団十郎が呼ばれたのは、禁裏であったようだ」

「…………」

「それも東山天皇様おそば近くの女官が団十郎を呼んだ様子だ。その後は何度も誘いがあったそうだが、団十郎は御所に赴いてはいない」

「おもしろい話です」

「京都町奉行を務め上げられた能勢式部太夫様が京から女官上がりの五百鈴とかいう女を連れてきておられる」

「さすがに左近親分ですねえ」

「わっしが出る幕じゃなかったねえ。すでにご存じの様子だ」

「五百鈴は仙洞御所《せんとうごしょ》の女官を放逐された後に遊女に身を落としたそうで、それがどこでどう京都町奉行様を手玉にとられたか、未《いま》だ判然としませぬ」

左近が頷いた。

「団十郎の京滞在は終わりになるほど、舞台にも生彩がなくなり、小屋も満員御礼とはいかなくなった。なんぞ禁裏の女官と揉《も》め事があったことが団十郎が元気をなくし、人気が凋落《ちょうらく》した因《もと》につながったと七之助は推量するんですがねえ……七之助にいくら問い返してもこれくらいの話だ」

「十年以上も前の話、無理はございませんよ」

「団十郎が京滞在にからんで殺されたとなると、御所で会った人物の恨みをかったか」

団十郎は町娘に化けた五百鈴から渡された手紙によって怯《おび》え、大黒屋総兵衛に助けを求めようとした矢先に半六に殺されたのだ。

左近の推量はあたっていると考えながら、信之助は風神の又三郎らがなにかを摑《つか》んで江戸に戻ってくることを願っていた。

二

風神の又三郎、綾縄《あやなわ》小僧の駒吉、おきぬの三人は、東海道をわき目もふらずに六郷川を越え、川崎、鶴見《つるみ》、生麦《なまむぎ》と街道を小走りに抜けて、保土ヶ谷宿から海辺の道に下りた。

梅の季節はすぎようとしていた。が、弘明寺《ぐみょうじ》から杉田へと辿《たど》る江戸湾ぞいの野辺道には梅の香りが磯の匂《にお》いに交じって漂い残っていた。

駒吉は道を急ぎながら、老女の無念を考えていた。

能勢屋敷を見張る間に、屋敷の内部を仕切っているのが、用人ら男衆ではなく長局《ながつぼね》の老女の千登世であることに気がついた。

千登世は能勢式部太夫が京都町奉行として赴任した四年余り、奥方の結佳に仕えて留守を守り、屋敷の内をきっちりと掌握してきた。

能勢式部太夫が京に赴任して一年も過ぎた頃から、式部太夫に妾ができたことが江戸に伝わってきた。

高家《こうけ》肝煎《きもいり》六角家から能勢に嫁いできた結佳は、そのことを気に病んだ。高家は、幕府の礼式を司《つかさど》り、朝廷、公卿《くげ》との交際もあって、京の情報が早く耳に入る立場にあった。

結佳は式部太夫の相手が禁裏の女官の一人と聞いたとき、嫉妬《しっと》に取りつかれ、食事も喉《のど》を通らなくなり、ついに床に臥《ふ》せるようになってしまった。

千登世らの必死の看護があったにもかかわらず、結佳の病は一進一退を繰り返した。

「結佳様は深窓のお育ち、永年の無役暮らしで苦労をされた式部太夫どのには手練手管の女狐《めぎつね》が性に合ったのでございましょうよ」

と千登世は信之助の問いに答えたものだ。

千登世は嘆息した。

「あの女狐め、なんと大胆にも結佳様に手紙を書き送って、式部太夫どのが自分にかける寵愛《ちょうあい》ぶりを知らせてきたのです。その手紙を受け取られて、およそ一か月後に結佳様は骨と皮だけに痩《や》せ細られて衰弱死された」

「なんとむごい」

おきぬが涙を流した。

初めて会った女の涙を見ながら、千登世は結佳の死の知らせに通り一遍の手紙を送ってきた式部太夫の無情に憤激を覚えた日のことを思い出した。

京の妾の五百鈴を平然と連れた能勢式部太夫が江戸屋敷に帰着したのは、結佳の死から一年後のことだ。

能勢の屋敷では奉公人一同が奥方の非業《ひごう》の死の因となった五百鈴に反感を抱いた。それが千登世を中心とした反五百鈴連合を形作らせた。

能勢式部太夫と五百鈴は屋敷内で孤立した存在となった。

だが、千登世たちが表立った行動をとったわけではなかった。というのも、主の式部太夫と五百鈴が京より呼び寄せた得体の知れぬ剣客団を恐れたからだ。

（どうしたものか）

老女千登世が悩んでいる最中に騒ぎは起こり、千登世は屋敷内に忍びこんだ駒吉によって富沢町に連れだされたのだ。

（この者たちの目の澄み具合はどうか。悪者ではあるまい）

それが千登世の印象だった。

連れこまれた屋敷が富沢町の古着問屋の大黒屋と正直に告げられ、番頭が信之助と名乗ったとき、千登世の脳裏に思いあたることがあった。

高家吉良上野介義央《きらこうずけのすけよしなか》様の御首《みしるし》を上げた赤穂義士の背後には何者か、町衆の暗躍と援助があったということをだ。

千登世は取り囲んだ信之助らを見回した。

「能勢式部太夫は、旗本高家六角家の力を軽んじておられる」

信之助らは六角家が高家肝煎だということに思いいたった。

「父上の不正騒ぎで親子二代、寄合席に甘んじておられた能勢式部太夫に京都町奉行の職を都合したのは六角朝純《ともずみ》様……」

四位少将六角朝純が結佳の父であった。

（そうか道三河岸への賄賂《わいろ》が効いたとばかり思っていたが、この任官の背後には京の朝廷とのつながりが深い六角朝純の力があったのか）

「それを式部太夫どのは忘れられて京で遊び惚《ほう》けられた」

そんな噂《うわさ》もまた六角家の息女ゆえにたちどころに耳に達したということであろう。

「千登世が六角家に戻りもせず、なぜ能勢の屋敷にとどまったかお分かりか」

信之助は、

「結佳様のお恨みを晴らすためにございますか」

と童女のような顔をした千登世に訊《き》いた。

が、それには答えず、

「そなたらが知りたいのは式部太夫どのと女狐の行き先か」

「はい」

「わらわの考え、念を押す要はございませぬな」

「しかと承知しております」

古着問屋の番頭が平然と言った。

「今ひとつ訊いてよいか、番頭どの」

「なにをでございますな」

「式部太夫どのの背後におられる人物のことをな」

「能勢様には北町奉行就任の噂が流れておりますが、そのようなことができるのは城中でも数少のうございます。綱吉様のご信頼厚い御側御用人《おそばごようにん》柳沢保明様改め松平吉保《まつだいらよしやす》様ただ一人《いちにん》」

「道理でのう。京都町奉行職に抜擢《ばってき》されしを式部太夫どのは成り上がりの柳沢様一人のお力と思い違いしておったか」

千登世はしばし沈黙した後、顔を上げた。

「能勢家の所領地がどこか、そなたらは知っておられぬか」

「これは迂闊《うかつ》でございました。お二人は所領地に隠れておられるか」

「私どもには黙っておられるが、所領地に別邸を造られたようじゃ」

「さて、その別邸は……」

三人の眼下にみごとな海の景色が月光に照らされて広がっていた。

「その佳景西湖《せいこ》に似たりとて、その八勝に准擬《じゅんぎ》し、八詠の詩賦《しふ》あり」

心越《しんえつ》禅師がここの風景を西湖八景になぞらえた詩を詠じたことによって金沢

八景の名は江戸でも知られるようになっていた。わずか数年前の元禄《げんろく》期のことだ。

又三郎らは江戸の富沢町から保土ヶ谷までおよそ九里（約三六キロ）、保土ヶ谷から三里（約一二キロ）を、半日ほどで走破して六浦の丘の上に立っていた。

能勢式部太夫の所領地は、武蔵《むさし》国金沢八景にあった。

千登世の話では、式部太夫は景勝の地に京風の別邸を建てさせたという。

大黒屋総兵衛と笠蔵の身柄を北町奉行所が確保したと同時に、能勢式部太夫と五百鈴は江戸を発《た》って所領地に隠れた。

本来旗本は将軍守護が第一の任務で、江戸を離れて外泊も旅もままならなかった。だが、能勢は所領地にて訴えあり、立ち合いのため金沢八景入りという願いを目付役所に出して早々に許されていた。むろん、駒込屋敷のお歌の方を通じて柳沢保明の口添えがあってのことだ。

能勢はそのことを屋敷のだれにも内密にしていた。だが、式部太夫と五百鈴が寝間で交わした別邸行きの会話を小女が洩《も》れ聞いて、それが千登世に伝わったのだ。

「能勢の別邸は塩浜近くと聞きましたが、あのあたりでしょうか」

駒吉が月光に光る塩田を指した。

「これから下りても別邸を探りあてることは難しかろう。どこぞで野宿して、明朝にも里に下りようか」

又三郎の提案に、駒吉とおきぬは賛同した。


総兵衛は北町に呼ばれてどれほどの日時が経過したのかも分からなくなっていた。青竹で打たれつづけた痛みは全身に広がり、気を失えば水をぶちまかれて、傷口に粗塩が塗りこまれた。

「どうじゃ、大黒屋」

諸問屋組合掛与力の問いかけに総兵衛は顔を上げた。が、ざんばらになった髷《まげ》が顔に垂れて視界を塞《ふさ》ぐ。

「見えぬか」

声が代わり、なんとかゆがんだ視界の像が結んだ。

「ついに出てきおったか」

奉行の保田越前守宗易の信任厚い筆頭与力犬沼勘解由《いぬぬまかげゆ》だ。

「まだ口答えする元気が残っておるとみえるな」

犬沼が打役の浪人に、

「そなたらの責めが甘いと大黒屋の旦那《だんな》はおっしゃっておられる」

と言い、

「総兵衛、責めが始まる前に喋《しゃべ》ることはないか」

「なにをでございますな」

「そなたらが負っておる影仕事のことをよ」

「ふふふっ」

総兵衛の口から笑いが洩れ、

「なにを戯《たわ》けたことを。大黒屋総兵衛は一介の古着問屋にございますよ」

「打て、打て、打ちのめせ！」

総兵衛の傷だらけの体にふたたび青竹が乱打された。いったん止まっていた血が流れだし、皮膚がむくれ上がった。

総兵衛の全身には間断のない痛みが走り、それが脳天に突き刺さった。

梁《はり》に吊《つる》された体がくるくると回り、総兵衛の平衡感覚を失わせた。
時間も視界も止まることなく回りつづけていた。
いつしか、
(死の訪れを……)
と総兵衛はどこかで待ち望んでいた。
(鳶沢一族の頭領ともあろうものがどうしたことか)
別の声が叱咤《しった》した。
幻覚のなかに、総兵衛は父である五代鳶沢総兵衛の顔を思い浮かべていた。
(頭領たる者、生も死も自分のためにあらず。家康様との約定にこそあり)
父の顔が家康に変わった。
(苦しいか、総兵衛)
総兵衛は家康の顔を凝視しようと潰《つぶ》れかけた両眼を見開いた。
現実か幻覚か、判断がつきかねた。
いや、さきほど犬沼勘解由と会話したことすら、事実であったか判然としなかった。

ふいにくるくる回る感覚が止まり、だれかが舌打ちしたように聞こえた。

総兵衛は吊されたままに放置された。

意識が薄れて、視界も暗くなった。

(だれかに見られていた……)

総兵衛の落ち着きを欠かせるような視線だった。

脳裏に浮かんだ幻影か、現実の像か。

保田越前守宗易が総兵衛を見ていた。

「強運の男よ」

「保田様、最後のあがきにございますよ。そなた様はもはや道三河岸《どうさんがし》から見捨てられておられる」

「おのれ、死に損ないが」

「総兵衛の息の根を止めておかれよ。後悔することになりますぞ」

「そうそう簡単に殺しはせぬ」

「約定しましょうぞ。総兵衛が生きてあるとき、そなた様の命運はこの総兵衛が決めるとな」

保田の姿が消えた。

どれほど時間が流れたか。

遠い海の彼方《かなた》に大船が浮かんでいた。日本の船ではない、南蛮船か。帆柱は高くて三本も立っていた。何流もの旗が風になびき、白波を蹴《け》って疾走していた。

舳先《へさき》に白綾小袖《しらあやこそで》に直垂《ひたたれ》、立烏帽子《たちえぼし》の影が見えた。

船はゆっくりと総兵衛に近づいてきた。そして直垂の公卿《くげ》らしき男がじっと総兵衛を凝視した。

（あの世からのお迎えか）

総兵衛はそう思いながら、最後に残っていた力を抜いて気を失った。

夜明け前、呉服橋の北町奉行所から菰《こも》に包まれ、細引きがかけられた二丁の唐丸籠《とうまるかご》が密《ひそ》かに出た。

その周りを捕物支度の同心、小者が警備していた。

唐丸籠は呉服橋を渡り、呉服町へと真《ま》っ直《す》ぐに進んだ。

その後を四番番頭の磯松に指揮された鳶沢一族が追跡した。

大目付本庄伊豆守勝寛への助力願いと、小人目付杉野武三をたき付けて御目付に報告させたうちのどちらの筋が効いたか、あるいは二つの筋が城中で同時に機能したか。

北町奉行所の独断でおこなわれていた大黒屋総兵衛の牢問《ろうど》いが中止されて、どこぞに移される姿であろう。

だが、磯松は鳶沢一族の者たちを二つの唐丸籠追跡に使い果たしたわけではなかった。

作次郎と文五郎の二人を呉服橋に残す用心を怠らなかった。

二丁の籠は東海道と交差する四差路で二手に分かれた。

一丁は左手に折れて日本橋に向かい、もう一丁は右手に折れて東海道を南に向かった。

磯松も迷いなく配下の者たちを二手に分かれさせて追跡を続けた。

磯松自身は日本橋に向かう籠に従った。

（もしかしたら伝馬町の牢屋敷への移送……）

と考えたからだ。

二丁の唐丸籠が北町奉行所を出て四半刻《しはんとき》（三十分）後、潜《くぐ》り戸が開かれ、同心が用心深くあたりの様子を窺《うかが》った後、もう一丁の唐丸籠が薄く開かれた表戸を急ぎ足で出てきた。それは早駆けに呉服橋を渡り、すぐに左折して一石橋へと向かった。

作次郎と文五郎がすかさずこの籠に従った。

もはや夜明けは近い。

江戸の町に黎明《れいめい》が訪れようとしたとき、三度、閉じられていた戸が開かれ、戸板が四人の小者たちによって運びだされて、奉行所の船着場に下ろされた。

戸板に寝かせられた者の上には筵《むしろ》が何枚もかけられていた。

もはや鳶沢一族は三丁の唐丸籠に引きまわされて、追っ手のだれ一人として残ってはいなかった。

戸板を待っていたのは荷船だ。

船に乗り組んでいたのは拷問《ごうもん》に加わっていた浪人ややくざ者たちだった。

船は無言のうちに御堀から一石橋を潜り、日本橋川へと漕《こ》ぎだされていった。

そのとき、堀端から華奢《きゃしゃ》な影がにじみ出て、必死の形相で船を追い始めた。女剣士深沢美雪の姿である。

駒吉は夜明け前、金沢八景の能勢式部太夫の所領地、松林と塩田の間を流れる細流のほとりに建てられた能勢別邸を眺めていた。

腹を空《す》かせたまま六浦の能見堂、禅宗の草庵《そうあん》に軒先を借りて泊まった。

鎌倉時代、金沢実時《かねざわさねとき》が創建した称名寺は七堂伽藍《がらん》を備えて、多くの寺領を有していた。能見堂はその近くにあった。

寒さと空腹に目を覚ました駒吉は丘を下りて浜までやってきたところだ。

小道を浜のほうから老漁師が一人櫓《ろ》を肩に担《かつ》ぎ、手に得物《えもの》を入れた竹籠を提げてやってきた。漁から戻ってきたばかりの風情《ふぜい》だ。

「おはようございます」

「旅の人かえ、早いな」

「昨晩、旅籠《はたご》を捜しかねて能見堂の軒下を借りて過ごした古着の担ぎ商いですよ。どこぞで食べ物なと誂《あつら》えてくれぬかと浜までおりてきたところです」

「そいつは難儀だ」

「女連れでねえ」

「うちに来なさるかえ、ばあさんに相談してみべえ」

「ありがたい」

漁師の徳右衛門《とくえもん》の手から竹籠を受け取った駒吉は小川ぞいに数丁ほど上った。

「洒落《しやれ》たお屋敷ですねえ」

林のなかに茅葺《かやぶ》きのあばら屋が見えてきた。

「おまえさんが見ていなすった屋敷かね。能勢の殿様の別邸だべ」

「能勢の殿様？」

駒吉はとぼけた。

「ここは旗本三千石の能勢式部太夫様の所領地だ」

「江戸のお旗本がこちらに滞在なさることもあるので」

「初めてのことだよ。京から呼んだ大工が一年がかりで造った別邸をさ、今日、明日にも新しい奥方様を連れて見にこられるとな、庄屋様が言っておられたた
だ」

まだ能勢式部太夫は金沢八景に姿を見せていなかった。

「奥方様を連れての旅ではたいへんでしょうな」

「なあに江戸から船を仕立てての物見遊山《ゆさん》だ。楽なものだべ」

海路とは駒吉らはまったく考えなかった。

遅れて江戸を出た又三郎らは陸路を半日ほどで走破して先行していた。

「さて、金殿玉楼ではねえがうちだ」

藁《わら》屋根から炊煙が上っていた。

「ばあさん、旅の方だ。女連れでよ、ゆうべからまんまを食ってねえそうだ」

台所に声をかけるとばあ様が顔を出した。

「田舎のことだ、なにもねえ。雑炊でよければあるだよ、何人だね」

「三人ですよ」

「連れてきなされ」

「よろしいので」

駒吉は勇んで漁師徳右衛門の家を出ると能見堂に走り戻った。

大黒屋総兵衛を乗せた荷船は、日本橋川から大川へ出ると吾妻《あづま》橋まで漕ぎ上《のぼ》り、その先で源森川へと入っていった。

深沢美雪はその二丁も後を猪牙舟《ちょきぶね》で追跡していた。

美雪は一石橋を潜った荷船を川ぞいに追いながら、川岸に舟を捜した。

幸運にも日本橋を越えた川岸で魚河岸《うおがし》に魚を買い付けにきた商人を下ろした猪牙舟を見つけた。船頭も舟をかるく杭《くい》に舫《もや》ったまま、河岸に上っていった。

美雪は迷うことなく石段を駆け下ると猪牙舟の舫い綱をほどき、片足で船着場の板を蹴ると流れに出した。

魚河岸からは威勢のいいせり声がきこえてきた。

美雪は櫓を取ると、荷船の行方を捜した。

漁《いさ》り船が江戸湾の魚を積んで魚河岸に漕ぎ上ってくるなか、荷船は鈍重にも江戸橋の下を東に向かっていた。

美雪は櫓に力をいれながら、自分の不思議な行動を自分で測りかねていた。

元禄《げんろく》十五年、赤穂浪士襲撃に怯《おび》える吉良上野介義央の要請に応じて実子の米沢藩上杉綱憲は江戸家老色部《いろべ》又四郎《またしろう》に赤穂浪士入府阻止を厳命した。そこで色部の下に腕に覚えの剣客たちが集められ、女剣士深沢美雪もその一統に加わった。

その前面に立ち塞《ふさ》がったのが一介の商人大黒屋総兵衛であったのだ。

深沢美雪らは赤穂浪士を率いる元国家老の大石内蔵助の江戸入りの報に川崎宿外れの平間村の隠れ家に大石一味を襲った。だが、そこにいたのはなんと大黒屋総兵衛であった。

総兵衛は腕におぼえの刺客団を赤子の手をねじるように斬《き》り伏せ、まなじりを決して立ち向かった美雪の肩を片手で摑《つか》んで、

「女剣士、その腕では大黒屋総兵衛は斬れん」

と庭先に放りだして、

「……修行しなおして参れ」

と言い放った。

その日より深沢美雪の屈辱の剣修行が始まった。

野に伏して夜盗と戦い、深山幽谷に分け入って獣相手に小太刀を鍛えなおしてきた。

それは傲慢《ごうまん》にも赤子扱いに放りだした総兵衛に復讐《ふくしゅう》するためだった。

深沢美雪は一年半ぶりに江戸に舞い戻り大黒屋の身辺を探ると、総兵衛は新たな敵との戦いの渦中《かちゅう》に晒《さら》されていた。

(大黒屋総兵衛はこの深沢美雪が討ち果たす)

それが北町奉行であれだれであれ、許すつもりはない。

その総兵衛が北町奉行所に呼ばれて、拘禁された。大黒屋は商《あきない》停止《ちょうじ》の沙汰《さた》を受けて、総兵衛の奉公人たちも動きを封じられたかに見えた。だが、どっこい大黒屋の奉公人たちは、出入りを禁じられた店から自在に外に出ては反撃の機会を狙《ねら》っていた。

美雪はその大黒屋の奉公人たちを出し抜いて、総兵衛の後を一人追跡していた。

荷船が水戸中納言《ちゅうなごん》家の抱え屋敷を左手に見ながら、小梅瓦町《こうめかわらまち》に入っていった。

右手は旗本五千石森川肥後守《もりかわひごのかみ》の下屋敷だ。

源森川は右手に曲がって横川と名を変える。

荷船は業平《なりひら》橋を潜って中之郷横川町と小梅村の間をさらに進み、北割下水《きたわりげすい》に姿を消した。

ここいらは貧乏町人とお目見え以下の御家人《ごけにん》が住み暮らす江戸でも一番うさん臭い一帯である。荷船は北割下水に入って、一丁も行かないうちに右手のさらに細い運河に乗り入れた。

美雪は船を捨てると横川町の河岸に上がり、貧しさと危険の臭《にお》いが漂う路地を徒歩《かち》で追尾した。

荷船が止まったのは運河を鉤《かぎ》の手に進んだ南蔵院の塀に接した破れ寺《やでら》の前だった。

大黒屋総兵衛の連れこまれる先が破れ寺だと深沢美雪は判断をつけた。

三

大黒屋の奥座敷に信之助らの深刻な顔があった。国次、磯松、作次郎ら残った幹部が顔を揃《そろ》えていた。

北町奉行所を時間差で出た三丁の唐丸籠《とうまるかご》に江戸じゅうを引きまわされ、五つ半（午前九時頃）過ぎには伝馬町の牢屋敷の門を三丁とも潜った。

手代の稲平が手懐《てなず》けていた牢屋敷の下男《しもおとこ》の兼三《かねぞう》が使いに出されたのを稲平が摑まえて、三丁の籠に乗せられていた人物を質《ただ》した。

「うーん、あれかえ。二丁は砂袋が乗り手だね。最後の籠には笠蔵とかいうお店《たな》の番頭さんが乗せられていたよ」

と答えた兼三は手を差しだして、稲平に金を要求したものだ。

「まんまと北町に騙《だま》された」

「もはや総兵衛様は呉服橋にはおられますまいな」

国次が言った。

「本庄様らのお力で北町を出してもらったにもかかわらずドジを踏んでしまった」

信之助は身を切られる後悔の念に苛《さいな》まれていた。

「一番番頭さん、こうなれば風神の又三郎らの帰りを待つ余裕はございませぬ」

作次郎が行動を促した。

信之助は、鳶沢一族の豪の者である作次郎の考えを読むように見返した。

「保田奉行は北町と城中への往復にて日を過ごします。ですが、犬沼勘解由は八丁堀の役宅に戻る」

「役宅を襲うというか」

「もはや時間がございませぬ。いつ何時《なんどき》にも総兵衛様が責め殺されぬともかぎりません」

北町奉行所筆頭与力を役宅に襲うということは全面戦争を意味しないか。襲撃者が大黒屋と分かったとき、北町奉行所ばかりではなく、幕府そのものが大黒屋潰《つぶ》しに動くことは間違いのないところだ。

犬沼も大黒屋の襲撃を予想して手ぐすねをひいて待ち受けているのは分かっていた。

(総兵衛を見殺しにして鳶沢一族を延命させる)

それもまた鳶沢一族の死を意味した。

信之助の決断をだれもが待っていた。

「死ぬも生きるもわれらは総兵衛様と一心同体、一族が滅びるというのなら戦いの場にて死にましょうぞ」

信之助は宣言すると、

「今宵《こよい》暮れ六つの点呼の後、われらが使える力のすべてを犬沼勘解由拉致《らち》に注ぎます。あやつの口をなんとしても割らせて、総兵衛様の居場所を突きとめますぞ」

「おっ」

と作次郎らが応じたとき、離れ屋から千登世が歌う童歌《わらべうた》が聞こえてきた。千登世はこの夜を最後に大黒屋を去り、六角家に戻ることになっていた。

風神の又三郎らは能見堂下の漁師徳右衛門の納屋《なや》を借りることにした。近郷近在に古着商いをして回る拠点という理由でだ。

能勢式部太夫と五百鈴ら一行は今日にも金沢八景の浜に到着するとは言い切れなかった。物見遊山にあちこちと立ち寄っておれば、別邸訪問は先のことかもしれないと腰をすえることにしたのだ。

おきぬは如才なく丹波木綿の古着を徳右衛門の女房のいちに渡して、

「商いが終わるまでいつまでもいなせえよ、たいした世話はできねえがよ」

とたちまち信頼を勝ちとっていた。

朝餉《あさげ》をすませ、ねぐらを得た三人は背に古着を担《かつ》いで、徳右衛門の家を出た。

能勢屋敷のある塩浜まで戻ったが、入り江には江戸から船が到着した様子はない。

「おきぬさん、能勢屋敷の様子を見まわってくれませぬか」

又三郎と駒吉は、能勢屋敷を望遠できる松林で待つことにした。三人で屋敷の様子を窺《うかが》い、怪しまれてはと女行商ひとりを探索に立てたのだ。

「お二人は船が現われるのをしっかりと見張っていてくださいよ」

おきぬが言い残すと二人の視界から姿を消した。


総兵衛は渇きに意識を取り戻した。たちまち激痛を知覚して、

(生きていること)

を悔いた。

潰れかけた両眼がそれでもあたりの光景を見せてくれた。

どうやら北町奉行所から連れだされたとみえる。

「まだ生きてやがるぜ」

総兵衛を打ちのめしたやくざ者が相棒の浪人に言った。

「こやつほどしぶとい男を知らぬ」

浪人が言い、唾《つば》をぺっと吐いた。

「水をくれませぬか」

「なんだと、ここをどこだと思ってやがるんだ。吉原じゃねえや、酔い醒《ざ》ましの水なんぞありはしねえ」

「権次《ごんじ》、そう申すな。飲ましてやれ」

浪人者が言い、権次と呼ばれたやくざが、

「ちえっ」

と吐き捨てると、

「あそこまで這《は》いずって勝手に飲みやがれ」

と板の間の隅におかれた水瓶《みずがめ》を指した。

後手に縛られた総兵衛は、一方の縄の端を太い柱に結わえつけられていた。

総兵衛は、体を屈伸させると板の間を這った。痛めつけられた皮膚がふたたび破れ、血が流れだした。

新たな痛みが脳天を突き抜けた。

それでも水が飲みたい一心で水瓶まで這っていった。三尺の高さの水瓶のそばで体勢を整えなおすと壁に背をかけて上半身を少しずつ上げていった。水瓶の縁から水が見えた。

総兵衛は顔を水瓶につけようと最後の力をふり絞ったとき、

「まだ飲ますとは言ってねえぜ」

という権次の言葉とともに縄が凄《すご》い勢いで引っ張り戻された。腰を浮かしていた総兵衛の体が吹っ飛んで、柱の下に叩《たた》きつけられるように戻された。

「なんてざまだ。ほれ、もう一度行きねえな」

権次が馬鹿《ばか》笑いの声を上げた。

総兵衛は血塗《ちまみ》れの体を床に芋虫のように這わせて前進を始めた。

又三郎と駒吉は、夕暮れ前の光を浴びて一隻《せき》の船が金沢八景の入り江に入ってくるのを見ていた。江戸湾を横切ってきた船だ、せいぜい百石積みの大きさだった。

「番頭さん、どうやら能勢式部太夫ご一行のお着きですね」

「まあ、せいぜい今のうちにこの世を享楽《きょうらく》しておくことだ」

船は能勢式部太夫の別邸の沖合一丁のところに停泊して、錨《いかり》が投げ下ろされた。船から伝馬船が下ろされ、屋敷からも迎えの小船が出ていった。

能勢式部太夫と五百鈴とおぼしき男女が水夫《かこ》らの手を借りて伝馬船に乗り移った。さらに用心棒の剣客ら三人が同乗した。

伝馬船が別邸の船着場に向かった。別邸からの船は江戸からの荷を運ぶ様子だ。船に残ったのは船頭と水夫の四名だけだ。

「又三郎さん、どうしたもので」

「いわずと知れたことよ」

又三郎が今晩能勢屋敷を襲うことを宣言したとき、おきぬが戻ってきた。

「番頭さん、屋敷の見取りから人数までおよそのことが分かりましたよ」

「上出来上出来……」

「夕餉《ゆうげ》を食して夜に備えますか」
おきぬの言葉で立ちあがった。

富沢町の大黒屋の閉じられた大戸のなかで奉公人たちの点呼がおこなわれ、役人たちはふたたび大戸を下ろした。

しばらく表の様子を窺っていた信之助らは、まず磯松、清吉、晴太の三人を地下通路を通じて外に出し、八丁堀地蔵橋近くの犬沼勘解由の役宅に先行させた。さらに四つ半（午後十一時頃）過ぎには信之助自らが指揮をとる本隊を二隻の荷船に乗せて、地下の船着場から入堀に出させた。

大黒屋に残ったのは二番番頭の国次ら四人の一族の者だけだった。

国次には万が一の場合は大黒屋に火を放って、駿州鳶沢村に撤退せよという命が信之助から発せられていた。

信之助らが地蔵橋に船を着けたのは九つ（深夜零時頃）のことだ。

磯松が信之助のもとに姿を見せると、

「犬沼奉行は六つ半過ぎに役宅に戻った後、四つ半には就寝した模様にございます」

と報告した。

「他に手勢はおる様子か」

冠木門《かぶきもん》と塀に囲まれた犬沼の役宅は二百七十坪ほどで、冠木門の左手に奉公人の長屋の屋根が見えた。通常町方与力の長屋には供侍、槍持《やりもち》、草履取、挟箱持《はさみばこもち》、門番ら男衆《おとこしゅう》がせいぜい五、六人同居するだけである。

「はい。間違いなくわれらの襲撃を迎えんと夕刻から浪人者たちが三々五々入りこみ、二十余人が待ち受けていると思われます」

「よし、奴《やつ》らが気を抜く未明まで待つ」

信之助は待機を命じた。

鳶沢一族の動員できた人数は十三人だった。

なんとしても不意打ちに襲い、犬沼の身柄を一気に確保するには相手に少しでも油断させる必要があった。

同じ刻限、深沢美雪は業平天神社別当南蔵院裏の廃寺の壊れかけた土塀を乗り越えた。僧房の一角から明かりが漏れていた。さきほどまで酒を飲んでいた気配があったが、今は不寝番を残して眠りについていた。

大黒屋総兵衛を監視する者の数は五人と、美雪は一日の出入りから察しをつけていた。

本堂から高鼾《たかいびき》が聞こえてきた。

総兵衛は庫裏《くり》に囚《とら》われていると、美雪は踏んだ。

足音を忍ばせて庫裏に近づく。

総兵衛の生死を超越したゆえに鋭敏に働く神経が接近する者の気配を感じとっていた。

(信之助らが助けにきたたか)

忍び寄る者はただ一人だった。

監視の浪人の上田《うえだ》牛《うし》ノ介《すけ》も権次もなにかを感じとったように視線を裏口に向けた。

上田と権次は些細《ささい》な買い物をしては、後日、その店に出向き、品に傷があったと難癖をつけては金を脅しとる二人組の悪《わる》だ。最近、北町にしょっ引かれて犬沼の調べを受けた。そこで犬沼に二人の悪ぶりと腕のたしかさに目をつけられて、牢屋敷《ろうやしき》行きを免れる代わりに総兵衛監視を引き受けたのだ。

「み、水をくだされ」

総兵衛が呻《うめ》き声を上げ、

「うるせえ！」

と権次が総兵衛の顔を蹴《け》り倒した。

「お慈悲です。水を恵んでくだされ」

「権次、こやつを黙らせろ」

上田牛ノ介が怒鳴った。

権次が水瓶から柄杓《ひしゃく》で水を汲《く》んでくると総兵衛の顔にぶちまけた。

「ちったあおとなしくしろい」

総兵衛は板の間に零《こぼ》れた水に顔をつけて、ぺろぺろ嘗《な》めた。

「大店《おおだな》の旦那《だんな》だかなんだかしらねえが、まるで野良犬《のらいぬ》だぜ」

二人の注意が総兵衛の惨《みじ》めな姿にいった。

深沢美雪は床下から庫裏の三和土《たたき》に身を移すと、小太刀の鯉口《こいぐち》を静かに切った。

「水をくだされ」

総兵衛が身を起こし、権次がふたたび足蹴りを放った。

その瞬間、女剣士深沢美雪は疾風のように三和土から板の間に飛びあがり、一気に上田牛ノ介に迫った。

叫びかけた牛ノ介がかたわらに大刀を引き寄せたとき、美雪の小太刀が抜き撃ちに牛ノ介の首筋を刎《は》ね斬《き》った。

血しぶきが飛び、横倒しに倒れた。

懐《ふところ》の匕首《あいくち》を抜きざま反転する美雪の懐に飛びこもうとした権次に、美雪は向きなおった。修羅場を幾度も潜り抜けてきた権次の動きも俊敏を極めていた。

一瞬早く匕首が美雪の胸に達しようとしたとき、総兵衛の足が伸びて権次の足を払い、匕首のきっ先が流れてたたらを踏む権次の眉間《みけん》に美雪の小太刀が鋭く撃ちこまれた。

戦いは瞬時に終わった。

「大黒屋総兵衛、そなたの命は他人に渡さぬ」

総兵衛は潰《つぶ》れかけた双眸《そうぼう》を見開くと、

「これはまた奇怪なことがあるものよ」

と呟《つぶや》いた。

「強がりを言うのは逃れた後のこと……」

美雪は小太刀で総兵衛の縛《いまし》めを断ち切った。

総兵衛がよろめき立つのに美雪が手を貸し、肩を入れると二人は逃亡に移った。

富沢町の大黒屋の裏手の空地から店の蔵を越えて、矢文が庭に射《う》ちこまれたのに気がついたのは、神経を尖《とが》らせて待機していた二番番頭の国次だ。

結びつけられた文を読んだ国次はしばし考えに落ち、手元に残されていた見習手代の善三郎に、

「八丁堀の信之助様に急ぎこれを」

と使いに走らせた。

鳶沢一族の者たちは犬沼勘解由の役宅を強襲する手配りを万端終え、あとは

信之助の下知を待つばかりで待機していた。

夜明け前の一瞬、闇《やみ》が暗さを増すという。

信之助は暗黒の空を見上げていたが卒然と立ちあがった。

鳶沢の者たちが塀に飛び移ろうとしたそのとき、国次の使いの善三郎が信之助のもとに走り寄って、文を差しだした。

「富沢町に矢文が届いたか」

信之助は急いで文を読み下すとかたわらの磯松に渡した。

〈大黒屋総兵衛の身柄確保致し候《そうろう》段、取り急ぎ告知申し上げ候。深沢美雪〉

深沢美雪は、上杉綱憲が藩主の米沢藩江戸家老色部又四郎の刺客として総兵衛の命を狙《ねら》った女剣士だ。

さきごろも、市川団十郎が刺殺された市村座の桟敷《さじき》席にいて、大黒屋総兵衛を見つめていたという。

総兵衛の身辺にふたたび現われた深沢美雪は、

（なぜ総兵衛の身柄を確保したのか）

信之助は迷った。

「これはわれらの行動を阻止しようという企《たくら》みではありませぬか」

磯松が言った。

その可能性がないわけではない。

信之助は犬沼の役宅に視線をやった。

屋敷内は弛緩《しかん》するどころか緊迫にあたりの空気が張り裂けんばかりだった。

「磯松、引上げじゃ」

「一番番頭さん」

「この文が企みかどうか、すぐにも判明しよう」

「反対にございます」

磯松が総兵衛を一刻も早く救いだしたい一心で異を唱えた。

「磯松、私の判断が誤りなれば、身の処し方は知っておる」

そう言われれば、磯松もそれ以上の抵抗はできなかった。

信之助は作次郎と文五郎をその場に残すと富沢町へのすみやかな退却を命じた。

四半刻《しはんとき》（三十分）後、鳶沢一族は入堀に架かる栄橋下の隠し水路を使って、敷地内地下の船着場に戻った。

いつもは商《あきない》停止《ちょうじ》の大黒屋に駆りだされた北町の役人が点呼を務めるのだが、この朝は違った。陣笠《じんがさ》に革鞭《かわむち》を手にした諸問屋組合掛与力の久本峯一郎が陣頭指揮して大黒屋の店から奉公人の住まいに蔵、主《あるじ》の総兵衛の居宅から離れまで徹底的に調べまわった。

一刻（二時間）あまりの調べの後、久本峯一郎は憮然《ぶぜん》として引きあげ、大黒屋の大戸はふたたび商停止を示して固く閉じられた。

磯松が信之助の前に平伏して、

「一番番頭様に申しあげます。磯松、戦場《いくさば》にて頭領の判断に口を挟みましたる科《とが》、軽からず。そのうえ、間違った進言を……」

「磯松、もうよい。そなたの措置よりもわれらがなすべきことは他にある」

そう信之助が言ったとき、外に残した荷運び頭の作次郎が二人の番頭の前に戻ってきた。

「一番番頭さんらが引きあげて半刻（一時間）した頃、奉行所の同心が犬沼与力の役宅に駆けこんできて、にわかに慌《あわ》ただしくなりましてございます。犬沼与力の役宅から飛びだしてきたのは北町奉行所の同心、小者たちでございました」

「犬沼の役宅に三々五々と入ったときは浪人者ややくざの風体ではなかったのか」

「それがどうやら町方の変装。われらが突っこめば、北町奉行所配下の同心、小者が待ち受けて御用御用と立ち働くからくりにございました」

「危なかったな。となると、深沢美雪がくれた矢文は真実《まこと》ということになる」

「犬沼勘解由も慌ただしく役宅を飛びだしてきました。呉服橋へ向かうかと思いきや、猪牙舟《ちょきぶね》で大川方面へと下っていきましたゆえ、文五郎に尾行させてございます。おっつけなにごとが出来《しゅったい》したか、報告がございましょう」

「まずは総兵衛様の身柄、犬沼が指揮する北町から女剣士の手に移ったと考えてよかろう」

「あの女剣士、総兵衛様に完膚《かんぷ》なきまでに鼻っ柱を折られておりますれば、総兵衛様に憎しみを抱いていることはたしか」

作次郎は、総兵衛が美雪を斬りもせず庭先に放りだした平間村の戦いの場に居合わせた。

「となれば、なぜ総兵衛様にすぐ手をかけなかったか」

「そこです、作次郎」

信之助がにやりと不敵な笑みを見せた。

「深沢美雪は痩《や》せても枯れても女武芸者。総兵衛様との尋常な戦いを望んで、総兵衛様が元気を取り戻されるのを待っているのではあるまいか」

矢文を二人の前に改めて広げた。

「この文面に憎しみが見えますかな」

二人が顔を横に振った。

「ならば、われらはいくぶんかの時間をあの女剣士にもらったことになる」

「あとは笠蔵様の身」

と磯松が言いだした。

「笠蔵様も牢屋敷に移された。石出帯刀様の管轄《かんかつ》下、そう無体な牢問いもなされまい」

信之助が二人に言った。

「あとは風神らからの吉報を待つしか手はないか」

四

武蔵国金沢八景の能勢式部太夫の別邸では、式部太夫と五百鈴二人だけのいつはてるともない宴が開かれ、夜半になってようやく静かな刻《とき》を取りもどした。が、その後、五百鈴の高く低くつづく官能の声が別邸から外の闇へと伝い流れた。

享楽の時が過ぎ、ようやく能勢式部太夫と五百鈴が眠りに落ちたのは、九つ半（午前一時頃）を過ぎていた。

さらに半刻、風神の又三郎、おきぬ、駒吉の三人は別邸近くの松林で待った。

用心棒の剣客たちも江戸を離れて警戒心を解いたのか、眠りに就いていた。

風神が駒吉の顔を見た。

手筈《てはず》どおりに、駒吉だけが裏口に走った。

風神の又三郎は表門のかたわらの塀におきぬと向き合うように立った。

おきぬが気配もたてずに又三郎の差しだす手に足をかけて虚空《こくう》に飛んだ。塀の上で前転したおきぬは庭先にふわりと下り立った。表門の閂《かんぬき》が引かれて、又三郎が敷地に入ってきた。

駒吉は台所の戸をゆっくりと持ちあげて外していた。

そのとき、かたりと小さな音が闇に響いた。

駒吉はその姿勢のままに待った。

何事も起こるふうはない。

井車李助《いぐるまりすけ》は闇のなかで目を静かに見開いた。顔にあたる風が微妙に変化したのだ。

一年前、武者修行の旅暮らしに疲れはてて京に辿《たど》りついたとき、懐には一朱の金もなく銭が三十数文あるばかりだった。むろん木賃宿に泊まることもできない。鴨川《かもがわ》の橋の下にねぐらを求めて、空腹を抱えたまま橋桁《はしげた》を背に座った。

浅い眠りを覚ましたのは荒く弾む息遣いだった。

二人の浪人者を数人の男たちが追い詰めていた。なぶり者にでもする気らしく、頭巾《ずきん》を被《かぶ》った武士が男たちの背後にいた。

浪人者たちが水際《みずぎわ》から必死の形相で井車の座す橋の下に走ってきた。それを何人かの追跡者が先回りして、挟み打ちにした。

もはや二人の逃げ場所はない。

「一宿一飯の恩義もあろう」

「約束が違う」

追っ手と浪人者が言い合い、夜盗の一団からの脱盟者を処断しようとしているのかと井車は推察した。

抜き身の剣を手にした逃走者は腰つきからも武芸が不得手と判断された。

「かまわぬ、斬り捨てえ」

頭巾が殺戮《さつりく》者たちに命じた。

井車李助がゆらりと立ちあがったのはそのときだった。

「何者か」

「大勢で責め殺すのを見るのは眠りの妨げ」

「こやつも殺せ」

餓狼《がろう》のような殺人者の頭分が命じた。

剣先が二人の逃走者から井車に向けられた。

井車はそのとき左手に塗りの剝《は》げた鞘《さや》を片手摑《づか》みにしていた。

同時に左右から攻撃がきた。

井車は右手に飛ぶと見せて、正面に突進した。鞘走った剣が頭分の脇腹《わきばら》を深々となぎ斬《き》り、左から右に場所を移したときには三人の男たちが河原に倒れていた。

井車の剣は武芸修行の場で会得《えとく》した独創の技だった。

井車は二人の逃亡者に、

「行け」

と命じた。

二人は礼の言葉も忘れて、井車が斬り開いた攻撃の輪の外に逃れ出た。

追っ手たちは井車の剣に圧倒されていた。

「次はどなたかな」

井車が睨《にら》みまわした。

「その腕、買い受けよう」

「それがしの剣技を買うといわれるか」

「申した」

「安くはない」

と答えたのは本気だった。井車は飢えの旅暮らしに疲れていた。

「言い値でよい」

頭巾が言ったとき、井車李助は京都町奉行の院外団の一員になっていた。京から江戸に移った。井車には、それが脱退のよい潮時かと思われた。それを察知した式部太夫が、金沢八景行きの任務が終われば、

「解き放つ」

と約束したのだ。

能勢の言葉を信じたわけではない。だが、京の鴨川河原の逃亡者と違い、井車に歯向かう仲間などだれ一人としていないことをこれまでの戦いで見せつけていた。

(野心家の旗本など恐れるに足らず。好きなときに好きなように出ていく)

それだけのことだ。

井車はかたわらに寝こんだ仲間を起こすかと迷った。が、忍び寄る危機をも知らず眠りこむ能天気を助ける筋合いはないとそのままにしておいた。

(どうしたものか)

報酬ぶんの働きをせねばなるまい。

布団《ふとん》のなかで井車李助は寝返りを打つと、俯《うつぶ》せになって足を腹の下に抱えこんだ。頭も布団に潜りこませながら、枕元《まくらもと》の脇差を引き寄せて帯に差した。さらに大刀を布団に引きこみ、鯉口《こいぐち》を切った。これでいつでも対応できる態勢を整えた。

駒吉は戸を戸口に立てかけると、三和土《たたき》から台所に上がった。

木の香りが漂い、新築であることを闇《やみ》のなかでも感じさせた。

高鼾《たかいびき》が廊下伝いに流れてきた。

その音に向かって駒吉は進んだ。

鼾がいったん止《や》み、駒吉は歩を止めた。だが、また鼾が始まり、駒吉も動きを再開した。

障子の前に片膝《ひざ》をついた駒吉は、静かに障子を引いた。鼾は止まることなくつづいていた。だが、それは、

(二つ……)

と気づかされた。

その瞬間、闇の虚空に布団が音もなく舞いあがり、広がった布団の下からが、ま蛙が跳ね起きつつ、たち竦《すく》む駒吉を襲った。

一撃一殺、井車李助必殺の剣技だ。

だが、駒吉も敏感に反応していた。闇を裂く殺気を感じた直後、廊下に身を転がしていた。

片膝を布団についた井車李助は車輪に回した剣を逃れた相手を追いこむべく、虚空を舞う布団の下から踏みだそうとした。が、虚空に舞い広がった布団が予想外にも早く落ちてきた。

(なぜ……)

と異変を感じたとき、布団が井車李助の体を包みこむように絡《から》みついた。さらに布団に自由を奪われた井車の中腰の肩に止まった者がいた。柔らかな感触

は、

（女）

と感じた。井車の反応が瞬余遅れた。なによりの失敗は布団の陰に隠れた女の気配を見逃したことだ。

「うっ」

布団越しに井車李助の盆の窪《くぼ》をおきぬの小太刀が刺し貫いた。

駒吉の接近に意識を奪われた井車李助の裏をかいて、おきぬは天井裏を這って、井車の頭上に潜んでいたのだ。

闘争の気配に目を覚ました用心棒の二人が立ちあがったとき、おきぬと駒吉の剣が即座に揮《ふる》われていた。

「殿様」

異様な気配に五百鈴が目を覚まし、隣に眠る能勢式部太夫の肩を揺すった。なぜか点《とも》っていたはずの雪洞《ぼんぼり》が消えていた。

「能勢の殿様、けったいなことが……」

能勢の鼾が突然かき消えた。そして五百鈴は人の殺到する気配とともに鳩尾《みぞおち》に強い衝撃を受けて、意識を失った。

金沢八景の入り江から百石船がゆっくりと江戸湾へと出ていった。それまで船が停泊していた場所には伝馬船が浮かび、船頭ら四人の水夫《かこ》が呆然《ぼうぜん》と燃えあがる能勢式部太夫の別邸を見ていた。

京都町奉行の職権を利用して不正に蓄財してきた金で所領地に建てられた別邸は、一夜の享楽《きょうらく》の後、灰燼《かいじん》に帰そうとしていた。

「船頭さんよ、あやつらは何者かえ」

「まるで天狗《てんぐ》だぜ。ただ者じゃねえことだけはたしかだ」

船頭は江戸まで戻る路銀を手に百石船が去った海を見た。顔も覆面で覆《おお》い、海老茶《えびちゃ》の戦支度《いくさ》の三人は船に乗りこんでくると、

「江戸まで借り受ける、これは旅籠賃《はたご》」

と四人が江戸まで戻るには過分の五両を渡されたのだ。

「あやつら、船は日本橋川に繋《つな》いでおくと言うたがほんとかねえ」

別の水夫が聞いた。

「われは信じてねえか」

「いやさ、狐《きつね》に摘《つま》まれたようだよ。能勢の殿様と妾《めかけ》はどうなるのかねえ」

「あやつらが言うとおりさ。わしらは知らぬ存ぜぬ。これでとおすしかあるめえよ」

「どこに伝馬を着けたもので」

「陸伝いに江戸まで戻ろうかえ」

伝馬船もまたゆっくりと夜明けの海に出ていった。


暗い闇のなかで能勢式部太夫は目を覚ました。

背が冷たい。水が背を浸していた。闇が大きく揺れていた。

「ここはどこか……」

能勢式部太夫が不安な声で呟《つぶや》いた。

「殿様」

闇の一角から声がして五百鈴が這い寄ってきた。

二人は手探りで互いを探りあてた。

「なにが起こったのじゃ」

「うちにも見当もつきまへんわ。なんや怪体《けったい》な気配に目え覚ましましたんや。そしたら殿様の鼾が止まってしもてからに乳の下あたりを強う殴られましてん。気ぃついたら、この闇のなか……」

「五百鈴、船に乗せられておる」

「うちらが乗ってきた船やろか」

江戸から金沢八景まで船旅がいいと言いだしたのは五百鈴だった。

能勢は用人にあたらせて、日本橋の木更津河岸《きさらづがし》から木更津に往復する百石船を借り受けさせた。どうやら乗せられているのはその百石船らしい。

「船頭らがうちらに無体を……」

「違うな」

能勢式部太夫は即座に答えながら、江戸への復帰が原因していると思った。

（ここはしっかりと考えるとき）

京都町奉行から江戸町奉行への転任を求めて、おりにふれて御側御用人《おそばごようにん》柳沢保明と寵愛《ちょうあい》のお歌の方に働きかけてきた。その願いが聞きとどけられたのは、昨年の暮れのことだ。

柳沢保明から、

「そなたの町奉行への転任、上様に申しあげようと思う」

との書状が届いた。保明の申し出には条件が付記されていた。

「江戸にて奇怪な策動をなす古着問屋大黒屋総兵衛一味を掃討すること」

これが、能勢式部太夫の江戸町奉行就任の条件であった。

富沢町を牛耳《ぎゅうじ》る大黒屋総兵衛とは柳沢保明の命で一度関わりをもったことがあった。

京都町奉行職のあらゆる権限を駆使して、大黒屋と京での仕入れ問屋丹波屋《たんばや》との取引を中止させたのだ。が、大黒屋は丹波屋の縁戚《えんせき》、伏見の讃岐屋《さぬきや》を通して、上方での取引を再開させた。

(大黒屋は一介の商人ではない)

そのときの印象であった。だが、能勢式部太夫は京都町奉行時代に培《つちか》ってきた剣客団を密《ひそ》かに江戸に移し、屋敷のお長屋に住まわせた。京都でも硬軟二つの顔を使い分けて、支配してきた式部太夫だ。

（大黒屋、なにするものぞ）

という気概に燃えていた。

江戸に戻った能勢式部太夫は、富沢町周辺に変事を起こすことから大黒屋殲《せん》滅《めつ》の戦いを始めた。

五百鈴の強い主張で江戸でも名高い荒事《あらごと》の創始者市川団十郎を刺殺させた。団十郎は五百鈴をかつて虚仮《こけ》にした男だった。まさか大黒屋総兵衛が芝居見物の日に半六の団十郎殺しがおころうとは、能勢も考えなかった。さらに古着問屋組合の上総屋左古八の店を襲い、惨殺《ざんさつ》のさまを大黒屋総兵衛に見せつけた。富沢町の周辺からじわじわと大黒屋を締めつける。それが能勢式部太夫の策略であった。

三番目に大黒屋の持ち長屋に放火して、富沢町一帯の炎上を画策したが、気づかれて未遂に終わった。

北町奉行から閑職に転任させられることが噂《うわさ》されている保田越前守宗易が能勢式部太夫の鼻をあかすように大黒屋の商《あきない》停止《ちょうじ》と総兵衛、笠蔵主従を奉行所の仮牢入りにするという大胆な行動に出たのは、この直後だ。

（辞職が決まったはずの保田がかくも大胆な動きを……）

と考えたとき、道三河岸《どうさんがし》は保田の後任に能勢を決めたわけではないことに気づかされた。

鵜匠《うしょう》が何羽もの鵜を操るように保田と能勢の二人に大黒屋潰《つぶ》しを競わせている。それが道三河岸の策謀だ。

なんとしても保田越前守宗易に先んじる要があった。だが、大黒屋を押さえられた今、打つ手がない。

（どうしたものか）

ここはいったん身を引いて、新たな考えを思案するときと腹を括《くく》った。そこで紛争調停のためと称して所領地入りの許しを得た。

千年の都でしたたかな公卿《くげ》たちを相手に覚えた戦の方法だ。

金沢八景の所領地の別邸建築は柳沢保明にも隠していた。この別邸から江戸の様子を眺めて、次なる仕掛けを考える。その出鼻をくじいた者がいた。

（だれが別邸新築を知っていたか）

「殿様、大黒屋たらいう商人やろか」

五百鈴が闇のなかから苛立《いらだ》ちの声をかけてきた。

「大黒屋一味も金沢八景のことは知らぬ。それに大黒屋は主《あるじ》と大番頭の身柄を北町に押さえられ、商停止の沙汰《さた》で店に奉公人の大半が押しこめられておるわ」

「ほならだれですのん」

「今、尻尾《しっぽ》を摑《つか》んで見せてくれよう」

能勢式部太夫は、

「だれかおらぬか、ちと話したいことがある！」

と叫んだ。

が、波音が答えるばかり、旗本三千石の能勢式部太夫に答える者はいなかった。

総兵衛は目を覚ました。

茅《かや》を透して光が差しこんでいた。

（どれほど時が過ぎたものか）

目だけを動かしてあたりを窺《うかが》った。

苫船《とまぶね》に敷かれた夜具の上に寝せられていた。

薬草の臭《にお》いが鼻につき、痛みが戻ってきた。全身に薬草を塗られて白布で包まれていた。顔には膏薬《こうやく》が貼《は》られていた。

「意識が戻ったか」

苫船の船尾から深沢美雪の声がした。

中腰に立った美雪の顔は暗がりのなかで白く浮かび、手には釜《かま》を抱えていた。

「粥《かゆ》を炊《た》く。しばらく待て」

「礼を言う」

「そのような筋合いはない」

「助けてくれた礼じゃ」

「連れだしたは宿願をとげるため」

「果たし合いか」

総兵衛は笑った。すると脇腹《わきばら》から胸に痛みが広がった。

「ここはどこかな」

「今井の渡し場」

とだけ美雪が答えた。

浅草から向島に大川を渡り、平井の渡しで中川を渡り、一之江を突っ切り、今井の渡しで江戸川を越えると、行徳《ぎょうとく》に達する。これを江戸の人々は行徳道と呼んでいた。

今井の渡しは江戸から房総に行くときだけの片道渡し、房総から江戸入りするときは前野の渡しに迂回《うかい》させられた。

(行徳は塩の産地……)

であったな、と総兵衛は疲れ切った頭から知識をひねり出した。

美雪は総兵衛を南蔵院裏手の廃寺から助け出した後、猪牙舟《ちょきぶね》に乗せて横川まで戻った。

そのとき、土手下に無人の苫船が舫《もや》われているのが目についた。

咄嗟《とっさ》に猪牙舟から苫船に移し替えることを思いついた。

死んだようにぐったりした総兵衛の長身を必死で苫船に乗せ替えると横川から竪川《たてかわ》に出て、江戸を遠く離れた江戸川の今井の渡し近くの川辺に船を着けた。

四日前のことだ。

苫船は夫婦者が寝起きしていたとみえて、寝具から炊事の道具まで揃《そろ》っていた。

美雪は苫船を舫った後に川岸で薬草を摘み、それを船にあったすり鉢で混ぜてすり下ろすと、総兵衛の体じゅうの傷に塗りたくった。さらに船にあった白布を引き裂いて包帯代わりに巻いた。総兵衛は三晩ほど高熱を発して唸《うな》りつづけた。

そんな総兵衛の額を美雪は今井の渡しの下流から汲《く》んできたおくまんだしの水で冷やしつづけた。

薬草の知識も治療も武者修行の旅で独習したものだ。

「水をくれぬか」

美雪が釜を置くと、水瓶《みずがめ》から柄杓《ひしゃく》で水を汲み、総兵衛のかたわらに来ると肩に片手を差し入れ、上体を起こした。

「さあ、飲め」

美雪が乱暴にいうと柄杓を総兵衛の口につけた。

総兵衛はかさかさに乾いた口から喉《のど》に水が落ちるとき、生きてこの世にあることを強く意識した。美味《うま》い、実に美味かった。

「なぜ助けた」

「すでに申した」

美雪が膝《ひざ》の上に総兵衛の頭を下ろし、そっぽを向いた。

「約定しようか」

総兵衛の顔を美雪が見おろした。

化粧けもない顔は小さく、端正な輪郭をしていた。目鼻立ちは凜《りん》とした調和を保って女武芸者とも思えぬくらい愛らしかった。

「そなたの手にかかって死んでもよいとな」

美雪は総兵衛の頭を膝から乱暴に下ろすと、

「美雪は尋常な立ち合いにてそなたを倒す」

と叫んだ。

「よいよい。いつにてもそなたと立ち合いいたす」

総兵衛のからからと笑う声が苫船にいつまでも響いた。

第五章　新　生

一

総兵衛は今井の渡し場付近に舫《もや》われた苫船《とまぶね》で痛みと熱に苛《さいな》まれながら耐えていた。それがいつの頃からか、うつらうつらした日々と変わり、夜明けを待ち望むようになった。

昼夜を分かたぬ拷問《ごうもん》の打撃から回復の兆《きざ》しをみせていた。だが、耳鳴りと頭痛はしつこく残って総兵衛を苦しめた。

深沢美雪は江戸川土手に生えている薬草を摘んできては総兵衛の全身の傷に塗布し、乾くと新たな薬草に替えてくれた。苫船のかたわらに築いた竈《かまど》で総兵衛の粥《かゆ》や御菜を作り、それを食べさせた。

総兵衛は、美雪のなすがままに任せていた。

（これも宿命《さだめ》じゃ）

総兵衛はそう考えつつ、牢問《ろうど》いの間に何度か見た夢の船のことを考えつづけていた。そして、

（生きて富沢町に戻れたならば……）

あの船をおのれのものにしたいとの願望が総兵衛の胸の内に生じていた。

美雪は総兵衛の世話がすむと出かけていく。戻ってくるのは夕暮れ前だ。手には縄で括《くく》られた魚を下げて、瑞々《みずみず》しい野菜や米などを抱えていた。

総兵衛が美雪の行動に気を向けられるようになったのは、苫船で寝起きを始めて十数日後のことだ。

「そなたは毎日どこへ出かけるのか」

総兵衛が聞いても美雪は答えようとはしなかった。

苫船で一緒に寝起きしながらも、感情だけは交わすまいと心に誓った様子であった。

耳鳴りが薄れた日、総兵衛はぼろ布団《ぶとん》を出ると苫船から川岸に下りてみた。体はふらついたが、なんとか二本の足で立つことができた。

総兵衛にはそれが無性にうれしかった。

江戸川には帆を張った船が往来していた。おそらく成田詣《もう》でに行く人たちを乗せた船であろう。総兵衛が立つ川岸から半丁ばかり下った水辺で男の子が無心に釣糸を垂れていた。

いつしか春から初夏へと移り変わろうとしていた。

(富沢町は、大黒屋はどうしておるか)

脳裏に危惧《きぐ》が走った。

鳶沢《とびさわ》一族が百年の歳月をかけて作りあげてきた戦《いくさ》と商いの城だ。そうはむざむざ潰《つぶ》されはしまいという思いもあった。

ともかく今は体を回復させることだ。

総兵衛は水辺をふらつく頭で歩き、小便をした。

わずかな歩行が総兵衛に重い疲労を感じさせた。だが、自分の足で立ち、自分の目で周囲の草木を見、そして膚《はだ》に風を感じられる至福を大事に思うべきと総兵衛は考えた。

この無上の喜びを与えてくれたのは深沢美雪である。

(どんな生まれをして、どんな育ちをしてきたものか)

変わった女子よ、と総兵衛は思わず笑っていた。

苫船に戻った総兵衛は、艫《とも》に腰を下ろしてそろりと足先を江戸川の水に浸した。しびれるような水の冷たさが総兵衛に生きてあることを教えてくれた。

「起きておったのか」

川岸から深沢美雪の声がした。

いつの間にか夕暮れがきていた。

「そなたのおかげで気分がようなった」

「それがしのせいではないわ」

美雪はかたくなに言い張った。

薄暮の川岸に弱々しい子猫の鳴き声が響いた。美雪の腕に子猫が抱かれていた。

「どうしたな」

「船着場で捨てられておった」

美雪は総兵衛のかたわらに子猫をおいた。顔が小さくてつやつやとした漆黒の毛並みだった。

「飼う気か」

それには美雪は答えず、

「行徳《ぎょうとく》の浜でいなだを分けてもらったゆえ、煮付けにいたす」

と男言葉で応対して、水辺にいった。

総兵衛は捨猫を腕に抱いた。ようやく目が開いたばかりのようで、総兵衛の指を母猫の乳房と間違えたか、必死でしゃぶった。

総兵衛は美雪が朝作ってくれた粥の残りを指先につけて口元に差しだした。

すると子猫はぺちゃぺちゃと嘗《な》め始めた。

「おお、これなら無事に育とう」

子猫は残っていた粥をすべて嘗め尽くすと、総兵衛の膝《ひざ》の上に丸まった。

「名をつけねばなるまい」

「ひな」

竈の火をおこしながら、美雪が一言答えた。

「ひなか。よい名じゃ」

美雪がふいに話題を変えた。

「富沢町は火が消えたようじゃ」

「富沢町を訪ねたか」

「大黒屋の商《あきない》停止《ちょうじ》はいまだ続いておる」

「そなたがおれを北町から奪いとったゆえな、北町も意地になっておろうよ」

総兵衛の苦笑に美雪はしばらく黙っていた。

竈の明かりが美雪を照らしだした。

「大番頭の身柄がどうなったか知らぬか」

「伝馬町の牢《ろう》屋敷に移された」

「それは朗報……」

総兵衛の気がかりが一つ減った。北町にあのまま置かれていれば責め殺されかねなかった。

「大黒屋とは影仕事を命じられてきた者たちか」

美雪がふいに訊《き》いた。

赤穂藩の元国家老大石内蔵助《おおいしくらのすけ》らの江戸入りを阻止するために米沢藩に雇われて働いた美雪だ。その暗闘をとおして、大黒屋の主《あるじ》と奉公人がただの商人ではないことを思い知らされていた。

「そなたはどう考える」

総兵衛が試すようにいった。

「隠れ武士の集団であることに間違いはあるまい」

美雪は一年半余の武者修行の後、江戸に帰着するとまず富沢町に大黒屋を訪ねた。

堀と通りと空地に囲まれて二十五間（約四五メートル）四方の敷地に店と蔵が漆喰《しっくい》造りでつながり、堂々たる店構えであった。四方のどこにも死角のないように造られた店は、難攻不落の砦《とりで》を思わせた。それに総兵衛を中心にした奉公人たちの結束と信頼は、古着屋を装《よそお》った武家集団を連想させた。

「そなたの店は御城近くにある。万が一、なにかがあればすぐにも駆けつけられる地の利だ」

美雪は商停止の沙汰《さた》を受け、主が北町奉行所の仮牢に入れられたというのに一糸乱れることなく行動する奉公人たちに戦国の世の武家集団を想像した。

「徳川幕府が誕生して約百年、戦乱の世は遠くに去った。およそ隠れ武士などという血腥《なまぐさ》い者たちがいるものか」

総兵衛が笑った。

「いや、戦いの季節が去り、政治《まつりごと》の時代が巡ってきたゆえに、そなたらのような隠れ武士が必要となる」

美雪は話しながらも米を河原の水で研ぎ、小ぶりないなだを捌《さば》き、浅蜊《あさり》汁の支度を手際《てぎわ》よくこなした。

総兵衛は互いに手の内を晒《さら》して戦った者同士ゆえに美雪を騙《だま》しとおすことなど不可能と知っていた。だが鳶沢一族の頭領として一族外の者に認めるわけにはいかなかった。

「それがしにはそなたが隠れ武士の頭領であれ、なんであれ、どうでもよきこと。時節がくれば立ち合うだけの関わりじゃ」

「美雪、そなたの父上は武芸者であったか」

総兵衛の問いに美雪はびくりと体を反応させ、総兵衛と話し合ったことを自ら戒めるように黙りこんだ。

「よいよい、話したいときがくれば話せ」

「なぜそなたに……」

言いかけた美雪は口を閉ざし、炊事に専念する様子を見せた。


富沢町の中心をなしてきた古着問屋大黒屋の商停止のせいで今年の更衣《ころもがえ》は寂しいものであった。古着の商いは半減し、江戸の人々も綿入れから袷《あわせ》に変わる節季をどうしたものかと思案した。

総兵衛と笠蔵が北町奉行所を出された後、大黒屋の商停止の見張りは厳しさを増した。朝夕二回の点呼の他に不意打ちの点呼が入り、信之助たちも息を抜く暇もなかった。そのせいで大黒屋の隠れ店、わた屋を通じても江戸の町に出ることもままならなかった。

店の外にいる鳶沢一族の者は荷運び頭の作次郎と文五郎らに限られていた。

そんな日々、能勢式部太夫《しきぶだゆう》と愛妾《あいしょう》の五百鈴の二人を拉致《らち》して又三郎、駒吉、おきぬの三人が江戸に帰着してきた。これは信之助にとって大きな力となった。信之助は三人を店には戻さずに人質の二人とともに江戸湾に停泊する明神丸に隠れ潜ませた。

(二人を使うときは万が一のとき……)

と信之助は思い定めていた。

北町奉行所筆頭与力犬沼勘解由《かげゆ》は、役所の船で御籾蔵《おもみぐら》そばの深川八名川町を訪ねた。堀に架かった中橋そばに止めさせた船に同行してきた同心と小者を残して、一人河岸《かし》に上がった。

河岸ぞいに六間堀町が南北に広がり、その西側に八名川町があった。

御使番千石の旗本林隠岐守《おきのかみ》の屋敷と六間堀町の間の路地に入ると、道場の床を踏み鳴らす足音と気合いが響いてきた。

ここは犬沼の剣友、鹿島新当流の堀内伝蔵が開く町道場であった。

この宝永元年にあって、重厚な剣技と素朴な人柄の堀内伝蔵の名は江戸剣術界にあまねく知られていた。

犬沼は、通用門から堀内の住まいへと通った。

庭先にその姿を認めた堀内の内儀が、

「これは犬沼様、そのようなところから……」

と慌《あわ》てて言いさした。

「いや、かまわぬ。しばらく伝蔵どのの顔を見ておらぬのでな、ふらりと立ち寄ったまででござる」

内儀は日の当たる縁側に腰を下ろした犬沼を見て、道場に知らせに向かった。

堀内が手拭《てぬぐ》いで汗を拭《ふ》きながら現われたのは四半刻《しはんとき》（三十分）が過ぎた頃合だ。

背は五尺六寸（約一七〇センチ）とそう高くはない。だが、胸厚の上半身とがっちりした四肢、油断のない目の配りが剣客そのものの風采《ふうさい》を醸《かも》していた。

「多忙な与力どのを待たせてすまぬな」

「なあに、おれの方が勝手に押しかけたのじゃ、気にするな」

空の茶碗《ちゃわん》、丼《どんぶり》に盛られた青菜の一夜漬け、大徳利を盆にのせた小女が現われ、二人のかたわらにおいて去っていった。

堀内が茶碗に酒を満たしながら、

「隠居でもあるまいし、そなたがよもやま話をしにきたとは思えぬ」

と言った。

犬沼は差しだされた茶碗酒を口に含むとゆっくり喉《のど》に落とした。

「奥村皓之丞《おくむらひろのじょう》のことを覚えておるか」

「おれの弟子じゃ、忘れるわけもあるまい」

堀内は苦々しい顔で応じた。

犬沼は総兵衛に始末されたと思われる定廻《じょうまわり》同心遠野鉄五郎に代わって、遠野家の養子に奥村皓之丞を堀内から貰《もら》いうけた。北町同心になって遠野と姓を変えた皓之丞はある日突然行方が知れなくなった。犬沼はこれも総兵衛に討ち果たされたものと確信していた。

三年も前の話だ。

「堀内、そなたは奥村を倒した相手が気にならぬか」

伝蔵は犬沼勘解由を、一代限りの町方与力を脱して出世したいという野望の男を醒《さ》めた目で見ていた。

伝蔵は剣の人だ。政治にも出世にも関心がなかった。だからこそ犬沼とは付かず離れずの交わりに止《とど》めていた。

だが、犬沼が発した問いは、三年前に皓之丞の死を知らされたときから気にかけていたことだ。

皓之丞はねじ曲がった性格は別にして、伝蔵が育てた弟子のなかでも一、二を争う技量の持ち主であった。犬沼の報告によれば、

（ある人物に倒された……）

というのだ。だが、犬沼は御用の筋に関わるゆえ、相手のことは話せぬと口を閉ざしてきたのだった。

「皓之丞を倒した相手をなぜ今になって話す気になった」

「堀内、そなたに敵《かたき》を討ってもらいたいゆえじゃ」

「断る」

と即座に伝蔵は言った。犬沼の政争の道具に使われたくなかった。

「いや、そなたは受ける」

犬沼勘解由は断言すると残った茶碗の酒を飲み干した。さらに青菜を手でう

けてばりばりと音を立てて食べた。

「そなたは富沢町の大黒屋という古着問屋の名を聞いたことがないか」

「古着問屋？　商停止《あきないちょうじ》の最中にある店ではないか」

「おお、その大黒屋の主と大番頭の二人を奉行所において取り調べしていた。それがな、牢屋敷に戻そうとしたところを襲われて身柄を奪われた」

犬沼は嘘《うそ》をついた。

「なんと商人に襲われたか」

「われらが油断をしていたこともある。だがな、大黒屋はただの商人ではない」

「どういうことか」

「大黒屋総兵衛は間違いなく隠れ武士。おれの調べたところでは、祖伝夢想流の当代一の遣い手だ」

「なにっ！　祖伝夢想流とな」

剣術家堀内伝蔵の目が初めて好奇に光った。

「戦国時代の気風を残した祖伝夢想流は、もはや途絶えた剣法と思うたがな」

堀内伝蔵は太平の世に戦国往来の実戦剣が残っていたとは信じられなかった。

「いや、伝わっておる。大黒屋総兵衛とその奉公人の間にな」

「皓之丞は大黒屋一派に倒されたか」

「一派ではない、総兵衛にだ」

「その男が奉行所の手を逃れて江戸にあるというのか」

犬沼の話に堀内は思わず引きこまれていた。

犬沼勘解由は空になった茶碗を自分で満たした。

「大黒屋総兵衛は祖伝夢想流の剣技をもって富沢町を牛耳《ぎゅうじ》り、軍資金を貯《た》めて一族を養い、徳川幕府と江戸町民の安泰に日夜走りまわるわれらと敵対してきた」

「なぜそのような無法な集団を幕府では許される」

「そこじゃ」

と言った犬沼は茶碗の酒を一気に飲み干し、

「幕閣のなかに邪悪にも大黒屋の金と力を支持される勢力があってな、大黒屋総兵衛らはこの柳営の政治の狭間《はざま》でうまく生き抜いてきた集団じゃ。北町奉行の保田越前守宗易様はじめ、われら町方が手こずっておるのはそのところよ」

と吐きだした。

堀内は北町奉行の保田に毀誉褒貶《きよほうへん》があることを知っていた。その保田の一の配下の犬沼の言葉のすべてを信じたわけではなかった。だが、相手が剣者となると堀内には見逃せないことであった。なにより大黒屋総兵衛が奥村皓之丞を打ち倒した人物なれば……。

「大黒屋総兵衛はおのれの祖伝夢想流を古今東西を通じて第一位の剣と豪語しているそうな」

「その男が江戸の町に潜んでおるのか」

さよう、と応じた犬沼は、

「堀内伝蔵、そなたの鹿島新当流でも祖伝夢想流には敵《かな》わぬか」

と聞いた。

二人の剣友は一瞬、顔を見合わせた。

「犬沼、おれを唆《そその》し、そやつを倒す。そなたの利得はなにかな」

「おれは奉行所与力だ。そのような邪悪な剣をはびこらせてよいのかとそなたに問うておるのだ」

（そんな考えで動く男ではない）

堀内伝蔵は腹のなかでせせら笑い、訊《き》いた。

「犬沼、この広い江戸に逃れておる者をどうやって討つ」

「いや」

と犬沼が顔を横に振り、胸の内で、

（ついに引っかかりおったわ）

と快哉《かいさい》を叫んだ。

「総兵衛はこの度の商停止と仮牢《かりろう》入りに怒りを感じておる。あやつはその報復に北町奉行の保田宗易様のお命を狙《ねら》っておる。堀内、そなたの腕で保田様を守ってはくれぬか」

この言葉に、さすがの堀内も疑いを抱いた。

「犬沼、お奉行のお命を狙われて、そなたらはただ木偶《でく》の坊《ぼう》のように立っておるのか。北町には人材はおらぬのか」

犬沼が重い溜《た》め息《いき》をついた。

保田は総兵衛の身柄が奪い返されたとき、その報復に心から怯《おび》えて、

「だれぞ、総兵衛に敵う剣客はおらぬか」

と犬沼に用心棒捜しを命じたのだ。

「堀内、いればこうやって頭を下げにはこぬ。それに……」

犬沼勘解由はしばらく間をおいた。

「われら北町奉行所与力二十五騎、同心百二十五名。お白洲《しらす》の吟味から定廻り、諸物価の安定までと多岐にわたる務めがある。その合間を縫って、お奉行のお命を守れというのは至難の業じゃ」

堀内伝蔵は納得して、小さく頷《うなず》いた。

「そなたが保田様のおそばに控えておれば、大黒屋総兵衛はかならず現われる」

「犬沼、ちと考えたい」

「ありがたい」

と返答した犬沼は、

「そなたが承知してくれれば鬼に金棒。お奉行もお喜びなさろう」

「早まるな、おれはまだ返答をしておらぬわ」

「よいよい。この話はこれまでじゃ」

犬沼は勝手に決めると、茶碗に酒を注いだ。

駒吉は犬沼勘解由が役所の船に乗りこみ、小名木川《おなぎがわ》へと去っていく姿を見ていた。

北町の筆頭与力犬沼の尾行は身動きつかない信之助から発せられたものだ。

おきぬが夕暮れの河岸から姿を見せた。

「おきぬさん、与力どのは、鹿島新当流堀内道場に何の用事ですかねえ」

「三年前、うちの地下に押し入った新米の同心のことを覚えていなさるか」

「遠野鉄五郎の家に婿《むこ》養子に入った同心でしたね」

「その遠野皓之丞とか申した同心が鹿島新当流の剣客でしたよ」

おきぬは遠野の手引きをして一緒に忍びこんだ博多屋の極道息子の秀松《ひでまつ》を始末した。そのおり、遠野家に婿に入った同心の口から鹿島新当流の流儀を聞いていた。

（ひょっとして遠野皓之丞と堀内伝蔵が関わりをもっていたとしたら……）

「犬沼は新たな刺客を堀内道場に捜しにきたのでしょうか」

駒吉が訊いた。

「堀内伝蔵先生は江戸剣術界で評判の人物、剣の腕も一流なら人物も立派な方と聞いております。犬沼の話にのって、簡単に刺客を貸し出される人物とも思えませぬがねえ」

「おきぬさん、当分、堀内道場にへばりついてみますか」

駒吉が言い、おきぬが頷いた。

二

翌日の昼下がり、八名川町の堀内道場の裏口から深編笠《ふかあみがさ》の剣客が現われた。

駒吉とおきぬは、御籾蔵の塀のかたわらから望遠して、堀内伝蔵その人だと直感した。

（早くも動いた）

堀内は、御籾蔵に沿って大川左岸に出ると紀州の抱屋敷の前を通り、小名木川に架かる万年橋を渡った。御船蔵、霊雲院のある深川清住町を過ぎて、仙台堀の上之橋を越えた。さらに悠然とした歩行で河岸に沿って長く伸びる深川佐賀町を下流へと向かう。

駒吉とおきぬは名代の剣豪の尾行に細心の注意を払った。二人は距離をおいて尾行するとともに時折順番や歩き方を変えた。

堀内伝蔵は永代橋で大川を越えた。

長さ百二十間の橋を渡りきった堀内は霊岸島新堀に沿って西に向かった。まっすぐに崩橋を渡れば日本橋川につながる。だが、崩橋を渡ったところで方角を右に変えた。

(こいつはどうしたことだ)

駒吉は胸の内で呟《つぶや》いた。

行徳河岸《がし》から蠣殻《かきがら》町を下り、いくつかの大名屋敷を通り過ぎれば入堀にぶつかる。

(まさか……)

交替したおきぬも迷っていた。

入堀まで直進した堀内伝蔵は、迷うことなく入堀に沿って富沢町へ上り始めた。

おきぬも駒吉も、堀内伝蔵が富沢町の大黒屋へと向かうことを確信した。

理由は分からない。昨日の犬沼勘解由の堀内道場訪問と関係しているであろうことは推測がついた。

駒吉とおきぬは組合橋で堀の対岸に移り、駒吉は山吹井戸で入堀を離れて、大黒屋の隠れ店、小間物屋のいとやに先行した。

いとやは数年前まで博多屋といって、中古の帯を扱う店であった。それが倅《せがれ》の秀松が北町同心の遠野皓之丞とともに大黒屋に忍びこみ、秀松はおきぬの手で始末された。その煽《あお》りで店が潰《つぶ》れたとき、総兵衛が密《ひそ》かに手を回して買った。

そして、駿府《すんぷ》の鳶沢村から一族の老婆《ろうば》おかつと孫娘はなを呼んで小間物屋を開かせた。

若いはなは失態をしでかし、一時《いっとき》大番頭の笠蔵に、大黒屋との関わりを伏せてのことだ。

「鳶沢村で再修行してきなされ」

と追い返されたこともあった。だが、その勘気も解けて、ふたたびおかつとはなの二人が細《ささ》やかな小間物屋を営んでいる。

「駒吉さん」

はなが顔を隠すように入ってきた駒吉を目敏《めざと》く見つけた。

「二階を借りるよ」

店先から裏手に回った駒吉は階段を上って二階に消えた。

いとやの二階からは入堀と堀端の柳越しに大黒屋が望める。

駒吉は障子戸をわずかに開いた。

堀内伝蔵が栄橋に差しかかり、深編笠を脱ぐと、額の汗を手拭《てぬぐ》いで拭《ふ》くのが見えた。そして堀内は商 停止《あきないちょうじ》に大戸をがっちりと下ろされ、北町奉行所の役人小者らが見張る大黒屋を悠然と眺め上げた。

「駒吉さん、いつお店は開けるのかしら」

お茶を運んできたはなが不安げな顔で言った。その声にちらりと振り返った駒吉は、

「もう少しの辛抱だ」

と答えただけで堀内伝蔵の監視に戻った。

はなが溜め息まじりに駒吉の背を見ると、階下に下りていった。

(家を出たときから尾行した者がおるが……)

堀内は汗を拭きながら辺りを見まわした。尾行の気配は薄れていた。

(なんとしたことか)

「なんぞ御用か」

北町の若い同心が立ちどまって大黒屋を見るともなく見あげる堀内伝蔵に声をかけた。

「格別の用事はない」

「ないなれば即刻立ち去られえ」

「ここは天下の大道、それがしが立ちどまったことが邪魔かな」

おだやかに堀内伝蔵が応じた。

「ここは北町奉行所が差配下におく店前じゃ。われらは奉行所同心、迷惑によって行かれよと命じておる」

二人の押し問答を聞きとがめた老練な同心が、

「そこもとはどなたかな」

と詮議《せんぎ》に加わった。

「深川八名川町に住まいする堀内伝蔵と申す者じゃが」

あくまで穏やかに答える言葉に、二人の同心の顔色が変わった。

「鹿島新当流の堀内先生にございまするか」

堀内は静かに頷いた。

「これはまことに失礼をばいたしました。われらも役目柄仕方なく……」

分かっておる、と会釈《えしゃく》をして二人を追い返した堀内は、ふたたび大黒屋の黒漆喰《しっくい》の建物を見た。

(なんと一分の隙《すき》もないみごとな構え)

この瞬間、堀内伝蔵は祖伝夢想流の遣い手という大黒屋総兵衛に深い関心を抱いた。

犬沼勘解由が述べたことのうち、大黒屋総兵衛に関しては間違いないことと確信した。弟子の奥村皓之丞が立ち合い、敗北したというのも嘘《うそ》ではあるまい。

堀内伝蔵は、しばらく栄橋にとどまった後、呉服橋へと足を向けた。そして、その後をおきぬが、駒吉が間をおいて尾行していった。

信之助はわた屋の米助を通じて、おきぬから手紙を受け取った。それには北町奉行所筆頭与力の犬沼勘解由が鹿島新当流の堀内伝蔵に会った翌日、堀内自身が大黒屋を訪れて、店の様子を子細に眺め、その足で北町奉行所に向かったとあった。

犬沼が新たな策動を始めた。だが、堀内伝蔵になにを頼んだのか。

堀内はこれまでの刺客たちとは異なり、人物、技量ともに優れ、江戸でも一、二を争う剣術家である。

その堀内伝蔵が大黒屋を巡る暗闘に関わろうとするのか。

(総兵衛様がおられれば……)

信之助は鳶沢一族の頭領の責務の大きさをつくづく意識させられた。

総兵衛が女武芸者の深沢美雪の手に落ちて、そろそろ一月が過ぎようとしていた。

（どこにどうしておられるか）

元気なれば女剣士などに負ける総兵衛様ではない。いつの日か、ひょっこりと戻ってこられよう、と期待を抱いてきた信之助だが、どこかその期待もぐらついていた。

ふいに信之助の脳裏におきぬが伝えてきた危惧《きぐ》が浮かんだ。

三年前、大黒屋の地下砦《とりで》まで侵入して総兵衛に始末された遠野皓之丞が堀内伝蔵となんらかの関わりをもっていたとしたら、

（堀内伝蔵が北町奉行所の依頼を受けて動く）

ことも考えられた。

おきぬは二人が同じ鹿島新当流であることを記してきたが、見逃しにはできぬと思った。

（堀内が大黒屋の敵に回る）

と考えると、大黒屋が、いや鳶沢一族がこれまで受けた攻撃の比ではない。

信之助は、磯松を頭に地下城に蓄えられている武器の点検を命じ、強襲を受けて地下まで被害が広がった場合の戦い方を改めて指示した。

総兵衛は四半刻《しはんとき》（三十分）ほどなら、歩みつづけることができるまでに体を回復させていた。青竹で打たれた傷も美雪が塗布してくれる薬草で治り、かさぶたができて、今では醜いあざが全身に残っているばかりだ。頭痛も視力も少しずつだがよくなっていた。

苫船が止まる川岸から数丁の奥に入ったあたりには松林が広がり、浄興寺という古い寺があった。松林と古刹《こさつ》の周辺は、水が張られた代田《しろた》が広がっていた。美雪がいつものように外出すると、総兵衛は浄興寺まで散歩に出た。そして、茅葺《かやぶ》きの本堂前の境内で、四尺ほどの竹棒を手にゆるやかに舞い踊る祖伝夢想流の稽古《けいこ》を開始した。

初日、汗がだらだらと顔から流れ落ちてすぐに息が上がった。

総兵衛は琴弾松《ことひきまつ》と呼ばれる名松の下に腰を下ろしてしばし休息し、落ちついたところでふたたび稽古を始めた。

総兵衛が伝来の剣法を工夫して編みだした落花流水の秘剣は、地に足をねばりつかせてゆるやかにゆるやかに舞い動くことにあった。そこには始まりも終わりもない。ゆるやかな律動のなかに無限の運動だけがあった。

一見簡単そうな動きだが、激しく撃ち合う立ち合い稽古より厳しい。腰と足が安定しなければ、ゆるやかな動きなど持続できない。

総兵衛は無法な牢問《ろうど》いで弱った体をいたわりつつ、体力と筋力を少しずつ回復させていった。

浄興寺の境内での稽古を始めて八日も過ぎたころか。琴弾松の下で休む総兵衛のもとに寺男がやってきて、

「茶を進ぜたい」

という和尚《おしょう》の伝言を述べた。総兵衛は言葉に甘えて、寺房を訪ねた。

「お招きゆえ参上しました」

総兵衛は永の浪人の体で境内を無断で借り受けていることを詫《わ》びた。

「寺領はわしのものではない、檀家《だんか》の衆のものです。それに渋茶じゃ、遠慮はいらん」

初老の巌信《がんしん》和尚は牡丹《ぼたん》が咲き誇る庭に面した縁側に座して、総兵衛を手招きした。

総兵衛は敷かれた緋毛氈《ひもうせん》に正座した。筋肉と骨に軽い痛みが走るくらいで正座ができた。

巌信は煎茶《せんちゃ》を淹《い》れた茶碗《ちゃわん》を総兵衛の前に置いた。

「頂戴《ちょうだい》いたす」

総兵衛は茶碗を両の掌《てのひら》に抱えこむように持つとゆっくりと口に含んだ。久しぶりに喫した茶は甘く口内に広がった。

美雪はよく世話をしてくれた。が、苫船の暮らしでは茶まで用意できなかった。

「生きてあることを実感させてくれまする」

「粗茶一杯が生きることを感じさせてくれますか」

総兵衛は静かに頷《うなず》いた。

「本堂からそなたの動きを見て、なんとも不思議な感じを抱いたでお招きした」

「それがしが勝手に落花流水剣と名づけた剣法の稽古にございます。ちといわれがあって体力を消耗し尽くしてございます。そこでこちらを借りて、回復に励んでおるところ」

「花が落ちて、流れに身を任す自然の理《ことわり》の剣にござるか。なんとも雅《みやび》な名じゃが、そなたの動きを見ておると納得できる」

と首肯《しゅこう》した巌信は、

「好きなように境内を使いなされ」

とそれ以上の問いは発しなかった。

この日をきっかけに稽古が終わると総兵衛は、寺房を訪ねて茶をご馳走《ちそう》になり、巌信とよもやま話などをして苫船に戻ることになった。

美雪はそんな総兵衛の暮らしを知ってか知らずか、相変わらず総兵衛の食事の世話を黙って続けていた。

総兵衛は、浄興寺の和尚が法事で里に出かけたという日、今井の渡しを通りかかった。苫船に戻りかけた総兵衛は葦原《あしはら》から川漁師《が　し》の小船が本行徳河岸に渡ろうとしているのに目を止めた。

「行徳に行かれるか」

「おおっ」

思わずかけた総兵衛の声に漁師が髭面《ひげづら》を向けた。

「銭の持ち合わせがないが乗せてはくれぬか」

「浄興寺で稽古している浪人さんだね、乗りねえ」

とあっさり同乗させてくれた。

和尚が留守だったせいで、いつも苫船に戻る刻限よりも早かった。それが総兵衛に気紛れをおこさせたのだ。

漁師はぐいっと竿《さお》を水底につくと船を流れに乗せた。

総兵衛は、毎日美雪がどこに出かけるのか気になっていた。新川を渡って本行徳河岸に通っていることははっきりしていた。美雪が買い求めてくる魚や野菜などでおよその見当がついたからだ。また美雪が日々の生計《たつき》の糧《かて》を得るために働いていると推測もしていた。

総兵衛はそれをたしかめてみたいと考えたのだ。

成田詣《もう》では江戸から一泊二日の行程、日本橋小網町から行徳船が出て、大川、小名木川、中川と伝い、さらに新川に入って本行徳河岸まで船で行けた。その先、船橋を通っての成田街道も平坦《へいたん》な道で年寄りにも無理なく歩ける。

時節のいい日には小網町を出る行徳船は、六十隻《せき》にも達したという。その船を受け入れるのが本行徳河岸の船着場だ。

江戸へ戻る船が客を乗せているのを見ながら、総兵衛を乗せた漁師の船は船着場からだいぶ下流の岸に着けられ、

「帰りもな、ここいらあたりにいれば、土地の船が今井まで行こうよ」

と漁師が総兵衛に教えてくれた。

岸に上がった総兵衛はぶらぶらと本行徳の船着場に戻っていった。さすがに何十隻もの行徳船が出入りする河岸は賑《にぎ》やかだった。陸揚げされる荷を運ぶ馬がいななき、成田参りの客たちが茶店で休んだり、土産を買い求めたりしていた。

総兵衛はぶらぶらと船着場と成田街道を結ぶ通りを歩いていった。

名物のうどん屋が軒を並べて客を呼びとめている。

河岸あたりを美雪を求めて捜してまわった。が、どこにも姿はなかった。そこで総兵衛は初夏の日差しに誘われるように行徳の浜へと足を延ばした。すると、行く手から潮の香りと一緒に何条もの煙が立ちのぼっているのが目に入った。

塩浜だ。

行徳は小田原の北条氏の領地であった頃から塩田が盛んで、塩で年貢《ねんぐ》を納めていたという。

視界が開け、総兵衛の目の前に塩田が広がった。塩田の先は海だ。

満潮を利して海水を塩浜に引き入れ、それをせき止めて天日で乾燥させる入浜式の塩田であった。海水を天日で飛ばして濃い塩水を造り、これを釜《かま》で煮詰めていけば塩となる。

平釜で塩水を煮詰めるとき、煙が塩田のあちこちから立ちのぼる。

総兵衛は、成田街道の土手に腰を下ろすと広々とした塩田を眺めた。

働いているのは尻《しり》切り半纏《ばんてん》にふんどし姿の男ばかりだった。

総兵衛は隣の塩田に視線を転じた。するとそこに茶筅髷《ちゃせんまげ》に裁付《たっつ》け袴《ばかま》の小柄な若衆が塩釜に塩水を汲《く》みいれていた。

深沢美雪だ。

(なんと美雪は塩田で働き、総兵衛の傷を治療し、食べさせてくれていた)

総兵衛はむくつけき男たちに混じって働く美雪の姿にいつまでも黙念と見入

っていた。

この夜、信之助は危険を冒して大黒屋を猪牙舟《ちょきぶね》で抜けでると江戸湾に停泊する明神丸に向かった。

船には老練な船頭の仙右衛門《せんえもん》と水夫《かこ》たちの他に大黒屋の三番番頭の又三郎、手代の駒吉、おきぬの三人と二人の人質が乗っていた。

信之助が訪ねたとき、おきぬと駒吉は北町奉行所に張り込んでいて、又三郎だけが残っていた。

「一番番頭さん、お一人でどうなされました」

「北町の沙汰《さた》があるかぎり、総兵衛様が大手を振って富沢町に帰宅するというわけにもいくまい。そこでな、ちと思いついた」

信之助は用意してきた五百両を又三郎の前に置いた。

「いったんおきぬさんと駒吉を見張りから引きあげさせてな、おまえさんと一緒にやってほしいことがある」

「なんでございますな」

「江戸の主だった瓦版屋《かわらばんや》を密《ひそ》かに回って、富沢町大黒屋の商停止《あきないちょうじ》の一件を読売に書かせて、江戸じゅうにばらまく手配をしてくれませんか」

「おもしろうございますな」

「商停止が不当なものであることと、商停止によって古着商売が停滞して江戸町民に迷惑をかけていることの二点を書きたててもらうのです」

信之助はあえて総兵衛と笠蔵の拘禁については触れないようにしてくれと又三郎に注文をつけた。北町にも逃げ道を作っておかねば、商停止も解きづらかろうと考えたからだ。

「ならば一番番頭さん、私にも今ひとつ考えがございます」

「なんですな」

「江戸じゅうの狂歌師を動かして落首を読ませましょう。先頃の更衣《ころもがえ》は火の消えたようでございましたゆえな、狂歌師たちも不満が溜《た》まっておりますよ」

「それもよかろう。走りまわる人間が三人で足りますまいが、私どもは押込め同様で動きがつかぬ。頼みます」

又三郎が承知したとき、船底から呻《うめ》き声が響いてきた。

「出せ、出してくれ」

暗い船底に押しこめられたままの能勢式部太夫が思い出したように訴える声だ。

「市川団十郎と上総屋左古八《かずさやさこはち》様の恨みじゃ、今少し苦しんでもらおうか」

信之助が平然と言い、又三郎が黙って頷いた。


信之助が明神丸を訪ねた翌々日、江戸の町に読売屋が走りまわった。

「北町奉行所横暴、古着商を圧迫、庶民の暮らしは切迫」

「不当なり、大黒屋の商停止はいつまで続くか」

まだ大黒屋の商停止のことを知らなかった江戸の町人たちは富沢町の古着問屋が新ものを扱ったという理由で商停止に追いこまれている事実を知ることになった。

「こんなべら棒があるけえ。古着屋の店先に新ものがぶら下がるのは今に始まったことじゃねえや」

「そうだそうだ、だいいちよ、富沢町の商いの火消して、なんの町奉行所だ。

大黒屋は盗んだ品を売っているんじゃねえぞ」

そんな声が床屋や湯屋で声高に聞かれるようになった。

そしてその夜、御城近くに、

「なにゆえか嫉妬《しっと》に狂いし呉服橋　富沢町の火消して　尻に火がつく」

「大黒屋　商停止の戸が下りて　変えるに変えれず綿入れの夏」

などという字余りの落首が張りだされて、呉服橋の北町奉行所を慌《あわ》てさせた。

三

四つ上がり八つ下がりとは、老中の出勤退勤を表わす言葉だ。

よほどの非常事態が起こらぬかぎり、この決まりは守られた。城中の御用部屋の執務時間は現代の時刻では午前十時頃から午後二時頃のおよそ二刻（四時間）。だが、激務だった。

各役所からの嘆願、陳情、意見具申と事案が山積みであった。即座に決裁できるものは決裁し、調べを必要とする幕府関係は奥御祐筆《おくごゆうひつ》組頭に、大名に関することは大目付に調査を命じた。さらに三奉行からの伺書や報告書に目をとおして将軍に上申すべきことを御側御用取次を通じて差しあげる。また毎月二日、十二日、二十二日は式日、辰ノ口《たつくち》の評定所に老中、大目付、三奉行が会して各部署にまたがる案件を処理し、時には閣老裁判を開かねばならなかった。

この日、式日を明後日に控えた大目付本庄伊豆守《いずのかみ》勝寛は、御用部屋で評定所出席の準備に追われて、昼食《ちゅうじき》さえも忘れていた。

ふと視線を庭に這《は》わせて、初夏の光をたしかめた。

すでに八つ半（午後三時頃）を過ぎた頃合か。

（総兵衛、どうしておる）

胸の内で信頼を寄せる大黒屋総兵衛の身を案じた。

仮牢入りを言い渡された総兵衛と笠蔵の北町奉行所からの移送に本庄は動いた。

古着商が新ものを扱ったという理由だけで商停止では、江戸の経済が停滞するとの本庄の上申に御目付も賛同した。幕閣のなかにも北町の独断を非難する者もいた。だが、北町奉行保田越前守宗易は大黒屋の調べ続行中ゆえ、身柄釈放はできぬと突っぱねた。しかし、二人を北町奉行所から牢《ろう》屋敷に移すことには同意せざるをえなくなった。

保田奉行は総兵衛だけを密かに他の場所に移して、北町の支配下に身柄を確保しておこうと策動した。

本庄は牢屋敷に笠蔵だけしか移されていないという報告を受けた。

(保田越前め、なんぞ企《たくら》みおったか)

と新たな不安に見舞われたとき、信之助から総兵衛の身は北町から女武芸者深沢美雪なる者の手に落ちて、以後、行方を絶ったという知らせを受けた。

(なんとしても富沢町に無事に戻ってこい)

廊下にすり足が近づいてきて、

「伊豆どの、お召しにございます」

と御《お》側坊主《そばぼうず》が告げた。

「上様がお呼び……」

老中が城下がりした刻限に異例中の異例であった。

本庄は、素早く熨斗目《のしめ》半裃《はんかみしも》の衣服を改め、扇子を手に立ちあがった。

本庄が連れていかれたのは中奥の御上小座敷《おかみおざしき》で、庭に面した廊下の先は上御《かみお》鈴《すず》廊下につながり、大奥であった。

綱吉はいわば将軍の私邸に大目付を呼んだかたちだ。

「伊豆か」

綱吉の言葉に苛立《いらだ》ちがあった。

「火急の御用向きにございますか」

平伏した本庄勝寛はお伺いを立てた。

「ただ今、江戸市中において衣類の流通が大幅に停滞しておるとの読売が売られ、北町を非難する落首が張りだされておるというが事実か」

はっ、とかしこまった本庄は、

「それがし、大目付の御役にございます」

と断りを入れた。

「役目違いで答えられぬと申すか。この刻限、老中も若年寄も城を下がっておらぬわ。そなたがまだ御用部屋におるというで呼びだしたまでじゃ、答えよ」

綱吉は本庄に公《おおやけ》のご下問ではないと言った。

「事実にございます」

本庄は数日前より読売がこのことを書きたて、落首が御城近くに張りだされていることを伝えた。

「政道を瓦版屋や狂歌師が非難するなど言語道断じゃ」

綱吉に読売と落首の一件を訴えて、処断を迫った側近がいるらしい。

（これは思わぬ好機かもしれぬ）

だが、一つ間違えば本庄家が取り潰《つぶ》される憂《う》き目にあうことも考えられた。

本庄伊豆守勝寛は腹に力を入れ、素早く決断した。

「恐れながら上様に申しあげたき儀がございます」

「申せ」

「北町のこの度の処断、ちと無理がございます」

「なんと申した、伊豆」

「富沢町の古着問屋に商停止と、主《あるじ》、大番頭二人の仮牢入りを命じられました理由は、古着商が新もの衣類、反物を扱ったゆえと聞きおよんでおります。たしかに古着商は昔から盗品、失《う》せ物が混じる世界にございます。ゆえに、町奉行所でも格別に目を光らせて、監督されてまいりました。なれど、徳川幕府も百余年の長きに達し、ご政道よろしきをえて、江戸をはじめ八百八島、繁栄の最中にございます」

「うんうん」

綱吉は身を乗りだした。

はなやかな元禄《げんろく》時代が終わり、宝永と代わった今、幕政に陰りが出たという批判は綱吉の耳にも達していた。

「さて、江戸の町には春の更衣《ころもがえ》に綿入れから袷《あわせ》、さらには単衣《ひとえ》へ、秋には反対に袷から綿入れへと衣類を変える習わしがございます」

「伊豆、城中にも更衣はあるわ」

「同じ更衣にても城中と町中では違いがございまする」

「ほう、どう違うな」

「町中では御目見え以下の士分、大名家の下級武士、江戸町人の大半が富沢町や柳原土手など古着商の店に赴き、必要な古着を購《あがな》いまする」

「なにっ、余の家来どもも更衣を古着ですますか」

綱吉は驚きの表情を見せた。御家人《ごけにん》の暮らしをはじめ、下々の生計《たつき》を具申する老中や御側衆は綱吉の周りにはいない。老中、御側衆自身が更衣に新しきものを着るなど当たり前と考えているからだ。

「恐れながら、御家人百石の家を例にとりまするど、四公六民に照らしまして手元に残るは四分の四十石、これは玄米にございます。白米に搗《つ》きまするど、二割方目減りいたしまして三十二石、およそ一石一両と換算いたしまして三十二両。この金にて主は一家を養い、槍持《やりもち》、中間《ちゅうげん》、下男、下女を雇い、いったんことあるときの出陣の支度をいたせねばなりませぬ。上様、このような暮らしでございますれば、そうそう新しい衣服やお仕着せを購えるものではありませぬ」

「うーむ」

と綱吉が唸《うな》った。苦虫を嚙《か》み潰した顔と変わり、額に青筋が浮いてきた。

本庄は言いだした以上、最後まで意見を具申しようとの覚悟をさらに固めた。

「御家人や町人の女たちは、親代々に着古してきた袷や綿入れを節季前に打ち直し、縫い直して家人に着せまする。なれど、もはや、布が弱り切ったものはいたし方がございませぬ。富沢町や柳原土手の古着屋にまいり、上方などからもたらされまする安き値の古着から品選びして、更衣を迎えるのでございます」

綱吉は苦りきった顔で沈黙したままだった。

「上様、倹約、節約は美徳にございます」

と勝寛は言った。

「近ごろ、富沢町の古着のなかに新ものが混じるようになってまいりました」

「なぜか、伊豆」

「世の中が豊かになったからにございます」

と勝寛は言い切った。

「けっこうなことではないか」

はっ、とかしこまった勝寛は言葉を続けた。

「金に余裕のある者たちは京下りの新奇なもの、流行《はやり》ものを追いかけるようになりましてございます。新しく大量に織られた呉服や反物などが人々の好みに合わぬ場合もございます。また売れ残った新ものもでてまいります。さらには金に困った機屋《はたや》や呉服問屋が品を一括して売ることもございます。季節を外れた呉服、太物は市場では新もの呉服としての価値は半減してございます。流行ものは年々歳々のこと、次の流行ものの呉服が京から下ってまいりますゆえにございます」

「流行《はやり》ものを追いまわす風潮があるのか」

「恐れながら、新しい小袖《こそで》を、流行の縞《しま》ものをと考えるのは人の性《さが》、欲望にございます。だれもが新しい晴れ着で身を飾りとうございます」

「うーむ」

「いったん呉服屋の店先から外された新ものの呉服は、もはや昔通りの値で売買はできませぬ。そこでこれらの品の大半が江戸の古着問屋に流れて、安い値にて売り出されるのでございます」

本庄勝寛はいったん言葉を切った。

「上様、古着に新ものが混じる傾向は今に始まったことではありませぬ。それがしの知るところ、十数年前からの傾向にございます。ただ今では古着に新ものが混じる割合は二割は超えておりましょう。当然のことながら、売り上げの割合はもっと高うございます。江戸の人々の大半がこれらの出ものの呉服で晴れ着としているのでございます。上様、これら古着に混じる新ものを古着商が扱ってはならぬとご政道で禁じられますならば、ただ今、江戸の町に起こっておりますことより数段大規模な商い停滞が起こり、落首にあるように江戸町人は節季もままならぬことに陥りまする」

「伊豆、そちは古着商が新ものを扱うことを認めよと申すか」

「いえ、そうは申してはおりませぬ」

　本庄は腹に一段の力をこめて言った。

「古着商はこれまでどおりに古着専一に商えばよろしいかと存じます」

「伊豆は、さきほどすでに古着のなかに新もの呉服が二割を超えておると申したではないか」

「上様、これらの品はだれも袖を通したことがありませぬ。が、もはや呉服屋の店先から卸《おろ》されたもの、新ものとは呼べませぬ。新中古の呉服、反物、太物にございます」

　新中古とは咄嗟《とっさ》に思いついた言葉だ。

「なにっ、新中古と伊豆は申すか」

「はい。新中古は新ものとは異なります」

「新中古なれば、古着屋が扱うても差し障《さわ》りはないな」

「ございませぬ」

綱吉が考えに落ちた。

「それもこれも徳川幕府のご治世によって、世の中が豊かになった証《あか》しにございます」

綱吉が視線を本庄に向けた。

「商《あきない》停止《ちょうじ》をうけたる古着問屋はなんと申したか」

「大黒屋にございます」

「商停止を解けば、江戸の流通はもとに戻るか」

「戻ります。まずは落首が消えますする」

勝寛が明言し、綱吉が笑った。

「伊豆、そなたの言葉にはえらく力が入るのう。大黒屋とは知り合いか」

「はっ、親しき仲にございます」

「これまでの言葉、私情を交えての存念か」

「上様、大黒屋総兵衛、商人ではございますが、なかなかの人物。もし私情を交えてかまわぬとおおせられれば百倍にも褒めあげます。なれど、上様、これまでのそれがしの言葉、真実《まこと》のことにございます。もし上様のお調べにて間違いありますれば、伊豆、腹掻《か》き切って責めを負いまする」

「言うたな、伊豆」

いつの間にか、御上小座敷に夕暮れが忍び寄っていた。

「伊豆、ためになった。おもしろき話であったわ。下がってよいぞ」

と綱吉は優しく大目付本庄伊豆守勝寛に命じた。

この夜、大黒屋にわた屋の米助を通じて、本庄伊豆守勝寛の手紙が届けられ、城中で上様からご下問があった事実が伝えられた。

勝寛は上様との会見が、

(吉と出るか、凶と出るか)

半々ゆえに、

(努々《ゆめゆめ》油断なきよう)

と忠告していた。

瓦版《かわらばん》と落首は北町奉行の保田越前守宗易を追いこんでいた。

当然、報復が考えられた。

そこで信之助は、明神丸の又三郎、駒吉、おきぬの三人を牢屋敷《ろうやしき》の笠蔵の身辺に注意するように命じていた。


その夕暮れ、深沢美雪が苫船《とまぶね》に戻ってくると、懐《ふところ》から読売を出し、猫を抱いて迎えた総兵衛に投げた。

総兵衛は、子猫のひなを船に下ろして読売を拾いあげた。

「なんとのう……」

(だれの知恵か、考えたものよ)

総兵衛は信之助らの苦闘を考えた。

「そなたの店の停止も解けよう」

美雪が夕餉《ゆうげ》の支度をしながら呟《つぶや》いた。

「いや、簡単なことではない」

北町奉行の保田宗易も必死なら、背後に控える柳沢保明もそう簡単に引きさがれまいと総兵衛は考えたのだ。

なにか言いかけた美雪は沈黙した。

総兵衛もまた口を閉ざして考えに落ちていた。

(どうやら苫船での共同生活も終わりが近づいた)

二人の胸の内にあったのはその事実だ。


その夜遅く、伝馬町の牢屋敷の裏門から一丁の唐丸籠《とうまるかご》が密《ひそ》かに出た。

籠には三人の警護の者と先導の小者がつき、科《とが》人の市中引回し順路を反対に進んでいく。

その数丁後を風神の又三郎、綾縄《あやなわ》小僧の駒吉、それにおきぬの三人が忍び装束に身を包んで、尾行していった。

「おきぬさん、籠のなかは大番頭さんでしょうね」

駒吉がおきぬに訊《き》いた。

「稲平さんが手懐《てなず》けた下男《しもおとこ》からの知らせを信用するしかありませんね」

この日、牢屋敷の下男の帰りに接触した駒吉は、笠蔵深夜の移送を知らされたのだ。

又三郎が前方を注視しながら、尾行するあとを牢屋敷裏手の堀に待機していた荷船から捕物支度の同心たちが七、八人下りて、尾《つ》け始めた。

「引っかかったぞ」

堀にいた荷船を遠く見据えていた作次郎ら、大黒屋を抜けた鳶沢一族の者たちがさらに同心たちの後を追って進む。

四組は馬喰町《ばくろちょう》から浅草御門を潜《くぐ》り、浅草橋で神田川を渡って、なおも御蔵前通りをひたひたと浅草方面に向かった。

牢屋敷のぶら提灯《ちょうちん》を下げた唐丸籠は御蔵前通りを金竜山浅草寺《せんそうじ》を横目に見ながら直進し、山谷堀を越えたところで、堀に沿って左折した。さらに新鳥越《とりごえ》橋で、籠は千住《せんじゅ》大橋に向かう街道に方向をとった。

おきぬと駒吉の前に又三郎が姿を見せた。

「大番頭さんの行き先が分かったぜ」

二人が又三郎を見返した。

「この先は小塚原《こづかっぱら》縄手だ。やつらは大番頭さんを小塚原の処刑場で始末する気だよ」

「となると、もはや時間の猶予《ゆうよ》はありませぬ」

おきぬが緊張の声を上げた。

「われら三人で唐丸籠を襲う。抵抗する者は斬《き》って捨てる」

三人の長、風神の又三郎が決行を告げた。

「はい」

おきぬと駒吉が応じて、三人はいったん街道の闇《やみ》に消えた。

ひたひたと闇を急ぐ籠が細流にかかる泪《なみだ》橋に差しかかったとき、行く手に小柄な影が一つ浮かんだ。それは黒の忍び装束で腰に小太刀を差し落として立ち塞《ふさ》がった。

「何奴《なにやつ》か」

御用提灯を手にした小者が誰何《すいか》した。

「籠の主《ぬし》を改めとうございます」

「御用の籠を改めるだと。その声は女か」

小者の声から緊張が抜けた。

「油断するでない！」

北町奉行所筆頭与力犬沼勘解由が同行する同心三人に注意を促した。

「はっ」

とかしこまって刀の柄《つか》に手をおいた若い同心の首筋に鉤《かぎ》の手がついた縄が絡《から》み、横手に引っ張られた。不意打ちとその勢いに同心の体は吹っ飛びながら泪橋の欄干を越えて流れに落ちた。

犬沼勘解由が剣を抜いて、唐丸籠を背にした。

「犬沼勘解由、そなたの命は今宵《こよい》かぎり」

犬沼の前に風神の又三郎が立った。

「大黒屋の一味か、出おったな」

風神の又三郎は祖伝夢想流を使わせれば、総兵衛も一目をおく豪の者だ。

無銘ながら身幅厚く豪壮な大板目の地肌、二尺五寸三分（約七七センチ）の古刀を又三郎は抜くと、地擦りにとった刃を上に向けて返した。

犬沼は大刀を正眼に構え直した。鹿島新当流を修行してきた犬沼だが、近ごろは奉行の腹心として政治《まつりごと》の策謀やら配下の者の監督に忙しくて、八丁堀の道場に立って汗を流すこともない。だが、犬沼には余裕があった。

同心二人も剣を抜き連れた。

その前におきぬと駒吉が向き合った。

おきぬの手には小太刀がある。

ふたたび手鉤付きの縄を構えた駒吉は、口に抜き身の短刀を銜《くわ》え、ゆっくりと手鉤を胸前で旋回させた。

三人対三人の静かな対峙《たいじ》だった。ただ一つ、駒吉が回す手鉤が泪橋の夜の気配を切り裂く音だけが徐々に高まる戦いの緊迫を訴えていた。

犬沼勘解由がちらりと視線を浅草の方角に投げた。

「応援《たすけ》を待っておるのなら、無駄なことじゃ」

風神の又三郎が犬沼に言った。

「なんと」

同心たちが今歩いてきた道に視線を投げた。

「策士策に溺《おぼ》れると言う、犬沼。そなたの応援の者たちは今ごろ、われらの一族の餌食《えじき》になっておろう」

「そのようなことが……」

犬沼が思わず驚きの言葉を口にした。だが、さすがに北町奉行所の筆頭与力を長年勤めてきただけの人物である。即座に決断した。

正眼の剣を上段に移しつつ、風神の又三郎に向かって飛びこみざまに眉間《みけん》を幹竹《からたけ》割りに襲った。

又三郎はゆるやかな足の運びで、突進してくる犬沼の左手に回りこんだ。襲いくる刃との間合いを読み切った又三郎は犬沼の動きを支点にしつつ、円弧を静かに描いて相手の側面に回りこみながら、地擦りの剣を刎《は》ねあげた。

又三郎の左肩すれすれに犬沼の必殺の一撃が空を切って落ちた。

犬沼は、

(しまった!)

と胸の内で吐き捨てた。

それでも体勢を移行させようとした犬沼の下半身を又三郎の地擦りが深々と撫《な》で斬った。

犬沼は右の太股《ふともも》から腹部を斜めに斬りあげられて、驚愕《きょうがく》の表情を面に浮かべた。それが恐怖に変わったとき、ゆっくりと崩れ落ちるように泪橋の上に倒れていった。

おきぬの小太刀が同心の一人を制し、駒吉の手鉤が相手の首筋に巻きついたのを又三郎は見た。

「駒吉、手際《てぎわ》が悪い」

又三郎に叱咤《しった》された駒吉が縄を締めあげた。首を締められた同心は縄を断ち切ろうと剣を振りあげた。その同心の懐に飛びこんだ綾縄小僧の短刀が相手の鳩尾《みぞおち》にぐさりと刺さった。

それが戦いの終わりだった。

おきぬが籠に巻かれた縄を切り、筵《むしろ》を剥《は》がした。

唐丸籠のなかに猿轡《さるぐつわ》を嵌《は》められた大番頭の笠蔵が目を白黒させて座っていた。

「大番頭さん」

駒吉が籠を切り割き、笠蔵の猿轡も解いた。

「ご苦労様にございました」

おきぬが笠蔵の前に膝《ひざ》をついた。

「そ、総兵衛様は」

「まだにございます」

「なんと私だけが」

「心配はいりませぬよ。総兵衛様はもはや北町の手を離れておりますよ」

駒吉の言葉にようやく安堵《あんど》した笠蔵は、

「そなたら、ちと行動が遅すぎますぞ」

と三人を怒鳴りつけた。

四

夜明け前、苫船のなかで美雪が起きる気配があった。

「美雪、塩田で働くをやめにせよ」

総兵衛の声が響いた。

薄闇のなか、美雪の動きが凍りついたように止まった。

「今晩九つ（零時頃）の刻《とき》、浄興寺境内、琴弾松にて立ち合おうぞ」

美雪はしばらくそのままの姿勢であった。

「大黒屋総兵衛、そなたの恩は終生忘れはせぬ」

「いらざる言葉……」

美雪の口から洩《も》れた。

「総兵衛、そなたの手にかかって死ぬと、この苫船で決めた」

「尋常の勝負が望みじゃ」

美雪の叫びが血を吐くように変わった。

「もとよりそなたとの立ち合い、手を抜くことはせぬ」

「侮《あなど》るな。もはや平間村の深沢美雪ではない」

「勝負は時の運、生死のことは人知をこえておる。そなたに頼みがある、黙って聞いてくれぬか」

美雪の答えはしばらくなかった。

苫船の外で朝が訪れようとしていた。

子猫のひなが鳴いた。

「断る」

「ならば大黒屋総兵衛、立ち合いの場に姿は見せぬ」

「逃げるか」

「おおっ、尻《しり》に帆かけて逃げだすわ」

総兵衛の返答をしばし考えた美雪は腰に長脇差《ながわきざし》をたばさみ、朝ぼらけの苫船から去っていった。


呉服橋の北町奉行所の表門前には横広の広場があって、御堀そばに腰掛が設けられていた。公事《くじ》や訴人を待つ人々の待機場所であった。

どこぞの花か茶のお師匠さんといった体のおきぬが奉行所の表門に五つ（午前八時頃）前から訴人に混じって立っていた。

小塚原縄手の泪橋で北町奉行所筆頭与力犬沼勘解由ら三人の町方が殺された一件は、駒吉に流れに落とされて、岸に泳ぎついた若い同心によって呉服橋に知らされた。

保田宗易は内与力を現場に急派して、遺骸《いがい》を密《ひそ》かに回収して奉行所に戻らせた。

（おのれ、大黒屋一味め……）

歯ぎしりした保田だが、騒ぎたてると犬沼らが牢屋敷から密かに大黒屋の大番頭を連れだして小塚原の処刑場で始末させようとしたことが露見する。犬沼らを病死、あるいは捕物の最中の殉職ということで処理するように内与力に命じた。

（なんとしても大黒屋を潰《つぶ》さねば、わが身が危ない）

辰《たつ》ノ口《くち》の評定所においても、北町奉行所暴走の非を大目付、御目付から指摘された。幕閣にも二人の意見に賛同するものもいて、保田は苦しい立場に立たされていた。

（どうしたものか）

呉服橋の北町奉行所全体に重苦しい暗雲がかかっている。それはおきぬには保田越前守宗易の憤激を示しているように思われた。なにしろ腹心の配下、筆頭与力犬沼勘解由を殺されたのだ。

「おきぬさん」

背に風呂《ふろ》敷《しき》包みを背負った手代姿の駒吉が声をかけた。

「なんぞ動きはございますか」

堀端に歩いていったおきぬは、

「今のところは、保田奉行も動くに動けますまい」

小声で答えた。

「いとやに寄ってきました」

「大番頭さんの容体はどうです」

汨橋で奪い返した大番頭の笠蔵は、密かに大黒屋の対岸に暖簾《のれん》を上げる小間物屋のいとやの二階に運ばれ、奉行所、牢屋敷《ろうやしき》に入れられていた疲れを癒《いや》していた。

「朝餉《あさげ》にシラス干しと生卵をかけためしを二杯も食べられたとか、元気なものです」

おきぬが笑い、

「それはなによりです。今は笠蔵様も気を張っておられるゆえ、病に倒れることもないでしょうが、この先が心配……」

「あれだけ口が達者なら、心配無用と思います」

いとやには大黒屋の荷運び頭の作次郎と文五郎が隠れ潜んでいた。

昨晩、作次郎と文五郎は、大黒屋を抜けた磯松らと合同して又三郎らの後を尾行する犬沼勘解由の別動隊の同心と小者たちを山谷堀で急襲した。

「総兵衛様はどうしておられましょうか」

駒吉がおきぬに訊《き》いた。

「女武芸者の手に落ちた総兵衛様がじっとしておられるのがおかしい」

「奉行所での牢問いが陰惨残酷をきわめたと笠蔵様が申しておられた。怪我《けが》がまだ治っておらぬのではないかと心配されます」

「ありえます」

「総兵衛様のことです。お体さえお元気なれば」

女剣士の深沢美雪のもとから逃げだすことなどいとたやすいことだと思う駒吉とおきぬだった。

今ひとつ、おきぬの胸には駒吉にも言えない不安が生じていた。

女剣士の深沢美雪は若くて、美形だと作次郎がおきぬに話したのだ。

一つ屋根の下に暮らす男と女に憎しみを越えた感情が生まれたとしたら……。

（いや、総兵衛様にかぎってそのようなことがあるはずもない）

おきぬは内に芽生えた懊悩《おうのう》を消せない自分が情けなかった。

昼過ぎ、奉行所の表門を黒紹《くろろ》無紋の袷《あわせ》羽織を着た武士が潜《くぐ》った。同心とも風体が違い、門番の応対もどこか嫌がっているように見えた。

「あれが小人目付の杉野武三さ」

二人の背にいつの間にか忍び寄った作次郎が声をかけた。

「朝から小人目付を探して江戸じゅうを歩きまわったぜ。あいつさ、浅草の私娼屋《けころばし》に居つづけていやがった。慣れねえ金を持たせるもんじゃやないな」

作次郎は、情報料として切餅《きりもち》一つを摑《つか》ませていた。

「作次郎さんのことだ。また小人目付にねじを巻かれたか」

駒吉が笑った。

「なあに奉行所を監察するのはあやつの仕事だ。もっとも新たに十両ばかり取られたがねえ」

「さすがに私どもも奉行所には入りこめませぬ。それが十両で探っていただけるのなら、安いものです」

おきぬが応じた。

杉野武三が表門に顔を見せたのは一刻半（三時間）も後のことだ。すでに作次郎も姿を消していた。

奉行所の表門が閉まる刻限になり、訴人を待つ人々の姿も少なくなった。

おきぬも駒吉も用が終わったという体で呉服橋を渡り、町家《まちや》に入った。二人が訪ねたのは芝居町の堺《さかい》町にある酒と田舎田楽が売り物の信濃《しなの》みそという煮売酒屋だった。

大黒屋では力仕事の作次郎や荷運び人足たちがよく出入りする店だが、おきぬ、駒吉とも馴《な》染《じ》みであった。目敏《めざと》く二人を認めた女将《おかみ》のぎんが、

「お客様は帰られたよ」

と二階の座敷に作次郎だけがいることを教えてくれた。

二人が階段を上がると作次郎が、

「よかった、出迎えにいくところだったぜ」

と言った。

「なんぞ小人目付どのは話されましたか」

「今宵《こよい》にも大黒屋に北町《きたまち》の手が入るそうだ」

「点呼は毎日のことにございますよ」

「おきぬさん、保田奉行自ら大黒屋に立ち入られて、奉公人を一人ひとり吟味されるそうだ。奉行の意を汲《く》んだ与力久本峯一郎が必死の形相で走りまわっている。これまでのように員数だけの生温《なまぬる》いことじゃ終わりそうにもない」

「となると私どもの行方も追及されますねえ」

「又三郎さんを始め、外にいる私たちも戻っていたほうが無難かもしれないな」

作次郎は、駒吉に明神丸に走って又三郎に連絡をとって大黒屋に戻るように伝えることを命じた。

「おきぬさん、私たちは富沢町に戻り、信之助様にこのことを……」

はい、と頷いたおきぬの返事をしおに、信濃みその階段を三人は走りおりていった。

「大黒屋さんも大変だねえ」

女将のぎんがいったときには三人の姿は夕暮れに溶けこむように消えていた。

商停止《あきないちょうじ》の大黒屋ではいつものように暮れ六つの点呼がおこなわれ、住み込みの奉公人の数が調べられて、ふたたび大戸が下ろされた。それから一刻（二時間）後、大戸が蹴《け》り破られるように開かれ、家紋入りの陣笠《じんがさ》姿の北町奉行保田越前守宗易に指揮された与力、同心たちが雪崩《なだ》れこむように大黒屋の店先に入ってきた。

「お奉行、保田様じきじきのお調べじゃ。奉公人一同、店に集めえい！」

奉行のかたわらに立った諸問屋組合掛与力久本峯一郎が叫んだ。

店の帳場にいて所在なさそうに帳簿をくっていた三番番頭の又三郎が手代の稲平と清吉に声をかけて、店、台所、奥座敷から奉公人全員が集められてきた。

「一番番頭信之助他、住み込みの奉公人二十七人にございます」

信之助がかしこまって答え、奉公人台帳を差しだした。

若い同心が受け取ると久本に渡した。久本は、

「ここにおるのが住み込み全員じゃな」

「はい、さようにございます」

という信之助の言葉に、

「徹底的に家捜《やさが》しいたせ！」

と久本が同心たちに命じた。同心、小者が土足のまま奥へ、二階へ、蔵へ、台所へと駆けこんでいった。

「一番番頭信之助はどこにおる」

血走った両眼で睨《にら》んだ。

「私めにございます」

久本は、検分に立ち会わせた富沢町町役人らにたしかめる。

「一番番頭の信之助さんにございます」

これに、と国次が答えた。

「二番番頭国次は」

保田宗易が指揮した大黒屋への臨時立ち入りは一刻（二時間）以上も続いた。

奉公人台帳にある住み込み奉公人は、大番頭の笠蔵をのぞいて顔を揃《そろ》えていた。

「お奉行、店内にはここに控える者たち以外、見当たりませぬ」

家捜しを続けていた同心たちから報告を受けた吟味与力白神典忠《しらがみのりただ》がうんざり

した声音で上申した。

保田宗易の奉行解任はもはや奉行所内に知れわたっていた。

与力同心は奉行に仕えるわけではない。一代限りが決まりながら、奉行所そのものに仕えて、代々子に継がせていくのが不文律だ。もはや与力にも同心にも新たに赴任される奉行への関心しかない。だが、保田に過剰な期待を抱いた与力もいた。筆頭与力に抜擢《ばってき》された犬沼勘解由であり、諸問屋組合掛の担当与力の久本だ。だが、犬沼は密かに死体で奉行所に運ばれてきており、久本は今また墓穴を掘りつつあった。

「いや、大黒屋にはからくりがある。かまわぬ、壁を壊し、床を剝《は》いで調べよ」

保田宗易の命に信之助らの背筋に悪寒《おかん》が走った。

「お奉行、それは……」

と口答えする吟味与力の白神に、

「白神どの、お奉行の命が聞こえませぬのか」

と久本峯一郎が怒鳴った。

そのとき、閉じられた大戸が叩《たた》かれ、潜り戸が開けられた。入ってきたのは見張りに立っていた同心だ。

「お駕籠《かご》で通りかかられた大目付本庄伊豆守勝寛様がなんぞ出来《しゅったい》したか、助勢が必要あらば、大目付の手勢をと申されておられます」

信之助は、

(間に合った)

と安堵《あんど》した。信之助はおきぬから報告を受けたとき、大黒屋裏手のわた屋の米助に手紙を託して四軒町の本庄屋敷へ急を知らせたのだ。とはいえ、まさか本庄の殿様自らが出馬されるとは考えもしなかった。

信之助は思わず目頭が熱くなった。

見張りの報告はそれで終わらなかった。

「また御目付の配下、小人目付どのもさきほどから店の前に立って、こちらの様子を窺《うかが》っておられます」

御目付支配下の小人目付は町奉行所の監察を担当して御目付に上申できた。大目付自身と小人目付が監視するなかでは、いくら町奉行とはいえ無理はできない。

「なんとしたこと」

久本峯一郎が罵《のの》り声を上げ、白神が保田の許しも得ずに叫んだ。

「商停止の臨時点呼、ただ今終わったところ、ご助勢無用と丁重に申し伝えよ」

そして、保田奉行に向かい、

「お引上げの刻限にございます」

と上申した。


総兵衛は、四つ半（午後十一時頃）過ぎには浄興寺の名松、琴弾松の根元に置かれた石にどっかと腰を下ろしていた。両足の間には三尺六寸（約一一〇センチ）ほどの棒が抱えられ、膝《ひざ》には子猫のひなが丸まっていた。

その日、深沢美雪は苫船《とまぶね》に戻ってこなかった。予測されたことだ。

総兵衛はこの日、巌信和尚《おしょう》を訪ねた。

「お別れにまいりました」

「行かれるか」

「はい」

総兵衛は初めて名と身分を名乗ると、

「和尚に頼みがございます」

と用件を告げた。それを聞いた和尚が、

「承知した」

と快諾した。その巌信から筆、墨などを借り受けて二通の手紙を記すと、和尚に預けた。

雲間から月が顔を見せて、境内を淡く照らしつけた。

まだ総兵衛の体は完全な回復をみせていなかった。だが、大黒屋の商停止に最後の沙汰《さた》が下ろうとするおり、苫船で静養しつづけるわけにもいかなかった。

総兵衛はただ無念夢想の境地で深沢美雪を待った。

この刻限、深沢美雪はおくまんだしの清流で顔と手足を洗い、茶筅髷《ちゃせんまげ》を整えて、戦いに備えていた。

水面《みなも》に映る月に、美雪はふと父深沢秦之助《しんのすけ》と旅したかずかずの光景を思い出した。

美雪を生んだ母は、産後の疲れから亡《な》くなった。だから美雪には母の記憶はない。物心ついたときには父と二人だけの暮らしであった。

美雪の最初の記憶は京から山陰道へ向かう丹波福知山藩朽木《くつき》氏のご城下の長屋での日々であった。三万二千石の大名家と関わりがあってのことではない。どこぞに仕官の道がないかと放浪を重ねていた美雪の両親は、この地で美雪を生み、母が他界した。秦之助は乳飲み子を抱いての旅は無理と福知山に仕方なく滞在していたのだ。

仕官を求めての旅は美雪が四つになった年に再開された。

京に出た親子は北陸道に向かい、福井、金沢と旅を続けた。

日々の糧《かて》は、土地土地での人足仕事で得られた金だ。いよいよ金に困ったときには秦之助は町道場に立ち合いを申しこんだ。

秦之助の剣術は独習、野試合で腕を磨いたものだ。ねばり強く打ち負けることはなかった。

深沢秦之助は美雪に五つの誕生日から剣術を教えこんだ。幼い美雪に小太刀の使い方を念入りに習熟させた。

非力な者が使う、

(小太刀は機と速なり)

というのが秦之助の持論だ。

機とは機敏、機知、機略、機先、戦機である。相手の心を読めと教えこんだ。

速とは、速度、神速、速力と教え、相手よりも瞬余、早く打ちこめとその間合いを体に覚えさせた。

いつしか美雪は小柄な体を利して敏捷《びんしょう》に動き、太刀を早く振って相手に最初の打撃を与えることを習得した。

父の秦之助が路傍に倒れたのは伊達《だて》の城下の外れ、仙台の町道場を破った直後のことだ。門弟たちが後を追い、秦之助を大勢でなぶり殺しにした。

その光景を美雪は手に土鍋《どなべ》を持った姿で土手の草叢《くさむら》から眺めていた。

美雪は夕餉《ゆうげ》の支度に河原に下りていて襲撃を免れた。

十五歳の初夏のことだ。

その夜、仙台城下に戻った美雪は、門弟らを指揮していた伊達藩家臣の植木《うえき》某が道場から屋敷に戻るところを急襲して殺した。それが美雪が自らの手を血で染めた最初の殺人だ。

仙台から西に下って三年、美雪一人の武者修行が続けられた。対戦する相手は小柄な若衆を侮《あなど》って、致命的な失敗を犯した。初めて江戸に入った美雪の剣は、諸国行脚で凄《すご》みを増していた。

さらに二年後、浅草のめし屋で知り合った剣術家が、米沢藩の江戸家老色部又四郎が腕に覚えの剣客を雇っていると教えてくれた。

米沢藩の下屋敷に集められた応募の浪人者十三人をことごとく破った美雪は、破格の扱いで雇用された。

色部から与えられた仕事は、高家吉良上野介義央《きらこうずけのすけよしなか》を仇《かたき》と狙《ねら》う赤穂浪士一派の江戸入りを阻止することであった。

美雪らは一味の頭目、大石内蔵助の江戸入りの報に川崎宿外れの平間村の滞在先を襲った。が、なぜか大石は大黒屋総兵衛らに代わっていた。

(あの夜の恥辱を今晴らす)

美雪は改めて亡き父の霊に誓うと、口のなかをおくまんだしの清流で濯《すす》ぎ、立ちあがった。

総兵衛は瞑想《めいそう》していた両眼を静かに開けた。

その気配に気がついた子猫のひなが膝のなかで背伸びをして起きた。

総兵衛はひなを膝からかたわらの石にそっと移し、棒を握った。

境内に茶筅髷の深沢美雪がゆっくりと入ってきた。

裁付《たっつ》け袴《ばかま》に草履、腰に二尺（約六〇センチ）余りの長脇差を帯びていた。

「大黒屋総兵衛、そなたの命、貰《もら》い受けた」

「おれとの約定は覚えておろうな」

「この美雪は二度と敗れはせぬ」

「約定せよ」

総兵衛は棒を捨てると地面に正座して瞑目した。

「立て、立ち合え」

「おれの申すことを聞け」

「負けはせぬ」

「ならばそなたの手にかかって死ぬ。総兵衛はこの浄興寺を死地といたす」

総兵衛は不動の姿勢で石と化した。

時間が悠然と流れ、月を雲が覆《おお》い、また雲間を割って月光が差しつけた。

「総兵衛、深沢美雪がそなたに敗れて、生恥を晒《さら》したとしよう。そのときはそなたの申し出を聞き入れる」

「約定したぞ、深沢美雪」

総兵衛は立ちあがると三尺六寸の棒を手にした。

「いざ尋常の勝負！」

「深沢美雪、積年の恥辱を晴らす！」

美雪は父の形見の長脇差を抜くと正眼にとった。

総兵衛も棒を相正眼に構えた。

美雪はその瞬間を狙って行動をおこすことだけを脳裏に思い描いてきた。

が、細い棒の向こうに巨壁が屹立《きつりつ》して、美雪の動きを封じた。

機を失った。

（くそっ！）

まなじりを決して睨む美雪の視界に異変が生じた。

六尺を越える総兵衛の長軀《ちょうく》が細い棒の陰に隠れて消えていく。

（なんとしたことか……）

美雪の全身から汗が吹きだした。

幾度も白刃の下を潜《くぐ》ってきた美雪にして、動くに動けない。

「どうしたな、深沢美雪」

総兵衛の声が美雪に届いた。

「まいらぬなら、祖伝夢想流、落花流水剣、一手舞ってみせようか」

美雪は声に向かって突進した。

棒の陰から総兵衛が見えた。

（勝った！）

父と娘が苦難の旅の最中に創案した小太刀、小手斬《こてぎ》りの秘剣を総兵衛の不動の手首に打ちこんだ。

「えいっ！」

その瞬間、桜の花びらが散り舞うような一陣の微風を美雪は感じた。

無敵の小手斬りが無残にも外され、肩口に鋭い打撃を受けた美雪はその場に横転した。

美雪が意識を回復したとき、まず琴弾松が、続いて初老の和尚が美雪を眺めているのが目に入った。

「おお、生きておられたか」

巌信和尚がそういうと、語を継いだ。

「庫裏《くり》にきなされ。大黒屋総兵衛どのがな、そなたに手紙を残されておる」

(負けた。それも完敗であった)

仰向《あおむ》けの美雪の双眸《そうぼう》に涙が盛り上がってきて、和尚の姿が歪《ゆが》んだ。

第六章　決　闘

一

突如、大黒屋の商停止《あきないちょうじ》が解けた。

富沢町にふたたび光が戻ってきた。

大黒屋の大戸にべたべたと張られた「商停止」の沙汰《さた》がはぎ取られ、監視の役人たちの姿が消えた。すると信之助ら奉公人が箒《ほうき》やら雑巾《ぞうきん》を持って店の前に現われ、掃除を始めた。町内の住人やら鳶《とび》の若い衆が加わり、たちまち大黒屋は復活した。

鳶の頭が若い衆に命じて大黒屋の前の河岸《かし》に旗竿《はたざお》を三本立てた。それに錦《にしき》の鯉幟《こいのぼ》りが何流もつながれて、おりからの風に大きく泳ぎ始めた。

船着場には仕入れにきた荷船が接岸され、それまで滞貨していた注文の品が船で、馬で、人の背で運びだされていった。

大黒屋が普段の顔を見せ始めた九つ半（午後一時頃）過ぎ、ふたたび大黒屋の河岸に空の荷船が集まってきた。

指揮をしているのは荷運び頭の作次郎だ。

信之助を従えた大番頭の笠蔵が店先にいつもの顔を見せて、町内を見まわすとずり下がる眼鏡を鼻の頭に上げた。

「信之助、万々遺漏はございませぬな」

「はい。三井越後屋様へのご注文は揃《そろ》ってございます」

「ならば、間違いのないようにな」

大黒屋の二人の番頭の会話の直後、店の蔵から琉球絣《りゅうきゅうがすり》が、竹富麻布《たけとみまぶ》が、大島紬《つむぎ》が、天草更紗《サラサ》が、島原木綿が、佐賀錦《にしき》が、博多絞《しぼり》が、小倉織が、阿波藍《あわあい》が、丹波布が、京友禅が、丹後縮緬《ちりめん》が、西陣織が次から次へと運びだされ、船に積まれると、三井越後屋がある日本橋際《ぎわ》の河岸へと運ばれていった。それは何十人もの奉公人や人足たちが夕暮れ前まで働いてようやく終わった。

「さすがに大黒屋さんだねえ、蔵にはお宝の山だねえ」

「これがすべて新中古の品かい」

「それにしても、北町は新中古なんてえれえことを考えたもんだねえ」

「いやさ、北町の考えじゃないらしい。お城からの指図とさ」

「大黒屋さんの商停止を決めた久本峯一郎様と保田様に咎《とが》めはないのかねえ」

「咎めはあるまいが、立場は苦しくなるよ」

富沢町の古着屋の主《あるじ》や番頭が大黒屋から運びだされる品揃えとその量に驚愕《きょうがく》して言いあった。

「ともあれ、呉服橋は富沢町の〝惣代《そうだい》〟に打ち負かされたね」

富沢町の住人は北町奉行所と大黒屋の勝負を固唾《かたず》を飲んで見守ってきた。が、大黒屋の「商停止」が撤回された日に新中古の品々が三井越後屋に納品された事実は、

「呉服橋の北町奉行所と富沢町の大黒屋との戦い」

に決着がつき、大黒屋の勝利に終わったことを意味していた。

「笠蔵さんの薬缶頭《やかん》は拝んだがさ、肝心の総兵衛様はどうなさっておられるかねえ」

「噂《うわさ》によるとだいぶ奉行所で痛めつけられたという話だぜ。体を壊されてなきゃあいいがねえ」

そろそろ富沢町が店仕舞いを迎えようとした刻限、

「いってらっしゃいませ」

奉公人たちの声に送られて総兵衛が姿を見せた。

「おおっ、総兵衛様だ」

「元気ですかえ」

大黒屋の前を往来する古着仲間や馬方が声をかけた。夕闇《ゆうやみ》に総兵衛の牢問《ろうど》いの傷跡は隠されて見えなかった。が、体は明らかに痩《や》せてみえた。

「ご心配かけましたな。このとおり、総兵衛は元気にしておりますよ。留守をして皆さんにご迷惑をかけたぶん、明日から精出して働かせていただきます」

総兵衛は知り合いに挨拶《あいさつ》しながら、船着場に舫《もや》われた猪牙舟《ちょきぶね》に乗りこんだ。

船頭はさきほどまで三井越後屋への納品を指揮していた作次郎だ。

奉公人や町内の人に見送られて、舟の人になった総兵衛が入堀を下っていった。

「総兵衛様」

竿から櫓《ろ》に変えた作次郎が弾んだ声をかけた。

「三井《みつい》高富《たかとみ》様からよろしゅうお伝えくだされとのお言葉がございました」

三井越後屋の当主、八郎右衛門《はちろうえもん》高富の短い伝言に総兵衛は、新もの呉服店三井越後屋と古着問屋の大黒屋との強い結び付きと信頼を改めて感じた。

「それにしても新中古とは幕府も考えられました」

新中古という考えかたを発案したのは大目付本庄伊豆守勝寛だ。それも上様と二人の席でのご下問に咄嗟《とっさ》に浮かんだ考えだという。

信之助からそのことを聞かされ、総兵衛は感涙にむせんだ。

(なんという素晴らしき友か)

総兵衛の正直な気持ちであった。

「さきほど小人目付の杉野武三様に会いましてございます」

総兵衛は視線を作次郎に向けた。

「諸問屋組合掛与力の久本峯一郎様が役目不届きの儀ありとのことで切腹を命じられ、昨夜、役宅にて自裁なされたそうにございます」

保田越前守宗易の罪咎を一身に背負って、詰め腹を切らされたということであろう。

「まだ越前め、諦《あきら》めてはおらんということか」

入堀から大川に出た猪牙舟の上で総兵衛は銀煙管《ぎんぎせる》に刻み煙草《たばこ》を詰めて、火を点《つ》けた。

北町呼び出しの日以来、この数か月、煙草を吸うことはなかった。

その明け方、小さな黒猫のひなを抱いた総兵衛がふらりと大黒屋に戻ってきた。

驚いて迎える信之助らを制した総兵衛は、おきぬにひなを手渡すと、独り地下城に下りた。

神君家康様と初代鳶沢成元《なるもと》ら先祖の霊に無事生還の報告をして、加護を感謝するためだ。ふたたび信之助らの前に姿を見せた総兵衛は、まず一服点けた。

煙草は総兵衛にとって生きてあることの証《あか》しともいえた。

「心配をかけたな」

一族の者たちが固唾を飲んで総兵衛から不在の間のことを聞こうと待ち受けていた。

総兵衛の全身にはまだ牢問いの傷があざに残り、疲労が重くこびりついてい た。

総兵衛の身柄を奪い取り、笠蔵によると死さえ覚悟した傷を治してくれたのは、女武芸者の深沢美雪と想像された。

（どこにこの数か月おられたのか）

（美雪との果たし合いは……）

総兵衛から聞きたいことは山ほどあった。が、総兵衛は、

「いつの日か、おれが不在の日々を話すこともあろう」

とその関心を塞《ふさ》いだものだ。

紫煙が水上に流れ、作次郎の漕《こ》ぐ猪牙舟は越中島沖に停泊する明神丸に漕ぎ寄せられた。舷側《げんそく》から投げられた縄ばしごをするすると総兵衛が上ると、先行していた三番番頭の又三郎、手代の稲平、駒吉が船頭の仙右衛門らと一緒に迎

えた。

「仙右衛門、苦労をかけたな」

老船頭の仙右衛門や水夫《かこ》たちを労《ねぎら》った総兵衛は、独りだけ船倉への階段を下りていった。

「出してくれ、ここから出してくれ」

弱々しい嘆き声が暗い船底から響いてきた。

金沢八景の別邸で又三郎、駒吉、おきぬの三人に拉致《らち》された元京都町奉行能《の》勢《せ》式部《しきぶ》太夫《だゆう》と愛妾《あいしょう》五百鈴《いおすず》は、百石船から明神丸へと乗り移らされた後も船倉に閉じこめられていた。そこは昼と夜の推移も感じることができず、常夜灯がわびしい光を投げている場所だ。

総兵衛が船倉の一角に造られた檻《おり》のなかの男女を見た。

幽閉生活で真っ白な髪に変わった能勢式部太夫の視線は空《うつ》ろで力がなかった。口も緩み、つねに垂れ流れるよだれとともに独り言を喋《しゃべ》りつづけていた。あきらかに能勢式部太夫は狂気への途《みち》を辿《たど》ろうとしている。

沈黙したまま檻の隅に膝《ひざ》を抱えていた五百鈴は静かに佇《たたず》む訪問者に気づき、

顔を上げた。その表情はいまだ正気を保っていることを示して鈍い光をもっていた。そして、総兵衛を観察するように見ると、

「どなたはんでっしゃろ」

と格子戸《こうしど》に寄ってきた。裾《すそ》が乱れて白い足がのぞいた。

数か月の幽閉にも五百鈴の美貌《びぼう》は衰えることがなかった。かえって暗黒の闇に咲く牡丹《ぼたん》の艶《あで》やかさをみせて凄《すご》みがあった。

「私をここから出しておくれやすな。そなたはんには悪いようにはしませんえ」

「生島半六をその手で籠絡《ろうらく》したか」

「なんやて」

五百鈴はきっと尖《とが》った視線で睨《にら》んだ。

「大黒屋やな」

その声に能勢式部太夫が反応した。

「余は北町奉行に就く身じゃ、悪いようにはせぬぞ」

能勢は野心に正気を残していた。

「又三郎、作次郎」

と総兵衛は三番番頭らを呼ぶと、

「こやつを屋敷に送りとどけよ」

と命じた。

檻に嵌《は》められた格子戸が開かれ、能勢式部太夫と五百鈴が競い合うように出口に殺到した。

「殿さま、五百鈴をおいていかれはるのんか」

五百鈴が叫んだが、能勢式部太夫にはなんの反応もない。

又三郎が五百鈴の身を抑えると、作次郎が能勢式部太夫だけを引きだした。

すると異臭を放つ能勢式部太夫が、

「そなたを内与力に就けようぞ」

と胸を張った。

「もはやこやつが表舞台に立つこともあるまい」

又三郎と作次郎が能勢式部太夫の体を引きずるように階段を上がっていった。

がっくりと肩を落とした五百鈴に訊《き》いた。

「禁裏の女官であったおりに市川団十郎と知り合うたそうじゃな」

「うちの身元を調べてどうしはりますのんえ、助けてくれはりますのんか」

大黒屋総兵衛の関心は団十郎にあった。

(ならばこの手札をどう使うか)

五百鈴の脳裏に十五の年に起こった出来事が思い浮かんだ。

元禄《げんろく》六年(一六九三)、京に上った団十郎はこの年、三十五歳の男盛りであった。

仙洞御所の女官衆たちも団十郎人気に浮かれ、団十郎を御所へ招くことにした。その使いに立たされたのが年若い女官の五百鈴であった。

団十郎は禁裏からの誘いに一も二もなく承知した。

市川団十郎が女官衆のお召しに御所の門を潜《くぐ》った。が、御所の気位の高さと形式張った堅苦しさに一度の招きで辟易《へきえき》した団十郎は、二度目からの誘いは断った。それでも五百鈴は老女官らの命で芝居小屋に連日通わされた。そんな日、団十郎はなにを思ったか、若い使いの五百鈴に手をつけてしまったのだ。

五百鈴は京じゅうの女が騒ぐ団十郎との仲に夢中になった。

（意地の悪い女官衆には見向きもせんと、私に手をつけられた……）

だが、男盛りの団十郎と若い五百鈴では、考えも暮らしもかけ離れていた。

五百鈴の有頂天は長くは続かなかった。

御所の若い女官に興味を抱いたものの、団十郎はすぐに飽きた。団十郎の芝居が終わるのを待ちかねたように次々に女衆からの誘いがかかるのだ。女衆にかこまれ、ちやほやとされる荒事《あらごと》の創始者を、五百鈴は嫉妬《しっと》と憎しみの目で眺めて、

（おのれ、役者風情《ふぜい》が……）

と怒りを内に溜《た》めていった。

五百鈴の傷ついた心が癒《いや》される日がきた。

京に上った当初の団十郎人気が一気に萎《しぼ》んだのだ。

〈着る物の裾をねぢあげ、尻《しり》をつんだし足をけだして、「かつかじるべい」「こづくべい」などいはるるは、花車《きゃしゃ》とや申さん、でんぷとやいはん〉

団十郎の荒事は田夫《でんぷ》の芸、という烙印《らくいん》を京は押した。

五百鈴は団十郎の人気凋落《ちょうらく》に歓喜した。

団十郎は失意のうちに京から江戸に戻ることになった。

だが、不運は五百鈴の身を襲った。

どこから洩《も》れたか、団十郎と五百鈴の艶事《つやごと》が仙洞御所じゅうに知れわたり、五百鈴は石もて追われるように御所を去らねばならなくなった。

五百鈴は御所から島原に身を移した。

(気位だけではお腹《なか》はふくれまへん)

五百鈴はたちまちその美貌と仙洞御所の女官という履歴によって、島原一の遊女になっていく。そんな五百鈴のもとに江戸での市川団十郎人気が伝わってきて、忘れていた嫉妬と憎悪の炎を掻《か》きたてた。

京都町奉行に能勢式部太夫が赴任してきたのはそんなおりだった。

町奉行を接待する宴席に侍《はべ》った五百鈴の美形が、能勢式部太夫の目にとまった。京の商人たちは新任奉行に島原から身請けした五百鈴を妾《めかけ》として贈った。

五百鈴もまた旗本三千石の能勢式部太夫の力を借りて報復することを考えていた。

御所と遊廓《ゆうかく》の暮らしで男の機微と欲望を知り尽くした五百鈴にとって、永の無役だった能勢式部太夫を骨抜きにすることなどいとたやすいことであった。

京女の五百鈴の手練手管に引っ掛かった式部太夫は五百鈴を江戸に連れ帰ると約定した。

「うちは妾ではいやどすえ。お殿様の奥方なら、江戸に下りましょう」

「よいよい、そなたがわしの奥方どのじゃ」

五百鈴は正室の地位を確固とするために能勢式部太夫の奥方に手紙を送りつけて、二人の仲を知らせては意地悪を続けたものだ。

江戸から吉報が届いた。

能勢式部太夫の正室結佳が亡《な》くなったという知らせだった。

五百鈴はだれはばかることなく旗本三千石の奥方となれるのだ。

出入りの呉服屋が江戸の名代の荒事役者が変わった舞台衣装を注文してきたと漏らしたとき、五百鈴の脳裏に十五のおりに受けた失意への復讐《ふくしゅう》の絵図が出来上がった。

「五百鈴とやら、おれの意思ではどうにもならぬわ」

「そなたの意思ではどうにもならぬとは……」

「そなたを待っておられる方があるでな」

と謎《なぞ》めいた言葉を吐いた総兵衛が言い継いだ。

「そなたが市川団十郎どのの一件を話すならば考えんでもない」

「助けるといいはりますの」

五百鈴が身を乗りだした。

「市川団十郎はうちの最初の男はんや。うちが十五のとき、団十郎の手によって無理やりに女にされたんや。それだけのことどすえ」

「もはや十数年の歳月が流れておる」

「十五の娘には忘れることできしまへん」

総兵衛は十数年にわたって復讐の炎を燃やしつづけてきた女を悲しげに見た。

「生島半六が市川団十郎を刺殺する数日前、そなたは手紙と一緒に小裂《こぎれ》を団十郎に届けたそうな」

「よう調べはりましたな」

「団十郎どのは芝居がはねた後、このおれと会う約束であった。脅迫の一件を相談されようとしたのじゃ」

「生島半六が一手早かったか」

五百鈴は狂気に憑《つ》かれたように笑った。

生島半六が市川団十郎に役柄のことなどで不満を抱いていると聞き知った五百鈴は、贔屓《ひいき》を装《よそお》って近づき、半六を屋根船に呼びだした。五百鈴の美貌と京言葉にうっとりした半六に、五百鈴は一度だけ体を与えた。その後も五百鈴は半六と会うには会ったが、情を交わすことは拒みとおした。

「五百鈴様、なぜじゃ、半六の想《おも》いに火をつけておいて生殺しとは殺生《せっしょう》な」

半六のもだえる耳元に五百鈴が囁《ささや》いた。

「団十郎様がうちのこの体に執心どす。もうどなたはんにもあげられまへんのや」

「なんやて、成田屋が……」

まさか半六があのように性急に行動するとはさすがの五百鈴も夢想もしなかった。だが、大黒屋の話を聞いて、生島半六に仕掛けておいた情欲の罠《わな》が正しかったことを悟った。

「大黒屋どの、なんとしても命を助けてたもれ」

「小裂に隠された秘密、話す気はないか」

海千山千の五百鈴は総兵衛が簡単に手玉にとれる男ではないことを察した。

「大黒屋、そなたのさかしら顔に言うておくえ。京から持参した小裂、団十郎が死のうとも市川宗家を代々脅かしつづけますえ」

五百鈴の表情と語調が変わり、憎々しげに笑ったとき、駒吉が姿を見せた。

「お見えにございます」

「うーぬ」

と答えた総兵衛は、

「こやつを引きだせ」

と命じると船倉から消えた。

五百鈴は舷側《げんそく》から猪牙舟《ちょきぶね》の舳先《へさき》に降ろされた。

船頭は総兵衛自身だ。

その総兵衛の足下に小さな影がひっそりと丸まっていた。

舟が明神丸の舷側を離れて、大川河口に向かった。

「大黒屋、どこに連れていく気じゃ」

長い幽閉から解放された五百鈴の声には期待と不安が綯《な》い交ぜにあった。

「おれはただの船頭じゃ。老女どのに聞けえ」

「老女どのとは……」

総兵衛の足下にうずくまっていた影が動いて、顔が五百鈴に向けられた。

月光が老女の顔を照らした。

「女狐《めぎつね》め、そなたの行く先は地獄とやら」

「ち、千登世……」

「今こそ結佳様の怨《うらみ》を晴らさせてもらいますぞ」

千登世の手にきらりと短刀が光った。

「なんとしたことが」

五百鈴が舳先によろよろと立ちあがった。

周りは月光に青く照らされた江戸の海が広がっていた。

千登世がにじり寄るように舳先へ進む。

「結佳様のお恨み、覚悟せえ」

千登世が立ちあがり、五百鈴が素手を虚空《こくう》に振って、

「死にとうはない」

と叫んだ。

「覚悟！」

千登世は叫び声とともに短刀の切っ先を五百鈴の胸元に突っこんだ。老女とも思えぬ力強さで、振りはらおうとした五百鈴の手をかい潜《くぐ》って胸に刺さった。

「ぐえっ！」

それでも五百鈴は小柄な千登世の首筋を両手で摑《つか》むと必死で締めあげようとした。

二つの影が絡《から》み合い、一つになった。

五百鈴は若かった。が、長い拘束の暮らしに手足が萎《な》えていた。

老女の千登世には結佳の怨念《おんねん》が乗り移って、短刀を持つ手に力を与えた。

五百鈴の手から徐々に力が失われていった。

「女狐め、地獄へ行きやれ」

千登世は短刀を抜くと肩で五百鈴の体を押した。

五百鈴の体がゆらりと揺らいで船縁《ふなべり》から海へと転落していった。

「本懐を遂げられたな」

「大黒屋どの、六角家はこの恩を忘れまいぞ」

総兵衛と千登世を乗せた小舟はゆらりゆらりと大川へ向かった。

月光に照らされ、五百鈴の死体が寂しげに海に浮かんでいた。

二

夜明け前、深川八名川町の住まいを出た鹿島新当流堀内伝蔵は、近くの大川端に行き、木剣の素振りをする。

元禄六年（一六九三）に架けられた長さ百十六間の新大橋が望める川岸には、造船所、灰会所、御船蔵などがならび、ぽっかりとした空地が残っていた。

長年使いなれた房州産の赤樫《あかがし》の木剣は三尺四寸（約一〇三センチ）、常人では振り切れないほどずっしりと重い。

堀内はこの赤樫の木剣で毎朝千回におよぶ素振りを繰り返してふらつくこともない。

面から小手、胴打ちから袈裟《けさ》に変幻して、その動きは流麗かつ豪壮を極めた。

堀内の鹿島新当流はおよそ武芸の始まりといえる古い流儀だ。

『武芸小伝』には、

「夫《そ》れ刀術は、武甕槌命《たけみかづちのみこと》、経津主命《ふつぬしのみこと》、十握《とつか》の剣を倒《さかしま》に地に植《つき》たて、其《そ》の鋒端《さき》に踞《うずくま》る神術に始まる」

とあって、鹿島、香取の両神が天孫降臨に先立って、出雲《いずも》の地に出向いて、伊那佐浜に剣を立てて、大国主命と談判したことが武芸の始まりとされる。

この淵源《えんげん》により、

「常陸《ひたち》鹿島の神人、其の長たる者七人、刀術を以《もっ》て業となす。今に至りて関東七流と号する者は是なり」

と定まった。

吉川家は鹿島神宮に仕える卜部《うらべ》であり、大行事職を世襲していた。大行事職は神領の治安にあたる者であり、吉川家はその総領として武術修得の要があったのだ。遠祖が天児屋根命《あめのこやねのみこと》という吉川家の十一代目の孫、雷大臣命《いかずちおおおみのみこと》が鹿島に漂着して、卜部吉川家の始祖となり、さらに四世の孫が鹿島武術中興の祖として仰がれる国摩真人《くになずのまひと》であった。

さて吉川家から不世出の名人が現われた。

延徳元年（一四八九）に吉川左京覚賢《あきたか》の次男に生まれた、塚原卜伝《つかはらぼくでん》（名は高幹《たかもと》）である。卜伝は実父の覚賢から鹿島の剣の手ほどきを受け、さらに養父の塚原土佐守からは香取系の武術を叩きこまれた。

卜伝は生涯を武者修行に費やした武芸者であった。

初めての剣の旅は十七歳のときから三十歳までとされる。この間に、

「真剣の試合十九度、戦場のはたらき三十七度、いちども不覚をとらず、矢きず六ケ所以外に傷一つ受けず、立ち合って敵を討ち取ること二百十二人」

と無敗を誇った。

この旅から鹿島に戻った卜伝は鹿島神宮に参籠《さんろう》すること千日。心の修養と剣

理の探求に没頭し、鹿島の剣の神髄を悟って「一つの太刀」を完成させた。以後、卜部の伝統を継承する意で、卜伝流と称されるようになった。

卜伝の死後、卜伝流は新当流と命名されたが、その意味するところ、

一　神道《しんとう》流の替え字
一　鹿島古来の剣術に新意を加えたによって新当流
一　鹿島神宮千日参籠の折り、「心を新にして事に当たれ」とのご神託

と諸説が伝えられる。

ともあれ、卜伝死後も鹿島の剣技は日本の武術の祖として脈々と新当流を守る吉川家に継承されてきた。

堀内伝蔵は、貞享《じょうきょう》二年（一六八五）の冬から鹿島の吉川家の道場に住み込み、厳しい修行に明け暮れた。その後、卜伝の跡を辿《たど》って武者修行を重ね、八年前に深川八名川町に道場を開いた。

伝蔵には鹿島新当流こそ剣術の源という誇りと自負があった。それが堀内の剣技に自信と重厚を加えていた。

およそ一刻《とき》余、赤樫を振りつづけた伝蔵は、流れる顔の汗を手ぬぐいで拭《ぬぐ》う

と、草履を脱ぎ捨てた。

そのとき、滔々《とうとう》とした流れに目をやった。

伝蔵の背から朝の光が昇り、水面を赤く染めた。

(剣友犬沼勘解由が斬《き》り殺された)

と奉行の保田宗易から内々に知らせがあった。

旧敵の大黒屋総兵衛かと考えたが、保田の手紙では総兵衛自身は行方不明、その手下の仕業であろうとの知らせであった。

(親友とは言いがたい)

犬沼ではあったが、堀内の闘争心に火をつけたことはたしかだ。

弟子の奥村皓之丞《ひろのじょう》を倒され、今また犬沼を彼らは倒した。

(仇《かたき》を討つか)

堀内は徐々に心を固めつつあった。

素足の堀内伝蔵は剣の柄《つか》に手をかけて、両足を開き気味にして腰を沈ませると呼吸を止めた。

川端の時《とき》が一瞬停止した。

裂帛《れっぱく》の気合いが堀内伝蔵の口から洩《も》れると、備前国《びぜんのくに》の名鍛冶《かじ》長船五郎左衛門尉《おさふねごろうざえもんのじょう》清光《きよみつ》二尺四寸二分（約七三センチ）が朝の大気を斬り裂いた。

この朝、大黒屋総兵衛は明神丸の船頭仙右衛門をともない、大川を越えた。猪牙舟《ちょきぶね》の漕《こ》ぎ手は作次郎だ。

鳶沢一族の二人、初老の仙右衛門と壮年の作次郎は叔父甥《おい》の間柄である。

大川のなかほどに出たとき、深川の町から太陽が上がってきた。

「総兵衛様」

仙右衛門が一族の頭領に声をかけた。

「われに頼みとはなんでございますな」

海の上で暮らす仙右衛門の喉《のど》は嗄《しわが》れて、その膚《はだ》は焼けて黒ずんでいた。

「仙右衛門、いくつになったな」

「五十を越えた。もう無理はきかねえよ」

「叔父貴、江戸に着いた夜に吉原田圃《たんぼ》を走っていくのはだれだえ」

作次郎が櫓《ろ》を操りながら口を挟んだ。

「馬鹿《ばか》こくでねえ。もはやそんな元気もねえよ」

仙右衛門も作次郎も大黒屋の荷の輸送を担当していた。

信之助らのように如才のなさも人あたりのよい愛想もない。板子一枚下は地獄の船頭であり、人足の頭だ。二人ともぶっきらぼうで物言いも直截《ちょくせつ》だ。

総兵衛は海に生きてきた仙右衛門の素朴さ、剛直さが好きであった。

「夏吉郎を失ったのはなんとも無念、一族にとって痛手であった」

駿府丸《すんぷまる》が襲われて五人の一族を失って、早や三か月が過ぎようとしていた。

「あやつが一人前になったあかつきには総兵衛様に相談申しあげてよ、われの後継にと考えていただよ。なんとも痛ましいことじゃった」

「仙右衛門、夏吉郎を失った今、明神丸の次の船頭を急ぎ育てねばならぬ」

「へい、一人ふたり頭にねえでもねえ。じゃが、明日からというわけにもいかぬわ」

「そうそう簡単に仙右衛門を鳶沢村に隠居させてたまるものか」

総兵衛が笑って、

「仙右衛門にはもう一働きしてもらわねばならぬ」

と語調を変えて言った。

「なんでございましょうかな」

「新しい船を造る」

「駿府丸の代わりけえ」

夏吉郎と一緒に廃船となった百石船の代船かと仙右衛門が訊《き》いた。

「いや、違う」

「どう違うな、総兵衛様よ」

「これまで仙右衛門が見たこともないような大きくて船足の速い船じゃ」

「大きゅうて船足が速い、とな」

「おお、二千石は一度に積める大船じゃぞ」

「二千石ですと」

仙右衛門が仰天した。

宝永元年のこの時代、二千石船はまだない。物産の大量輸送に二千石級が登場してくるのは十年以上後の享保年間である。

「なんともはや途方もねえよ。二千石となりゃあ、船の長さも帆柱も八十尺

（約二四メートル）は越えようぞ」

「そうじゃ、だれもが造らなかった船を大黒屋が造る」

「驚いたぜよ、総兵衛様」

「驚くのは早い。新しい二千石船の船頭が仙右衛門じゃぞ」

仙右衛門が絶句した。

「仙右衛門、二千石の船を走らせることができるか」

「いまだだれもやったことがねえ話だ。なんともいえねえが、われが三十反帆を操船するのは悪くはねえな」

仙右衛門が驚きから立ちなおると豪快に笑った。

慶長十四年（一六〇九）、幕府は西国大名が所有する五百石積み以上の大船を没収する、俗にいう「大船禁止令」の措置をとった。『徳川実紀』には、

「……近ごろ西国の大名等、ややもすれば城郭を修築し、戦艦多く造る事、御けしきにかなわず」

とあるように軍船の禁止であって荷船（商船）の禁止ではない。

時代が下った寛文十年（一六七〇）、幕府は江戸商人河村瑞賢《かわむらずいけん》に陸奥《むつ》から江戸

への幕府領米の回漕を命じた。この江戸廻米をきっかけに河村瑞賢は海運刷新に手をつけ、東廻り海運、西廻り海運の整備がなされた。また商品輸送の手段として菱垣《ひがき》廻船が上方から江戸へ酒、醬油《しょうゆ》、塩、木材などの物品を定期的に運んできており、天和《てんな》二年（一六八二）には酒荷専用の伝法船まで登場していた。さらに雑多な商品を積んで寄港地で商品の売買をおこなう大型の北前船などの買積《かいづみ》船も出現していた。

「仙右衛門、二千石の大船を造れば、幕府に目をつけられよう。じゃが大量に安く物が運べる海上輸送はもはやだれにも止めることはできぬ。われらは軍船を造るのではない、荷船を造って江戸に物を運んでこようというのだ。この大船がその突破口よ。三十反帆ですむわけもないわ」

「なんとのう。それでいつ船を造りなさるな」

「叔父貴、これから明神丸を造った竹町の船大工を訪ねるとこだよ」

総兵衛から行き先だけを聞いていた作次郎も興奮の体で言った。

猪牙舟は新大橋を潜《くぐ》って深川へと接近していた。

総兵衛はそのとき、川岸で抜き打ちの稽古《けいこ》をする武士の姿を目に止めた。

腰の剣を抜くとそれが一条の光になって面を打ち、胴に返し、虚空《こくう》に円弧を描いた白光が袈裟《けさ》に落ちた。

動きに無駄がなく、流麗であった。

剣を使う中年の武士の腰はしっかりと安定して、足は地に吸いついたようで重厚な剣捌《さば》きだ。

(見事な腕前じゃ)

総兵衛は惚《ほ》れ惚《ぼ》れと剣客の稽古に見とれた。

堀内伝蔵の無念無想の脳裏に雑念が生じた。

(だれぞに見られていた)

川端で木剣を振るい、剣の抜き打ちを稽古するのは毎朝の例だ。近くの住人は、

「また八名川町の先生が棒振り稽古をしているぜ」

と関心もなく通りすぎる。

堀内伝蔵は動きを止めると、備前長船清光を鞘《さや》に納めた。そして、視線を川《かわ》

面《も》に転じた。

一艘《そう》の猪牙舟が堀内伝蔵が立つ川岸近くを漕ぎあがっていた。

その舟上に青丹《あおに》色《いろ》の小袖《こそで》を着た長身の男が視線を伝蔵に向けていた。

総兵衛と伝蔵の視線が水上で交わり、総兵衛は静かな笑みを湛《たた》えた会釈《えしゃく》を送った。

伝蔵もまた総兵衛に目で答礼を返した。

猪牙舟はゆっくりと上流へと上がって伝蔵の視界から消えた。

竹町ノ渡しの下流に船大工の棟梁《とうりょう》、統五郎《とうごろう》の造船場はあった。明神丸を造ったのも先代の統五郎とまだ浜吉《はまきち》といっていたころの当代の統五郎だ。

「これは大黒屋の旦那《だんな》、悪い知らせを耳にしてましてな、心配しておりました。お見かけしたところ達者の様子、なによりでございます」

働き盛りの統五郎の造船場には御簾《みす》に囲まれた一角があって、三百石船がほぼ完成をみようとしていた。

「心配をかけましたな。もはや大丈夫です」

「今日は仙右衛門さんまで同道で明神丸の修理ですかえ」

作業場の一角で四人が向き合っていた。

「統五郎さん、あんたに船を造ってもらいたい」

総兵衛は懐《ふところ》から折り畳んだ紙を出すと広げてみせた。

単色ながら描かれた船は、総兵衛が拷問《ごうもん》の最中に見た夢の船だ。富沢町に戻った総兵衛は、まず夢の船を描いた。

「なんとこりゃあ、見たこともねえ」

統五郎が仰天して言った。大船を造るという話を聞いたばかりの仙右衛門も作次郎も唖然《あぜん》として、絵に見入った。

三枚の主帆の他に二枚の補助帆があって舳先《へさき》と艫《とも》に弥帆《やほ》まであった。

「三本柱ですかえ、それにしても大きゅうございますね」

「おそらく航長でも六十尺（約一八メートル）は越えよう。船幅は三十尺だ」

航長とは主船体の部分、総船長は二十余尺ほど長くなる。

統五郎はしばし沈黙して頭に思い描いている様子だった。

「大きい、大きゅうございますねえ」

「統五郎さん、大きいばかりじゃない。明神丸の二倍を積んで、二倍の速さで走る船がほしい」

「途方もねえ注文だ」

と言いながらも、統五郎の頭は新しい船の設計で渦巻いていた。

総兵衛の脳裏にも新しい古着屋の未来があった。

明神丸とこの新しい大船を活用して日本じゅうから呉服、綿ものを買い集めて、江戸に運ぶ。そして、新品から古着を上等下等と品質や量を選別して、質のよい新ものは三井越後屋のような江戸の呉服店に卸し、古着はいまだ綿花栽培のできない北国に売りさばく。それも大量に安価にだ。

総兵衛の頭にあったのは北前船のように船自体が店となる買積船だ。

そのためにはどうしても新しい大船が要ったのだ。

「ここに仙右衛門を連れてきたのは船頭の注文も聞いてもらいたいからだ」

しばらく造船場に沈黙があった。

「やれるか、やれるな」

「安請け合いはできねえ」

と慎重に統五郎が応じた。

「いやさ、これほどの注文だ。竹町河岸《がし》の船大工統五郎の手でやってみてえ」

絵図面を注視した統五郎は熱に浮かされたように呟《つぶや》いた。

「やってくれ。総兵衛が思い描いた夢の船を造れる船大工は、統五郎しか思いつかぬからのう」

「旦那、二、三日、返事を待っちゃくれめえか。わっしなりに旦那の絵図面を図面におこしてみて、はっきりとした確信がもちてえ」

船大工は注文に応じて助《すけ》職人を集め、仕事をさせる。これほどの大船建造となると何十人もの老練な船大工がいる。なにより二千石の大船を支えきる強度、確固とした技術が必要であった。

「都合がいいことに三百石が数日内に船下ろしができる。あそこに働いていた船大工職人をどうしたものかと思案していたところだ」

「統五郎さん、おまえさんに思案がついたら富沢町を訪ねてきてくれまいか。あんたの図面しだいでは前渡し金も払いますぞ」

「へえ」

「仙右衛門を残していきます。二人でな、よく話し合って色よい返事を持ってきてくだされよ」

「へえっ」

と統五郎が緊張の面持ちで返答した。

京都町奉行を勤めあげた旗本三千石の能勢式部太夫が金沢八景の別邸から駿河台《するがだい》上の屋敷の門前に一人戻ってきた。それも早朝の門前に駕籠《かご》が放置されていて、門番が扉を開けてみると、主《あるじ》の式部太夫が呆《ほう》けた顔で座っていた。

門番は慌《あわ》てて駕籠を邸内に入れると、用人に急を告げた。

能勢式部太夫の変わりかたは異様であった。

頭髪も眉毛《まゆげ》もわずかな間に真っ白と化し、深い皺《しわ》を刻んだ顔は艶《つや》もなく染《し》みだらけで年寄りそのものだ。妙に白っぽい顔の締まりはなく、口端からはつねによだれが垂れつづけて、聞き取れない言葉を喋《しゃべ》りつづけていた。

「なんとしたことか……」

用人は慌てて、式部太夫を奥座敷に運び、床に寝かすと出入りの医師を呼んだ。

医師は、式部太夫の体を診察すると、

「なんぞ考えられないことが殿様の身に起こった様子にございますな。それが一夜にして白髪と変え、頭を狂わせなされた」

「なんぞ考えられないこととは、いったい何でございます」

「推量にしかすぎぬが、途方もない恐怖を体験されたやもしれぬ」

「お医師どの、殿は尋常に立ち戻れましょうかな」

医師はしばらく沈黙した。

「……であればよいが」

用人は子なき能勢家の行く末を案じた。

「ともあれ、今は様子をみるしかござらん」

用人は能勢式部太夫の病気を目付に届け、式部太夫の様子を見ながら、養子なりなんなりと世継ぎを立てる画策を考えた。

次期の北町奉行を約束されていた能勢の身辺に注意を払っていたのが、現奉行の保田越前守宗易である。

能勢乱心の報を知らされた保田は小躍りして喜んだ。

さっそく能勢式部太夫の身辺に密偵を放つと、式部太夫の尋常ならざるの情報が集まった。

保田は能勢家の出入りの医師に内与力を面会させ、

「御用である。能勢様のご容体を正直に話してくれ」

と迫った。

医師は一応迷うふりをした後、

「御用とあらば仕方ございませぬ。能勢式部太夫様の狂気、ただ今のところ、治る見込み立ちませぬ」

と答えたものだ。

「ただ今と申したが、数か月後にはどうじゃな」

「おそらく……」

医師は首を横に振った。

「幕府の要職に就いて、お上の御用をうけたまわることなどどうかな」

「万が一にもございませぬ」

内与力の持ち帰った知らせに保田は破顔した。犬沼勘解由を殺され、久本峯一郎に詰め腹を切らせて、二人の腹心の与力を失うという事態にがっくりとしていた保田は久しぶりに気色を晴らして内与力に命じた。

「ひさかたぶりに駒込のお屋敷にお歌の方様を訪ねようと思う。八名川町の堀内道場に使いを出して、先生にな、駒込道中まで同道してくれと頼んでみよ」

「はっ」

呉服橋から使いが深川八名川町へと出された。

三

この夕刻、大黒屋総兵衛は四軒町の本庄伊豆守勝寛を訪ねた。

出迎えた老用人の川崎孫兵衛が総兵衛のあざが残る顔を見ると、

「よう戻られた……」

と言葉を詰まらせ、瞼《まぶた》を潤《うる》ませた。

「ご心配をかけました、孫兵衛様」

孫兵衛は玄関番の若侍を奥に走らせ、自ら主の許《もと》へと案内した。

「総兵衛、堅固《けんご》でなによりであった」

若侍の知らせに廊下まで迎えに出た勝寛が総兵衛の様子に目をやり、自らを納得させるように何度も頷《うなず》いた。

「本庄様」

二人は互いに視線を交わした。それだけで分かりあえる友であった。

座敷で対座した二人の前に奥方の菊《きく》も顔を見せ、

「大黒屋総兵衛どの、ようご無事で……」

と両眼にうれし涙を浮かべた。

「今、酒《ささ》の用意をいたしまする。今宵《こよい》はゆっくりとしていってくださりませ」

菊が足早に去り、二人だけになった。

「苦労をしたようじゃな」

凄惨《せいさん》な傷が残る総兵衛の顔を改めて行灯《あんどん》の明かりでたしかめた勝寛が言った。

「北町の保田奉行もちと無理をなさったようでございます」

「古着屋に新ものを売るなと申しても時代を遡《さかのぼ》れというようなものじゃ」

「総兵衛はなんとよき畏友《いゆう》を持ったものでございましょうな。総兵衛が富沢町に生きて戻れたのは偏《ひとえ》に勝寛様のお力ゆえにございます」

総兵衛は勝寛の前に平伏した。

「友の間で礼はいらぬ。総兵衛、頭を上げてくれ」

勝寛の重ねての言葉に総兵衛が顔を上げた。

「それにしても勝寛様、新中古とは考えられましたな」

「上様のお召しに咄嗟《とっさ》に頭に浮かんだ考えじゃ。上様はな、新中古とは新ものではないのかと大層おもしろがられておられたわ」

勝寛は綱吉と二人だけの会話を思い出したか、満足げな笑みを浮かべて、総兵衛にその様子を語ってくれた。

「勝寛様の日頃の忠義が報われる前兆にございましょうぞ」

菊が女中たちに膳《ぜん》を運ばせて、自らは酒器を捧《ささ》げ持ってきた。

「ごゆるりとしていってくだされよ」

勝寛と総兵衛は互いに相手の杯を満たし合い、目礼を交わすと喉《のど》に落とした。

「うまい、酒がうまいわ」

「おいしゅうございますな」

なんの遠慮もいらぬ二人だけの刻《とき》がゆるやかに流れた。

「総兵衛、昨日、城中で本番御目付の一色国忠《いっしきくにただ》どのが声をかけてこられた」

旗本を監察糾弾する御目付は二十余名いた。担当する職域が広いためだ。これら御目付の上席を当番御目付、本番御目付と称して千石高の旗本から選ばれた。

もちろん大名を監察する大目付と御目付では格が違う。当然のことながら禄《ろく》高《だか》と官位も大目付が上であった。

「一色どのは京都町奉行職を勤めあげられた能勢式部太夫どのが物狂いになられたとか、とても新たな御役は勤められまいと耳打ちされた」

総兵衛はただ頷いた。

「能勢どのの奥方は高家《こうけ》肝煎《きもいり》六角家の出と聞いた。その奥方が能勢どのの京都赴任中に亡《な》くなられたと思うたら、主どのの乱心じゃ。能勢家には跡継ぎはおらぬというし、きびしいな」

勝寛はそう言うと、

「一色どのがわしに声をかけてこられたは能勢家の話を伝えるためだけではなかった」

と言い足した。

「北町奉行の辞任が内定しておる保田越前守宗易が近ごろ元気になって、駒込御殿にしばしば通っておるそうじゃ」

駒込御殿とは綱吉が柳沢保明に贈った広大な土地に建てられた駒込別邸のことである。

柳沢はこの別邸に六義園《りくぎえん》を造って、しばしば綱吉を招いていた。

この別邸の女主が柳沢の愛妾《あいしょう》、お歌の方であった。

保田はそのお歌の方のもとに通っているという。

「一時《いっとき》は消沈していたというがな、なんぞ耳よりな話でもあったかな」

勝寛がにたりと笑い、さらに言った。

「死に体奉行が生き返っては、波風がたつと一色どのも苦笑いしておられたわ」

総兵衛もにやりと笑い返した。

総兵衛は用人の川崎孫兵衛に門前まで送られ、本庄家の家紋入りの提灯《ちょうちん》を借りて、家路についた。

ほろ酔いの大黒屋を見送った孫兵衛は、主のもとにふたたび顔を見せて、

「総兵衛どの一人で帰してよかったのでございましょうかな」

と心配を口にした。

(なあに総兵衛には影の手下が警護しておるわ)

という言葉を胸の内で吐いた勝寛は、

「総兵衛をだれが襲うものか。反対に手取りにされようぞ」

と笑った。

四軒町の本庄邸を出た総兵衛は三河町新道から鎌倉河岸《がし》に出た。

御堀から吹きあげる風がなんとも心地よく総兵衛の頰をなでた。御堀の向こうには親藩の大名家が御城を守るかのように甍《いらか》を連ねていた。

総兵衛は御堀にそって東へと曲がった。

鎌倉河岸から龍閑橋を渡って常盤橋《ときわ》そばの金座屋敷まで行き、本町の通りを大伝馬町、通旅籠町《とおりはたご》と下って大門通りに入り、富沢町へ戻る心積もりであった。すると、龍閑橋から一丁の乗り物が総兵衛のほうにやってきた。

提灯持ちの明かりに見えたのは打揚腰網代《うちあげこしあじろ》、陸尺《ろくしゃく》六人の乗り物であった。総兵衛は御城下がりの旗本家の乗り物か、と見当をつけた。

夜の鎌倉河岸は広々としてすれ違うのは自在であった。が、乗り物は総兵衛に向かってやってくる。

(さて呉服橋の襲撃か)

北町奉行の保田宗易が仕掛けた刺客がなんぞからくりを持って近づく姿かと思ったが、一行からは殺気が放たれていない。

乗り物と総兵衛の間が十間（約一八メートル）と縮まったとき、総兵衛は乗り物の進む方向から外れて、足を止めた。

乗り物がさらに接近して、腰を屈《かが》めて会釈《えしゃく》する総兵衛の前に止まった。

護衛の侍、陸尺、提灯持ちらが主《あるじ》に命じられていたか、乗り物をその場に下ろして遠くに退いた。

鎌倉河岸に総兵衛と無紋の乗り物が対峙《たいじ》するように向かい合った。

「大黒屋総兵衛じゃな」

乗り物から声が響いた。

「さようにございます」

と答えながら総兵衛の胸が震えた。

「六角朝純じゃ。娘のことで世話になったな」

四位少将にして高家肝煎の六角朝純は能勢家に入った結佳の父であった。

「なんのことがありましょうや。私めはただ船頭のお役をしたにすぎませぬ」

「老女ひとりで娘の無念が晴らせるものか」

乗り物の主《ぬし》が言い、

「能勢式部太夫は乱心したそうな」

「そう聞きましてございます」

「これで娘も浮かばれよう。千登世は頭を丸めて、尼寺に入りよったわ」

「千登世様によろしゅうお伝えくださりませ」

「総兵衛、また会おうぞ」

「はっ」

総兵衛が乗り物から一歩下がった。

遠くに下がっていた供の者たちが戻ってきて、乗り物は総兵衛の前から去っていった。

高家とは名族の意であり、江戸幕府が元和元年（一六一五）に石橋、吉良、品川の三家を登用したのが始まりであった。すぐに武田、畠山、織田、六角家が加わり、これら七家のうちの三家を選んで肝煎とした。高家は五千石を越えることはなかったが、宮中への使節、勅使接待、日光への御代参、柳営礼式の掌典などの役目柄、官位は高く、四位中将まで進むことができた。それゆえ大半の大名家よりも朝廷の身分は高く、たとえ御三家の行列と擦れ違っても、高家肝煎は乗り物を下りる要はなかった。

（家康様は第二の〝影〟を高家に求められたか）

家康が亡くなったのは、元和元年に石橋など七家が高家に登用された翌年のことだ。

総兵衛は鳶沢一族の分身ともいえる〝影〟を自ら始末して、その機能を停止していた。徳川幕府の危機を救うための隠れ旗本、〝影〟は指令を与える者とその任務を実行する鳶沢一族から形成されていた。

鳶沢一族の長である総兵衛が指令を与える〝影〟の機能を停止したとき、自らも〝影〟の役目を終えたといえた。だが、家康は第二の指令役を準備していたのだ。

昨年の師走《しわす》、上野池之端《いけのはた》で総兵衛は第二の〝影〟から話しかけられ、〝影〟の機能が新たに始まることを告げられていた。

その声と六角朝純の声は酷似していた。

（もし高家六角朝純様が第二の〝影〟としたら、なんという家康様の深慮遠謀よ）

高家は禄高こそ低いが、幕閣から朝廷の情報まで掌握する地位にあった。

総兵衛は北町奉行所での拷問の最中に夢に現われた白綾《しらあや》小袖《こそで》に直垂《ひたたれ》、立烏帽子《たちえぼし》の人物と六角朝純を重ねていた。

（そのようなことがあろうか）

「お迎えに」

闇《やみ》のなかから風神の又三郎の声がした。

「おお、ご苦労だったな」

「ただ今の乗り物は」

又三郎が聞いた。

「なあに北国から出てこられた大名家の家臣の方が道を聞かれたまでよ」

総兵衛の答えに、又三郎はそれ以上の問いを発しなかった。

龍閑橋の下に猪牙舟《ちょきぶね》が着けられた。船頭は駒吉であった。

「酒を頂いたでな。歩くのが少々億劫《おっくう》になっていたところじゃや、舟はよいな」

龍閑橋から東北に運河が走り、それは橋本町で直角に曲がって大黒屋のある入堀へとつながっていた。

「又三郎、駒吉」

総兵衛が二人の者の名を呼んだ。

「またぞろ呉服橋の主が駒込道中に通い始めたそうな。後任と目された能勢式部太夫の乱心に息を吹き返したとみえる」

「どうしたものでございましょうな」

又三郎が総兵衛の命を尋ねた。

「駒込道中に通うおりにはぴたりと尾行せよ。じゃがな、屋敷内への立ち入りはならぬぞ、駒吉」

と駒吉に釘《くぎ》を刺した。

綱吉の側近柳沢保明との摩擦はできるだけ避けねばならぬと、総兵衛は心していた。

鳶沢一族にその攻撃が差し向けられるならば、抵抗のしようもあった。今や柳沢は、総兵衛と本庄伊豆守勝寛との親交を承知していた。もし、柳沢の矛先《ほこさき》が本庄家に向けられたとしたら……そのことを気遣ったからだ。

「はい」

駒吉が返事した。

「今ひとつ、保田奉行のそばには鹿島新当流の堀内伝蔵どのがついておるやもしれぬ。くれぐれもな、気をつけよ」

「分かりましてございます」

又三郎が承知した。

深沢美雪は海を見ていた。おだやかに晴れあがった相模《さがみ》湾の向こうに真鶴《まなづる》半島が霞《かす》んでみえた。

ここは小田原城下から熱海《あたみ》に向かう熱海道である。江戸から熱海に湯治にいく旅人が利用した海沿いの道だ。

この熱海道の途中、根府川《ねぶかわ》には関所があって女の通行をきびしく調べた。

美雪はこの根府川の関所を避けて、山中の裏道に入って、根府川石を採石する山道を迂回《うかい》して大根崎に下りたところだ。

(どうしたものか)

江戸を発《た》った美雪は総兵衛が命じた行き先を目指していた。が、箱根越えを前にして、総兵衛との約束に応じたものかどうか迷い、小田原から熱海道を選んだのだ。

懐《ふところ》には総兵衛が書き残した二通の書状があった。

一通は美雪に宛《あ》てたもの、旅の途中に何度も読み返していた。そして、もう一通は、美雪が訪ねていく相手に宛てた書状だ。

（あの者の命を受けなければならないのか）
（いや、剣者が立ち合いに際して約束した言葉だ。死よりも重い言葉である）
と美雪の心は千々に乱れた。
そして美雪はわが胸に問いかけた。
（深沢美雪、そなたはなにを恐れているのか）
胸の底におぼろな答えがあった。だが、それを容認することはできない美雪であった。
（なんのために剣の道を修行してきたのか）
（苦難の旅はなんだったのか）
美雪は長いこと黙念と海を見つづけていた。
海は動じて動かず、ただ陽光の移動とともに時をゆったりと刻んでみせた。
「わからぬ」
美雪はそう呟《つぶや》くと立ちあがった。そして真鶴への道を歩きだした。
この夕刻、富沢町の大黒屋に明神丸の船頭仙右衛門が船大工の棟梁《とうりょう》の統五郎を案内してきた。

総兵衛はすぐに二人を奥座敷に通した。

「よう来られたな」

作業場の統五郎とは異なり、緊張していた。

「できたか」

「迷い迷いおこした図面でございます。まだ総兵衛様にお見せするまでにはいたっていませんが、一度ご意見をと思い参じました」

大番頭の笠蔵と一番番頭の信之助が座敷に入ってきて、船大工に会釈した。

二人は総兵衛から新しい船を造ろうと思うと聞かされていただけだ。

統五郎は持参した絵図面を広げた。

「おおっ」

「初めて見る船のかたちにございますな」

二人が口々に驚きの言葉を発した。

船首部分は鋭く切れあがり、水押《みよし》から槍《やり》のように柱が突きだしていた。両舷《げん》側《そく》と外艫《そとども》は丸みを帯びてなめらかな船影を見せ、船体を舳先《へさき》から三分割した二本の線に帆柱が天を貫くようにそびえていた。そして舳先には水押から突きでた柱を利用した三角の補助帆が三枚斜めに並んでいた。

「仙右衛門さんが長崎で見られたという南蛮船を参考にしながら、絵図面におこしてみました。総兵衛様のおっしゃられるように三本柱ですと、水夫《かこ》の人数が増えますし、作業も厄介だ。また水夫の食料から水まで大量に積まなければなりません。主帆は二枚にして、その代わりに水押の三角帆で風を少しでも拾いながら、船の動きも安定させようという考えにございます」

「いや、操船は複雑であってはならぬ。できるだけ作業は簡単がよい」

「船長八十三尺（約二五メートル）、船幅三十三尺（約一〇メートル）、石高はおよそ二千二百石」

「なんという大船じゃ」

笠蔵が眼鏡をずり下げたまま唸《うな》った。

「これだけの船にございますゆえ、荒波をまともに食らいますとばらばらになります。そこで船底に下船梁《したふなばり》を一本貫き通して支えます」

統五郎のいう下船梁とは西洋型帆船の竜骨に当たる。

「帆も広いな」

「三十反帆が二枚、五、六反の三角帆が三枚にございます。これらを操る水夫は船頭以下水夫二十余人」

「さすがに多い」

「船にさえ慣れれば、水夫の人数は減らせましょう」

「人より技か」

「はい。舷側《はら》と艫《とも》がどれほど流麗に丸みをおびて造れるか、だれもがやったことのない作業でございます。ただ今、船大工らに試しの小船を造るように命じたところにございます」

「統五郎さん、やってくだされ。失敗《しくじり》を恐れてはならぬ、度々の失敗《しくじり》を乗り越えてやっていくうちにわれらの船が見えてこよう、形を持ってこよう」

統五郎がかしこまった。

「統五郎さん、いくらかかるとみればいい」

笠蔵が船の建造費を心配した。

この当時、船体の製作費一石一両がおよその見当であった。その他、帆、錨《いかり》、綱、伝馬船《てんません》など装具に金がかかった。

「三千両、いや正直申していくらかかるか見当もつきませぬ」

「金は私どもが働いて作ればよい。かまいません」

総兵衛が言い切った。

「それより完成までにどれほど待てばよいな」

「初めてのことゆえ三年はかかろうかと」

「統五郎さん、それは困る。二年、いや、一年半で船下ろしをしてくだされ」

「一年半にございますか」

統五郎が瞑目《めいもく》すると考えこんだ。

「仙右衛門、そなたの水夫のうち、機敏な者を二人ほど長崎に送れ。南蛮船を見させてな、その造り、操船などあらゆることを勉強させてこよ」

「はい」

老船頭が承知したとき、統五郎が目を開けた。

「総兵衛様、長崎行きにうちの船大工を一人加えてくだされ」

「それはよい考えじゃ。仙右衛門、西国に下る船をみつけてすぐにも三人を乗せよ。時間がないでな」

「一年半で船下ろしができるかどうか。船大工統五郎、死ぬ気でやってみます」

「おお、よう言うてくれました」

ようやく総兵衛が破顔した。

頃合を見ていたおきぬが女たちを指揮して酒を運んできた。

その場にある者すべてに杯が配られ、酒が注がれた。

総兵衛が手文庫に用意していた袱紗《ふくさ》包みを統五郎の前に置いた。

「着手金の五百両です。不足なら大番頭さんにな、いつでも言うてくだされ」

「お預かりいたします」

統五郎が両手で捧《ささ》げ持った。

「旦那《だんな》様」

黙って聞いていた信之助が初めて口を開いた。

「新しき船の名はなんと名づけられますので」

「おお、大事なことを忘れていたな。信之助、江戸富沢町大黒丸じゃ」

「大黒丸、よい名でございますな」

笠蔵が大声をあげた。

「大番頭さんにお褒めをいただいたところで」

総兵衛ら全員が杯を上げて、

「新船大黒丸の無事完成」

を祈願して一同が飲み干した。

四

湯島三組町は起伏のある崖《がけ》に南北に広がった町だ。

東側の谷にはお目見え以下の幕府下僚が住み暮らす屋敷が連なり、南の高台には神田明神、北側には湯島天神があった。

そんな急崖の坂道の一角に黒板塀を巡らし、玄関脇《わき》には小さな竹藪《たけやぶ》があって、塀から笹《ささ》の葉がのぞいているような小体《こてい》の家があった。北町同心の佐々木克乗の女房沙代が奉行保田越前守宗易にひそやかに匿《かくま》われる家であった。

坂道には乗り物が止まり、供侍や小者たちが所在なげに待機していた。家の裏手は霊雲寺から流れくる溝が通り、そのかたわらには土地の人間が知る小道があった。

その溝ぞいの小道に花を散らした山吹の一叢《ひとむら》があった。

「遅うございますね、番頭さん」

綾縄《あやなわ》小僧の駒吉が風神の又三郎に言った。

「時間がかかるな」

又三郎の声にも焦《あせ》りがあった。

総兵衛の命で又三郎と駒吉は、保田越前守宗易の駒込道中通いを監視していた。

保田は後任と内定していた能勢式部太夫の乱心に息を吹き返し、お歌の方をつうじて綱吉の御側御用人《おそばごようにん》柳沢保明に起死回生の留任運動を続けていた。

この日、保田は七つ（午後四時頃）過ぎに役宅を出て、駒込の柳沢別邸に入り、一刻《とき》（二時間）あまり、お歌の方のご機嫌を取り結んだ後、日光街道を江戸市中に向かった。だが、本郷三丁目に差しかかると左に折れて、湯島三組町に向かった。

そこで又三郎と駒吉は、本郷の知り合いの古着屋の小僧に富沢町まで手紙を届ける使いを頼み、総兵衛に知らせた。

それが五つ（午後八時頃）時分のことだった。

「あの小僧め、富沢町を探しあぐねているのではありませぬか」

「古着屋の小僧だ。富沢町への道に迷うこともあるまい」

答える又三郎の声にもさすがに不安があった。

すでに刻限は四つ半（午後十一時頃）に近い。保田宗易がいつこの家を出てもおかしくなかった。となれば、今晩の努力は無駄になる。

ふいに闇《やみ》が揺れ、人の気配が滲《にじ》んだ。

又三郎と駒吉が気配を消して身構えた。

「おれだ、作次郎だよ」

山吹の陰から荷運び頭の作次郎の大きな体が現われた。

「作次郎どんが近くまで忍び寄っておるのを気がつかなかったとは」

又三郎が悔しそうに呟いた。

「おまえさん方が話に夢中だったから、ちょいと悪戯《いたずら》をしたのさ」

そう答える作次郎に駒吉が、旦那様は、と訊《き》いた。

この保田宗易の囲い女について小人目付の杉野武三から聞きだしてきたのは作次郎だ。

作次郎は顎《あご》で黒板塀を差して、

「総兵衛様ははや潜りこんでおられるわ」

と言った。


保田宗易は、床から起きあがって帰り支度をしようとした。すでに刻限は四つ半にちかいと思われた。

「お奉行様」

沙代の手が保田の腰にかかり、

「沙代はいつ八丁堀に戻れましょうか」

と哀願するように言った。二十二歳の女の声はか細く、艶《つや》をふくんで悩ましかった。

白縮緬《ちりめん》の長襦袢《ながじゅばん》が沙代の細身にまとわりつき、かたちのよい乳房の谷間が襟の間からのぞいて見えた。

沙代の肌はきめ細かく、しっとりとして保田の体に吸いついてきた。

保田は思わず手を襟に差しこみ、

「そうよのう、それがしが奉行を勤める間は無理であろうよ」

「無体な」

「なんの無体なものか。そなたを佐々木などに戻すのはもったいないわ」

と乳房をやさしく揉《も》んだ。

「あれっ」

沙代が身悶《みもだ》えした。すると細く締まった足首がのぞいた。

保田は乱暴に襟を押し開くと、さきほどまで苛《いじ》めつづけていた乳房に唇をあてた。

「お奉行様、刻限が……」

「刻限などよいわ。そなたをもう一度泣かしとうなった」

純白の襦袢の胸をさらに押し開き、しごきを解いた。すると白くしなやかな体が行灯《あんどん》の明かりに浮かんだ。きめ細かい肌のあちこちに保田が立てた爪《つめ》の跡が残っていた。それが保田の欲望を刺激した。

「それ、もう一度、そなたの妙なる音を聞かせてくれえ」

保田は沙代の細身を自分の小太りの体の下に組み敷いた。

「あれ、そのように激しく……」

沙代の手が保田の背に回り、抱き留めた。

沙代は夫の佐々木克乗の下に戻りたい気持ちとこのままこの家で過ごしながら、ときおり通ってくる佐々木を受け入れて過ごす暮らしの狭間《はざま》に気持ちがゆれた。

(女とはなんと魔性のものか)

沙代は爪を立てながら、ふと目を開けた。すると部屋の隅に白地に藤《ふじ》の花が満開に垂れさがる小袖《こそで》をざっくりと着た長身の男が立ち、腰に一本の剣を落とし差しにして、絡《から》み合う沙代と保田に覚めた視線を投げていた。

「あれっ」

「どうしたな」

「人が、人が……」

「何を申すか」

保田が沙代の体の上から顔だけをねじ曲げて振り見た。

「そ、そなたは」

沙代の体から転がり落ちた。

「北町奉行保田越前守宗易」

「大黒屋、何用あってこの家《や》にまいった」

「小人目付が奇怪なことを申しますのでな、たしかめにまいりました」

「なにっ！　小人目付が」

「さよう。奉行が手下の同心の女房を八丁堀を遠く離れた湯島に囲うなどとは信じられませなんだ」

「これにはわけが」

「沙代はいまだ佐々木克乗の女房。御目付どのの耳に入れば、保田様、評定所で問い糺《ただ》されるは必定、いくら柳沢様とてかばいきれますまいよ」

「い、いやそれは」

保田の体が一気に萎《しぼ》んだように見えた。

「能勢式部太夫どのが乱心なされてちと図に乗りすぎられた」

「だ、大黒屋」

「さてさて、どうしたものか」

総兵衛がゆったりと二人に近寄った。

「過日は存分なもてなしを受けた。今晩はその礼をせねばなるまいが、どうしたものか」

「許せ、それがしの間違いであった」

前をはだけた保田が総兵衛の前に両手をついた。

「その場しのぎですまされるおつもりか」

「そうではない。もはや、そなたには手出しはせぬ」

「と申されても、そなた様の言葉では信がおけぬ」

保田が枕元《まくらもと》に置いた刀を摑《つか》むと、

「武士の言葉に二言はござらぬ。ほれ、このとおり、金打《きんちょう》してもよい」

金打とは約束を違《たが》えぬという誓いに武士が刀の刃や鍔《つば》を打ち鳴らすことをい

う。

保田は、

「ほれ、ほれ……」

と言いながらも総兵衛ににじり迫り、

「死ねえ！」

と叫びながら総兵衛の下腹部を斬りあげた。

総兵衛は三池典太光世《みいけでんたみつよ》二尺三寸四分（約七〇センチ）を鞘走《さやばし》らせると保田の剣の刃を上から叩《たた》いた。

きーん！

刃がへし折れる音とともに保田の剣は二つに千切れ飛んだ。

家康から初代鳶沢総兵衛成元が拝領した三池典太の茎《なかご》には天下五剣の名鍛冶《かじ》の名とともに葵《あおい》の紋が刻まれて、葵典太と密《ひそ》かに呼ばれていた。

その葵典太が虚空《こくう》に反転すると保田宗易の首筋にぴたりと止まった。

「宗易、上様が任官なされた奉行ゆえ、そなたの命はとらぬ。じゃが、もはやそなたを表舞台に立たすことは、この大黒屋総兵衛が許さぬ。奉行の任期を無事に勤めあげよ、相分かったか」

総兵衛の大喝に保田ががくがくと頷《うなず》いた。

「近ごろ、柳沢どのは碁などを楽しんでおられるとか。碁盤の上で烏鷺《うろ》を戦わすようにそなたと能勢式部太夫、二人を競い合わされたのよ」

「なんと道三河岸《どうさんがし》の御前が」

「烏も鷺も自滅した。柳沢保明の野心にな」

葵典太が首筋からいったん離れ、峰に返されて気配もなく動脈を打った。

保田は下腹部をさらけ出したまま横倒しに倒れこんだ。

「女」

と総兵衛が沙代を睨《にら》んだ。

「亭主が裏手に待っておる」

沙代が怯《おび》えながらも頷いた。

「そなたが見せた女の性《さが》は忘れてつかわす。亭主ともども勤めに励め」

「は、はい」

「行け」

沙代が蹌踉《そうろう》と立ちあがり、寝間を出ていった。

四半刻（三十分）後、保田宗易の供の一人が怖々《おずおず》と匿《かくま》われた同僚の女房の住む家の玄関戸を開いた。

「お奉行、そろそろ役宅に戻る刻限にございますれば」

森閑として物音一つしない。

同心は、お奉行となおも呼びつつ、廊下から奥座敷に進んだ。すると寝間に下腹部をさらけ出した保田越前守宗易が転がっていた。

「おっ、お奉行、いかがなされた」

同心は外に転がりでると仲間を呼んだ。保田が惨殺《ざんさつ》されていると勘違いしたからだ。小者までが奥座敷に飛びこんだとき、保田は、

「うーん」

と唸《うな》りながら意識を取り戻した。

「な、なんと……」

保田は萎《しな》びた一物を部下の視線に晒《さら》して、狼狽《ろうばい》し、叫んだ。

「なにをしておる。早う部屋から立ち去れ！」

この刻限、大黒屋総兵衛は孤影を引いて崖下の湯島三組町から神田明神の境内へと歩いていた。

江戸の守り神である神田明神の創建は天平二年（七三〇）、聖武天皇の御代に遡《さかのぼ》るという。

主神は大己貴命《おおなむちのみこと》で、平将門《まさかど》公も合祀《ごうし》してあった。

祭礼は九月十五日、氏子六十町が山車《だし》や練り物で行列し、田安門から城内に入って将軍家のご覧に供した。

総兵衛は沙代の家から裏手に出ると、迎えた又三郎ら三人にただの一言、

「すんだ」

と言い、

「ちと立ち寄るところがある」

と手下たちの同行を拒むと、独り崖上に上っていった。

猪牙舟《ちょきぶね》が聖堂下に着けてあった。それにも乗らずにどうしようというのか。

又三郎がどうしたものかと思案したとき、駒吉の姿がその場から消えていた。

総兵衛は神田明神の御神殿に歩み寄ると、無言のうちに二礼二拍一礼をなして、徳川幕府と鳶沢一族の安泰と江戸の平穏を祈った。

総兵衛は社前から山門へと続く石畳に下りた。

そのとき、山門下に一つの影が総兵衛を待っていた。

総兵衛が独りになったのは確信を持ってのことだ。

犬沼勘解由が死ぬ前、深川八名川町の堀内伝蔵を訪ねていた。江戸でも指折りの剣術家を訪ねる理由は、

(助勢)

しかない。だが、鹿島新当流の達人が、いくら町奉行とはいえ、妾《めかけ》にした同心の妻を囲う家に従者の一人として従うとも思えなかった。とするならば、総兵衛一人のときを狙《ねら》って、姿を見せるはずだと考えた結果だ。

両雄はゆったりとした歩調で歩み寄った。

「やはり堀内伝蔵先生でしたか」

総兵衛は猪牙舟から、剣を振る岸辺の剣客の姿に目をとめていた。重厚で流

わせて、

麗な剣捌《さば》きはただ者ではないと考え、その場所が八名川町に近いことを思い合

（堀内伝蔵）

その人であろうと見当をつけていた。

「おぬしが大黒屋総兵衛であったか」

堀内も納得したように首肯《しゅこう》した。その堀内は黒の小袖に仙台平の袴《はかま》を身につけ、革帯で襷《たすき》をかけていた。

「保田越前どのをちと懲《こ》らしめておりましてな、独りになるのが遅れました」

「それがしは政治《まつりごと》にも出世にも関心がない。剣友にお奉行どのの警護は頼まれたが、あまりにも馬鹿馬鹿《ばかばか》しくて打ち捨てておいた」

総兵衛が静かに頷いた。

「ただしじゃ、それがしの門弟、奥村皓之丞を倒した大黒屋総兵衛にはいかい関心があってな。あやつ、根性はねじ曲がっておったが弟子は弟子、いささかの恨みもござる」

「武芸のすべての源流、鹿島新当流の堀内伝蔵どのと雌雄を決するのは、総兵

衛の本懐にございます」

「そなたがただの商人でないことはたしか。だが隠された貌《かお》がなにかそれもまた気にならぬ」

堀内は率直に問うた。

「そなたの流儀は祖伝無想流と聞いたがたしかか」

「たしかにございます」

「おおっ！」

と堀内は喜びの声を発した。

「なんと戦場往来の実戦剣法がまだ伝わっておったか。うれしやな」

「先祖が伝えた剣にいささか工夫を加えて、落花流水剣と名づけましてな」

「それは楽しみ……」

堀内は静かに備前長船五郎左衛門尉清光《びぜんおさふねごろうざえもんのじょうきよみつ》二尺四寸二分の鯉口《こいぐち》を切り、滑らすように抜くと正眼に構えた。

いかなる攻撃にも自在に対応できるどっしりとしたみごとな構えだった。

総兵衛も三池典太光世二尺三寸四分を抜いて、八双にとった。

間合いは三間（約五・四メートル）。

常夜灯が二基、堀内伝蔵の背の左右にあって、顔の表情を見えなくしていた。

総兵衛は明かりを受けて春風に身を晒す老樹のように立っていた。

駒吉は両雄から二十数間離れた銀杏《いちょう》の大木の陰に身を潜めていた。

これまで総兵衛が幾度となく戦ってきた決闘の場にあって、その神技を見てきた駒吉だが、

（これは生半可な相手ではない）

と直感した。いや、今まで戦っただれよりも手強《てごわ》く、恐ろしい相手だ。

けれんみのない風格が剣の奥義《おうぎ》を極めた者であることを示していた。

汗がどっと吹きだしてきた。体が金縛りにあったように動かない。

剛毅《ごうき》と駘蕩《たいとう》。

両雄は剣を構えたまま石と化した。

だが、その不動はいつでも迎撃のできる柔軟な瞬発を秘めていた。

ときがゆるやかに流れて万物までもが仮死して動きを止めた。

半刻《とき》（一時間）が過ぎ、一刻に達しようとしたとき、神田明神の境内に崖下《がけした》

から風が吹きあげてきた。

駒吉が幹下に座す銀杏の枝の、新緑の葉をざわざわと揺らした。

堀内伝蔵が走った。

気配も見せず、音もなく突進した。

それは石畳に吸いついて上下に揺れることもないみごとな走りであった。

走りながら正眼の剣が左脇《わき》に引かれ、流れるように胴打ちが総兵衛を襲った。

総兵衛もまた踏み込んでいた。

間合いが一間半と縮まった瞬間、一気に堀内伝蔵の正面に向かってまっすぐに生死の境を越えた。

総兵衛は右の脇腹に滑るように襲いくる刃の内側に走りこむと、八双の三池典太を堀内の肩口に袈裟《けさ》に振りおろした。

その瞬間、堀内は豪胆にも総兵衛の左手に身をかわしつつ、車輪に回した剣を引きつけて、わが身を反転させると剣を中段においた。

総兵衛もまた堀内が袈裟斬《ぎ》りの間合いを見切って左手に逃れたとき、それまで堀内がいた攻撃線上へと走り逃れて片足で反転させた。

音もなく声もない攻撃と迎撃だった。

駒吉は息を飲んだことすらも忘れて、戦いの一瞬一瞬を凝視していた。

それまで立っていた場所を変えて向き合った二人の間は二間と縮まっていた。

今度は総兵衛が明かりを背負っていた。

堀内伝蔵の顔が汗に光っていた。が、呼吸は乱れてはいない。わずかに肩が小さく上下していた。

堀内は中段の剣をゆっくりと弧を描いて下降させ、切っ先を石畳に接するようにおくと刃を返した。

地擦りからの擦り上げに堀内伝蔵は剣術家として矜持《きょうじ》と一身を賭《か》けた。

この必殺の一撃に対して、総兵衛がとった構えはふたたび右肩に立てる八双であった。が、総兵衛は立てた三池典太の切っ先を徐々に寝かせると、右肩前に突きだした。

長身からの突き下ろし、それが鹿島新当流の達人堀内伝蔵の攻撃を迎える反撃の剣であった。

地擦りと突き下ろし。

神田明神の夜の大気が熱く膨れあがっていく。

総兵衛の三池典太の柄《つか》を握った両手から左手がだらりと落ちて、右手一本の突きの構えに変わった。

堀内伝蔵の両眼の光が鋭く尖《とが》り、腰を沈ませつつ走った。

地擦りからの円弧はのびやかに不動の総兵衛を襲いきた。

(総兵衛様……)

思わず胸の内で祈る駒吉。

足元は不動のままに総兵衛の六尺を越えた上体が堀内に向かって半身に倒れこみ、右肩前に倒されていた三池典太が伸びあがりつつ突進してくる堀内伝蔵の喉仏《のどぼとけ》を襲った。

駒吉は両眼を見開いてその瞬間を見た。

地擦りが懐《ふところ》の深い総兵衛の下腹部をわずかにかすめて円弧を描きつづけ、総兵衛の片手突きが堀内の喉を突き破って、動脈を斬り裂いた。

必殺の後《ご》の先《せん》、それが総兵衛を救った。

血しぶきが飛んだ。

堀内伝蔵のがっちりした体がたたらを踏むと前屈《まえかが》みに石畳に倒れこんでいった。

総兵衛は肩を上下させて初めて荒い息をついた。

よろよろと銀杏の大木の幹下から立ちあがった駒吉が、

「総兵衛様……」

と呟《つぶや》きながら、歩み寄ってきた。

終章荒事

　薫風《くんぷう》がさわやかに江戸の町に夏の到来を告げた日、納戸茶《なんどちゃ》に染められた単衣《ひとえ》の着流しに同色の夏羽織を着た大黒屋総兵衛は、銀鼠色《ぎんねずいろ》の絽《ろ》に身を包んだおきぬをともない、市川団十郎の家を訪ねた。

　迎えたのは団十郎の倅《せがれ》の市川九蔵だ。

「これはこれは大黒屋様、あの節にはいろいろとお心遣いくだされて、ありがとうございました」

　九蔵は玄関先に飛びだしてくると、総兵衛とおきぬを迎えた。

「四十九日にはうちのごたごたでお線香も上げられませんでしたでな、遅くなりました」

「とんでもございませぬ。大黒屋様がえらい難題に見舞われなすったのは、だれもが知っておること。ささ、親父《おやじ》の位牌《いはい》に香華《こうげ》を手向《たむ》けてくださいませ」

と九蔵は二人を仏間に招じ上げた。

九蔵は元禄《げんろく》十年（一六九七）五月の中村座で『兵根元曾我《つわものこんげんそが》』で初舞台を踏んだ。

江戸歌舞伎《かぶき》がまさに大輪の花を咲かせようとした時期であった。このとき、父は曾我五郎を、十歳の九蔵は山伏通力坊の役であった。これが子役の始まりとされる。

以来、団十郎と九蔵親子は舞台の上でも親子を多く演じてきた。

仏壇のかたわらには、刺殺される前の舞台で身につけていた舞台衣装が衣桁《いこう》にかけて飾られてあった。両の袖《そで》が大きく蝶《ちょう》のように張った綿入れの小袖、肩脱ぎのままに丸帯で腰を止めてあった。柄模様は市川の家紋の三枡《みます》が散らしてあった。

「おお、あの日の舞台が目に浮かびます」

「ほんに……」

おきぬは思わず目頭を熱くした。

二人は団十郎の位牌に灯明を点《とも》し、線香を手向けた。

「九蔵さん、しばらく団十郎さんとの思い出に浸らせてもらいますよ」

「親父もいかばかり喜びましょうか」

十七歳の九蔵が部屋から消えた。

総兵衛がおきぬに合図すると、おきぬが立ちあがって素早く衣桁から団十郎の最後の舞台衣装を取り外して、総兵衛の前に広げた。

京の呉服屋に注文し、西陣の機屋《はたや》が何年かがかりで織り上げた綿入れ小袖には団十郎の汗が染《し》みていた。

総兵衛は綿を入れて膨らませた衣装の襟を開け広げて裏地を見た。そこには白地の上に「荒事《あらごと》一代」と大書されて、団十郎が荒事創始に賭《か》けた意気込みが伝わってきた。

「おきぬ、裏地をめくって中地を見せてくれぬか」

総兵衛の言葉におきぬが帯に隠してきた鋏《はさみ》で裏地の糸目を何箇所か切った。

総兵衛が切り開かれた裏地の間に手を差し入れた。

織地は丁子唐草《ちょうじからくさ》、色は江戸紫。どちらも将軍家だけに許された禁断の織と色だ。

総兵衛はさらに押し広げた。するとそこに紅の隈取《くまど》りで、大きく袖を広げて見得《みえ》を切る市川団十郎の荒事が染めぬかれて活写されていた。

右足の高足駄《たかあしだ》を高々と上げていた。

「おきぬ、見よ」

左足の下には菊の大紋が踏みつぶされ、今、右足で葵《あおい》の大紋を踏み破ろうとしていた。

「なんと大胆な……」

おきぬの鋏が手早く動かされた。

菊と葵。

朝廷と徳川幕府を踏みつけにする衣装の中地を切り取ると、総兵衛に渡した。

総兵衛が中地を折り畳んで袖に隠し入れる間におきぬが衣装を衣桁に戻した。

団十郎は上方歌舞伎の和事《わごと》に対して、江戸歌舞伎の心意気を示す荒事を創始した。

荒事は人の能力や叡智《えいち》を超えた圧倒的な力で舞台に一瞬の凝縮された〃と

き〟を見せてくれる。そこには権威も象徴も存在せず、団十郎の芸だけが超越してあった。

団十郎は生前贔屓《ひいき》の旗本大身の屋敷に招かれ、主《あるじ》に、

「荒事の神髄とは何じゃな」

と質問されたことがあった。

そのとき、団十郎は、静かに立ちあがると、突然狂気に憑《つ》かれたように暴れだし、襖《ふすま》を踏み破って、床の間の掛け軸を引きちぎった。団十郎の所行に怒り狂った客や家来どもを制した主が刀を引きつけ、

「団十郎、乱心のいわれは何か」

と詰問した。

「荒事の神髄とお尋ねあったゆえ、神髄をお見せしたまで」

「なにっ、乱暴狼藉《ろうぜき》が荒事の心意気とな」

「荒事は権威を認めず恐れず、天地の理《ことわり》をも超えた動きにございます」

「なんと、荒事とはかようなものか」

暴風雨に荒らされたような座敷の模様を呆然《ぼうぜん》と眺めた主は感嘆したように破

顔するとその行為を許したという。

団十郎は己の芸を確固とするために、そしてその心構えとして、衣装の裏に権威の象徴である、

「菊と葵」

の紋所を染めこみ、自ら足駄の下に踏み砕く絵を背負って舞台に立ったのだ。

それを京の女官上がり、そして島原の遊女に身を落とした後、京都町奉行能勢式部太夫《だゆう》の妾《めかけ》になった五百鈴が嗅《か》ぎつけた。

江戸の市村座に手紙といっしょに届けられた小裂《こぎれ》はおそらく中地の端裂《はぎれ》と思えた。

荒事の心意気を背負って舞台に立った団十郎だが、表沙汰《おもてざた》になれば団十郎の打首は間違いないばかりか、江戸歌舞伎そのものが危機に瀕《ひん》する。

五百鈴に脅迫された団十郎は、思いあぐねたすえに座元の市村宇左衛門と相談、大黒屋総兵衛に危機脱出の望みを託した。

だが、五百鈴が前もって放っていた〝刺客〟の生島半六に殺されてしまった。

「遅うなりましたな」

九蔵自らが盆に茶を運んできた。

「九蔵さん、秋にもよき話があると聞きおよびましたがな」

「座元さんのお世話でこの七月に二代団十郎を襲名致します。演目は『平安城都定』に決まった由《よし》にございます」

「おおっ、これはうれしき話ですな。九蔵さん、荒王の衣装、大黒屋総兵衛に作らせてはいただけませぬか」

九蔵こと二代団十郎が開眼するのは、六年後のことである。

「初代七回忌追善『鳴神《なるかみ》』を出して、評判をとり、前年まで「上上《じょうじょう》」の役者の位から「上上白吉」に上がったのだ。

江戸歌舞伎が様式的にも興行的にも確立されたのは二代団十郎と初代澤村宗十郎の時代であったという。

「大黒屋様、ありがとうございます」

九蔵が潤《うる》んだ瞼《まぶた》を両手で押さえ、大きな両眼を開けると父親の遺品の舞台衣装を見た。

総兵衛は座敷を吹き抜ける風にただ身を委《ゆだ》ねて、新たな時代を切り開こうとする若武者におだやかな視線を送った。

北町奉行保田越前守宗易は、この宝永元年（一七〇四）秋、留守居役の閑職に転任させられた。

元禄から享保《きょうほう》にかけて南北中三奉行所の奇怪な組織替えが目まぐるしくおこなわれた。

新設した中町奉行所を北町と改称して、南町奉行所を廃止した。さらに北町を南町と改称して、元の南北両奉行所時代に戻したのは大岡越前守忠相《ただすけ》が南町奉行に赴任した享保二年（一七一七）のことであった。

人心を一新する名目での不可思議な奉行所改称の陰に柳沢保明の策動が噂《うわさ》された。

あとがき

『古着屋総兵衛影始末』の第一作となる『死闘』が世に出たのが平成十二年の七月。以来、『異心』、『抹殺』、『停止《ちょうじ》』と一年の間で四作を数えるシリーズとなった。連作一年四作は正直いって多い、書き過ぎだ。

だが、それもこれも古着屋の暖簾《のれん》の背後で先祖が為《な》した徳川家康との密契を順守しようと戦う集団を認知していただきたいという気持ちが走らせた。

物語は架空の産物である。だが、寝ても覚めても総兵衛に付き合っていると、なんだか血肉を分けた分身のような気がしてくる。

戦うことを宿命づけられた主人公は時代小説の平凡にして偉大なる基本パターンの一つだ。読者の一時《いっとき》をお借りする以上、作者としては読んで飽きないものにする使命がある。

書く側から言えば『古着屋……』には、倦《う》み飽きないテーマが用意されている。質素にして豪奢《ごうしゃ》な江戸の衣料事情だ。日本の着物が持つ多様な合理性、多彩な色彩と染め、複雑な織り、粋と美……驚くばかりだ。

例えば、布を重ねて刺子にすることによって防寒、防熱効果を持たせ、藍染《あいぞ》めで命を張って働く火消しの心意気を示した長半纏《ながばんてん》。一転、火が消えて火事場を去るときは裏に返して、はなやかな絵文様を描き、染めだしたものに変わる。武者文様、纏《まとい》文様、龍虎《りゅうこ》文様など刺子火消装束といわれる長半纏には、表と裏に男の生き方が二重に封じこめられている。こういった装束が代々、大事に継承されてきたのが江戸の衣類文化だ。

古着の流通には着ていた者の人生模様が、情報がついて回る。

今回の『停止』では古着業界に新もの衣類が出回る時代の争いをテーマの一つとした。

当時、古着町と近接していた芝居の二丁町の舞台衣装は名題の役者の他は木綿ものに金紙や銀紙を張りつけた安っぽいものだったそうな。ということを知ったとき、古着屋の世界に流れこむ京下りの友禅や南蛮渡りの衣類が舞台衣装に転用されないいわれはあるまいと思った。そこで芝居町と古着町の交流を勝手に思い描きつつ書いたのが『停止』だ。

芝居といえば、初代市川団十郎刺殺事件を冒頭においた。その下手人が役者仲間の生島半六という以外、虚構である。お断りしておく。

さて、古着屋総兵衛の裏の貌《かお》は、表裏一体の〝影〟を総兵衛自身が始末することによって、自らを機能停止に追いこんだ。

だが、どっこい狸親父《たぬきおやじ》の家康の仕掛けた罠《わな》、そうそう無力化することはなかった。

総兵衛と鳶沢《とびさわ》一族は新たな司令役を得て、再び江戸の町に羽を大きく広げた。

その活躍は読んで頂くしかない。

「東西東西《とざいとうざい》、構想も新たに再起する鳶沢総兵衛勝頼の祖伝夢想流落花流水剣の一舞、とくとご覧下さいますよう、愛読者の皆様方に隅から隅まで御《おん》願い奉《たてまつ》りまーす……」

平成十三年五月　　佐伯泰英

この作品は平成十三年七月徳間書店より刊行された。新潮文庫収録に際し、加筆修正し、タイトルを一部変更した。

佐伯泰英著

死闘

古着屋総兵衛影始末 第一巻

表向きは古着問屋、裏の顔は徳川の危難に立ち向かう影の旗本大黒屋総兵衛。何者かが大黒屋殲滅に動き出した。傑作時代長編第一巻。

佐伯泰英著

異心

古着屋総兵衛影始末 第二巻

江戸入りする赤穂浪士を迎え撃て——。影の命に激しく苦悩する総兵衛。柳生宗秋率いる剣客軍団が大黒屋を狙う。明鏡止水の第二巻。

佐伯泰英著

血に非ず

新・古着屋総兵衛 第一巻

享和二年、九代目総兵衛は死の床にあった。後継問題に難渋する大黒屋を一人の若者が訪ね来た。満を持して放つ新シリーズ第一巻。

隆慶一郎著

鬼麿斬人剣

名刀工だった亡き師が心ならずも世に遺した数打ちの駄刀を捜し出し、折り捨てる旅に出た巨軀の野人・鬼麿の必殺の斬人剣八番勝負。

隆慶一郎著

影武者徳川家康

（上・中・下）

家康は関ヶ原で暗殺された！ 余儀なく家康として生きた男と権力に憑かれた秀忠の、風魔衆、裏柳生を交えた凄絶な暗闘が始まった。

隆慶一郎著

死ぬことと見つけたり

（上・下）

武士道とは死ぬことと見つけたり——常住坐臥、死と隣合せに生きる葉隠武士たち。鍋島藩の威信をかけ、老中松平信綱の策謀に挑む！

柴田錬三郎著
赤い影法師
寛永の御前試合の勝者に片端から勝負を挑み、風のように現れて風のように去っていく非情の忍者〝影〟。奇抜な空想で彩られた代表作。

宮部みゆき著
本所深川ふしぎ草紙
吉川英治文学新人賞受賞
深川七不思議を題材に、下町の人情の機微とささやかな日々の哀歓をミステリー仕立てで描く七編。宮部みゆきワールド時代小説篇。

宮部みゆき著
幻色江戸ごよみ
江戸の市井を生きる人びとの哀歓と、巷の怪異を四季の移り変わりと共にたどる。〝時代小説作家〟宮部みゆきが新境地を開いた12編。

宮部みゆき著
堪　忍　箱
蓋を開けると災いが降りかかるという箱に、心ざわめかせ、呑み込まれていく人々——。人生の苦さ、切なさが沁みる時代小説八篇。

宮部みゆき著
かまいたち
夜な夜な出没して江戸を恐怖に陥れる辻斬り〝かまいたち〟の正体に迫る町娘。サスペンス満点の表題作はじめ四編収録の時代短編集。

宮部みゆき著
初ものがたり
鰹、白魚、柿、桜……。江戸の四季を彩る「初もの」がらみの謎また謎。さあ事件だ、われらが茂七親分——。連作時代ミステリー。

吉村昭著
天狗争乱
大佛次郎賞受賞
幕末日本を震撼させた「天狗党の乱」。水戸尊攘派の挙兵から中山道中の行軍、そして越前での非情な末路までを克明に描いた雄編。

吉村昭著
大黒屋光太夫（上・下）
鎖国日本からロシア北辺の地に漂着し、帝都ペテルブルグまで漂泊した光太夫の不屈の生涯。新史料も駆使した漂流記小説の金字塔。

吉村昭著
彰義隊
皇族でありながら朝敵となった上野寛永寺山主の輪王寺宮能久親王。その数奇なる人生を通して江戸時代の終焉を描く畢生の歴史文学。

藤沢周平著
時雨のあと
兄の立ち直りを心の支えに苦界に身を沈める妹みゆき。表題作の他、江戸の市井に咲く小哀話を、織麗に人情味豊かに描く傑作短編集。

藤沢周平著
冤（えんざい）罪
勘定方相良彦兵衛は、藩金横領の罪で詰め腹を切らされ、その日から娘の明乃も失踪した……。表題作はじめ、士道小説9編を収録。

藤沢周平著
時雨みち
捨てた女を妓楼に訪ねる男の肩に、時雨が降りかかる……。表題作ほか、人生のやるせなさを端正な文体で綴った傑作時代小説集。

谷崎潤一郎著
痴人の愛

主人公が見出し育てた美少女ナオミは、成熟するにつれて妖艶さを増し、ついに彼はその愛欲の虜となって、生活も荒廃していく……。

谷崎潤一郎著
刺《し》青《せい》・秘密

肌を刺されてもだえる人の姿に、いいしれぬ愉悦を感じる刺青師清吉が、宿願であった光輝く美女の背に蜘蛛を彫りおえたとき……。

谷崎潤一郎著
春琴抄

盲目の三味線師匠春琴に仕える佐助は、春琴と同じ暗闇の世界に入り同じ芸の道にいそしむことを願って、針で自分の両眼を突く……。

太宰治著
ヴィヨンの妻

新生への希望と、戦争の後も変らぬ現実への絶望感との間を揺れ動きながら、命をかけて新しい倫理を求めようとした文学的総決算。

太宰治著
人間失格

生への意志を失い、廃人同様に生きる男が綴る手記を通して、自らの生涯の終りに臨んで、著者が内的真実のすべてを投げ出した小説。

太宰治著
きりぎりす

著者の最も得意とする、女性の告白体小説の手法を駆使して、破局を迎えた画家夫婦の内面を描く表題作など、秀作14編を収録する。

川端康成著
雪国
ノーベル文学賞受賞

雪に埋もれた温泉町で、芸者駒子と出会った島村――ひとりの男の透徹した意識に映し出される女の美しさを、抒情豊かに描く名作。

川端康成著
伊豆の踊子

伊豆の旅に出た旧制高校生の私は、途中で会った旅芸人一座の清純な踊子に孤独な心を温かく解きほぐされる――表題作等4編。

川端康成著
山の音
野間文芸賞受賞

得体の知れない山の音を、死の予告のように怖れる老人を通して、日本の家がもつ重苦しさや悲しさ、家に住む人間の心の襞を捉える。

夏目漱石著
吾輩は猫である

明治の俗物紳士たちの語る珍談・奇譚、小事件の数かずを、迷いこんで飼われている猫の眼から風刺的に描いた漱石最初の長編小説。

夏目漱石著
坊っちゃん

四国の中学に数学教師として赴任した直情径行の青年が巻きおこす珍騒動。ユーモアと人情の機微にあふれ、広範な愛読者をもつ傑作。

夏目漱石著
道草

健三は、愛に飢えていながら率直に表現できず、妻のお住は、そんな夫を理解できない。近代知識人の矛盾にみちた生活と苦悩を描く。

三島由紀夫著

仮面の告白

女を愛することのできない青年が、幼年時代からの自己の宿命を凝視しつつ述べる告白体小説。三島文学の出発点をなす代表的名作。

三島由紀夫著

金閣寺

読売文学賞受賞

どもりの悩み、身も心も奪われた金閣の美しさ――昭和25年の金閣寺焼失に材をとり、放火犯である若い学僧の破滅に至る過程を抉る。

三島由紀夫著

葉隠入門

〝わたしのただ一冊の本〟として心酔した「葉隠」の濶達な武士道精神を現代に甦らせ、乱世に生きる〈現代の武士〉たちの心得を説く。

村上春樹著

世界の終りとハードボイルド・ワンダーランド

谷崎潤一郎賞受賞（上・下）

老博士が〈私〉の意識の核に組み込んだ、ある思考回路。そこに隠された秘密を巡って同時進行する、幻想世界と冒険活劇の二つの物語。

村上春樹著

ねじまき鳥クロニクル

読売文学賞受賞（1〜3）

'84年の世田谷の路地裏から'38年の満州蒙古国境、駅前のクリーニング店から意識の井戸の底まで、探索の年代記は開始される。

村上春樹著

海辺のカフカ

（上・下）

田村カフカは15歳の日に家出した。姉と並んだ写真を持って。世界でいちばんタフな少年になるために。ベストセラー、待望の文庫化。

山崎豊子著

華麗なる一族（上・中・下）

大衆から預金を獲得し、裏では冷酷に産業界を支配する権力機構〈銀行〉——野望に燃える万俵大介とその一族の熾烈な人間ドラマ。

山崎豊子著

白い巨塔（一〜五）

癌の検査・手術、泥沼の教授選、誤診裁判などを綿密にとらえ、尊厳であるべき医学界に渦巻く人間の欲望と打算を迫真の筆に描く。

山崎豊子著

不毛地帯（一〜五）

シベリアの収容所で十一年間の強制労働に耐え、帰還後、商社マンとして熾烈な商戦に巻き込まれてゆく元大本営参謀・壹岐正の運命。

松本清張著

西郷札

傑作短編集(三)

西南戦争の際に、薩軍が発行した軍票をもとに一攫千金を夢みる男の破滅を描く処女作の「西郷札」など、異色時代小説12編を収める。

松本清張著

ゼロの焦点

新婚一週間で失踪した夫の行方を求めて、北陸の灰色の空の下を尋ね歩く禎子がまき込まれた連続殺人！『点と線』と並ぶ代表作品。

松本清張著

点と線

一見ありふれた心中事件に隠された奸計！列車時刻表を駆使してリアリスティックな状況を設定し、推理小説界に新風を送った秀作。

停《ちょう》止《じ》

古着屋総兵衛影始末 第四巻

新潮文庫　さ－73－4

平成二十三年三月一日発行
平成三十年三月十五日九刷

著者　佐《さ》伯《えき》泰《やす》英《ひで》

発行者　佐藤隆信
発行所　株式会社新潮社
郵便番号　一六二―八七一一
東京都新宿区矢来町七一
電話　編集部(〇三)三二六六―五四四〇
　　　読者係(〇三)三二六六―五一一一
http://www.shinchosha.co.jp
価格はカバーに表示してあります。
乱丁・落丁本は、ご面倒ですが小社読者係宛ご送付ください。送料小社負担にてお取替えいたします。

印刷・株式会社光邦　製本・憲専堂製本株式会社

ISBN978-4-10-138038-4 C0193